月有阴晴圆缺

幽灵公主 ◆ 著

吉林文史出版社
JILINWENSHICHUBANSHE

图书在版编目（ＣＩＰ）数据

月有阴晴圆缺 / 幽灵公主著． -- 长春：吉林文史
出版社，2020.6（2022.2）
ISBN 978-7-5472-6995-4

Ⅰ．①月… Ⅱ．①幽… Ⅲ．①长篇小说－中国－当代
Ⅳ．① I247.5

中国版本图书馆 CIP 数据核字（2020）第 113460 号

月有阴晴圆缺
YUE YOU YIN QING YUAN QUE

著　　者：幽灵公主
责任编辑：钟　杉　王　新
封面设计：四川悟阅文化传播有限公司
出版发行：吉林文史出版社有限责任公司
地　　址：长春市净月区福祉大路 5788 号　　邮编：130000
电　　话：0431-81629363（总编室）　　0431-81629372（发行科）
网　　址：www.jlws.com.cn
印　　刷：三河市嵩川印刷有限公司
经　　销：全国新华书店
开　　本：165mm×235mm　1/16
印　　张：18.5
字　　数：272 千字
版　　次：2020 年 8 月第 1 版　2022 年 2 月第 2 次印刷
定　　价：59.80 元
书　　号：ISBN 978-7-5472-6995-4

印装错误可与印刷厂联系退换。

目录

CONTENTS

第一卷

第二卷

第三卷

第四卷

第五卷

第一章　求职风波

1978 年 12 月 20 日，北方的一座偏僻的小山村里，鹅毛般的雪花漫天飞舞。就在这样一个寒风凛冽的早上，一个女婴降生了。这女婴便是张明珠。

张明珠的父亲张德是国企干部，在惠安工作；母亲陈玉华是个耕田种植的农家妇女，夫妻俩到了不惑之年才得一女，取名为张明珠。

在陈玉华怀上张明珠的那一年，张德在闽南的沿海边买了一块百来平方米的地，盖了四间平房。

张明珠两周岁的那一年秋天，母亲带着她离开了北方老家，移居到闽南惠安的新居。

自幼在海边长大的张明珠很漂亮，瓜子脸、大眼睛、苗条的身材，美中不足的是她长有一颗令人不敢恭维的小龅牙，这让她感到很自卑。

到了张明珠 18 岁那年，张德退休了，一家三口靠他 200 元的退休金维持生活，过得十分清苦。因此，高中毕业后张明珠便放弃了上大学。

在一个梅雨霏霏的早上，剪着学生头的张明珠提着行李，背着包离开了家，踏上了开往泉州的公共汽车。

两个小时后，汽车晃晃悠悠地驶进了泉州公共汽车站。

下车后，张明珠从背包里掏出了一份《海峡导报》，然后根据报纸上刊登的招聘信息心急火燎地赶到了泉州夏得威食品公司。

泉州夏得威食品公司的面试大厅就在一楼，宽敞明亮的大厅里人头攒动，前来求职的人稀稀拉拉地排成了两排。

面试官是一男一女。男的大约有 50 岁；女的大约 20 出头，戴着一副黑边的近视眼镜，齐耳的头发挑染成特别刺眼的红、黄颜色，滴粉搓酥的脸蛋上挺着秀气的鹦哥鼻。

"×××你，留下来！"合格的都被留下来了，如中了头奖似的，满脸欢喜地坐到了招聘大叔指定的位置上。

"×××你，留下简历等通知。"没合格的被留下了简历，在不确定自己是否还有希望的情况下迷迷糊糊地离开了。

招聘小姐似乎只挑帅哥，而那位上了年纪的招聘大叔似乎专挑美女。

帅哥！美女！美女！帅哥！张明珠的脑袋里顿时像打乒乓球似的蹦出这样四个大字来，不由得心中暗想：惨了！这两个面试官好像挺看重员工的外表，要是被他们发现我长着颗小龅牙，那我不就没希望了？

"下一个……"正想着，耳边突然传来招聘小姐的叫声。

"你好！"张明珠推着行李箱来到招聘小姐跟前，礼貌地递上了自己的简历，自我介绍道："我叫张明珠，前天在报纸上看到你们公司的招聘信息，今天特地前来求职，这是我的简历，请多关照！"说完向招聘小姐咧嘴一笑，露出了雪白的小龅牙。

第一眼看到张明珠时，招聘大叔觉得她是个小美女，然而，当他看到张明珠说话时露出的小龅牙，顿时僵住了笑容。

"你想应聘什么职位？"招聘小姐问道。

"销售主管！"张明珠回道。

"销售主管？"招聘小姐漫不经心地接过张明珠递过来的简历，迅速地浏览了一遍，"你叫张明珠？"她边问边打量着张明珠。

"是的，我叫张明珠！"张明珠礼貌回道。

"这简历先放这儿，过几天通知你。"招聘小姐说道。

"好的，谢谢您！"张明珠说，"那我先告辞了！"

"不客气！"招聘小姐的嘴角掠过一丝轻蔑的微笑。

张明珠正要转身离去，突闻"嗖"的一声响，回头一看，她的简历已被人扔进了招聘桌旁的垃圾桶里。"你！"她气得指着招聘小姐说不出话来。

全场顿时鸦雀无声，所有的人都不约而同地将眼光投向张明珠。

望着神情傲慢的招聘小姐，张明珠强生生克制住自己愤怒的情绪，默不作声地走到垃圾桶边，取出了简历，然后轻轻弹去上面的灰尘，放进背包里。

"不满意你把简历退给我便是，为何扔垃圾桶里，你这样做太过分了！"她不满道。

"是呀！不满意就随便把人家简历丢垃圾桶里，这样做也太不人道了。"

"这下有好戏看了……"

求职人群中，有人替张明珠愤愤不平，有人幸灾乐祸。

招聘小姐没有回话，抿嘴窃笑。

张明珠心想：这人这么坏，如果我就这么忍气吞声地走掉，搞不好还以为我白痴好欺负呢！不行，就算要走我也得跟她评个理。一念至此，她径直走到招聘小姐面前，怒道："为什么扔我的简历？"

"对不起！"招聘小姐眉毛一挑，满脸不屑道，"根据我们公司的要求，销售主管这职位得有大专以上的文凭才行，你目前的条件还达不到我们的要求。"

张明珠说："不合格你把简历退给我就是，干吗丢垃圾桶里？"

"这不正常吗？"招聘小姐冷笑道，"哪家公司会留那些被淘汰的简历，还不照样丢垃圾桶里。"

张明珠侧目看了一眼坐在招聘小姐旁边的招聘大叔，却见他神色平静，一言不发，似乎此事与他无关。

"简历相当于每个求职者的仪容仪表，把人家简历丢垃圾桶里，这是在羞辱人，你知道吗？"张明珠气道。

"很多被淘汰的简历都丢垃圾桶里，又不止你一个！"

"作为公司的后勤人事干部，难道你不觉得自己这样做很过分吗？"

"这简历丢都丢了……"招聘小姐神情霸道，"难不成你想打架呀？"

张明珠说："这话可是你说的，我没说。"

"你有完没完呀？"招聘小姐怒道。

看到招聘小姐开始情绪失控了，张明珠继续道："单位里出了你这样一个没有素养的管理员，想必也不是什么靠谱的企业，我没必要再跟你浪费口舌了。"说完转身头也不回地离开了泉州夏得威食品公司。

"那姑娘说得没错！这招聘小姐这么霸道，我们要真被招了，往后的日子也好不到哪儿去。"

"没错，走吧，到别的单位看看去。"

"唉！这人长得人模人样的，做人怎么如此不讲理？……"

大家窃窃议论道，然后一个接一个地走出了招聘大厅。

眼看前来面试的人走得没剩下几个，招聘小姐气得脸色发青。

与此同时，站在泉州夏得威食品公司对面静观的张明珠脸上露出了得意的笑容，谁让那招聘小姐如此目中无人。

第二章　黑马王子

回家的路上。坐在公共汽车里的张明珠望着窗外的风景出神。

远处一片翠绿，成群的牛羊在山丘下的草地上慢悠悠地吃着青草，构成了一幅醉人的风景图。这美丽的画面令她心旷神怡，完全忘记了早上所遭到的羞辱。

汽车摇摇晃晃地行驶了一个多钟头后终于抵达莲城。下车后，张明珠往家的方向走去。走着走着，张明珠在一家小杂货店前面停下了脚步，然后给自己找了块石头坐下。

"暮色苍苍，前途茫茫，找不到工作怎么办？难道我张明珠注定要在这个小城镇终老一生吗？"她神情迷茫地仰望着苍苍的天空，若有所思。

"老板，你这里有没有'红梅'牌的香烟？"正愁着，耳边响起一个熟悉的声音。她抬头一看，只见一辆老式的凤凰牌自行车上骑着一个身穿黑色 T 恤的大男生。

男生长着一张国字脸，浓眉大眼，高高的鼻梁，相貌英俊，古铜色的皮肤，看起来阳刚气十足，气质高雅。

"陈道明！"张明珠喜出望外地从石头上站起身来。

"明珠！"陈道明满脸惊喜道。

陈道明是莲岛前垵人，留着三七开的发型，高高的个子，穿着一件白色的牛仔裤，脚蹬咖啡色的运动鞋。他是张明珠高中时的学长，大她4岁。

在张明珠的眼里，陈道明就像童话里的白马王子，不，应该说是黑马王子，因为陈道明骑的是辆黑色的自行车。

两个久别重逢的年轻人就这样定定地站在那里，凝眸相望。

"喂……"杂货店的老板嘴里叼着烟，走到陈道明身边，低声道，"少年，你不是要烟吗？"然而，陈道明却置若罔闻般一点儿反应也没有。

"喂，少年，你不是要烟吗？中邪了吧？"店老板提高声道。

"啊！"陈道明涨红着脸，说，"不好意思，刚才只顾着跟老同学说话，没听见。"

"没听见？"店老板瞟了明珠一眼，说，"我看你是被勾魂了吧？"

张明珠听后面红耳赤道："道明，我先走了！"说完转身逃似的离开了小杂店，朝着家的方向走去。

陈道明掏出10块钱，塞到店老板手里："拿着，不用找了！"说完匆匆忙忙地跨上自行车，远远地跟在张明珠身后，直到她的身影消失在十字路口后才调头回家。

自从下午在路上与张明珠意外邂逅，陈道明那颗抑制已久的心又开始躁动不安了，满脑子都是她的影子，那清纯动人的容貌又时常不安生地在他眼前晃动，耳边仿佛又响起那一连串银铃般悦耳动听的笑声。

时间回到高三那年的某一天下午。

放学后同学们都走得差不多了，只有操场上还有几个低年级的学生仍在你争我夺地打着篮球。

　　陈道明装成不经意地转到了张明珠的教室外面，往教室里探头一看，见里面空无一人，便闪身走进了教室，把一封花了几个晚上才写成的信塞进了张明珠课桌的抽屉里，然后逃似的离开了教室。

　　接下来的几天，陈道明有事无事老在张明珠的教室外面晃来晃去，偷偷观察她的反应。可是，张明珠一看到他就拉下脸，这令陈道明困惑不已，不知道张明珠为何会这么讨厌他。更令他担心的是，万一张明珠将信交到班主任那去，这糗可就出大了，让他今后怎么在人前抬得起头呀！每每想起这事，他便懊悔得直想打自己的嘴巴。

　　打那以后，陈道明一看到张明珠总是有意无意地远远躲开。

　　几天后，见没有老师找上门来，同学们似乎也没啥动静，陈道明这才松了口气，认为事情已经过去，胆子也就壮了，又开始频繁地在张明珠的身前身后转悠。

　　那天早上刚刚下过一场大雨。到了下午，天放晴了，天空分外地洁净，落日的余晖洒在曲径通幽的绿林中，跳跃着生命的色彩。

　　放学后，陈道明背着书包，一路上哼着歌走回家。

　　走着，走着，陈道明发现张明珠和她同桌刘婷婷正走在他前头，两人正交头接耳，便好奇地跟在她们背后偷听。

　　当张明珠与刘婷婷聊得正兴时，突然发觉到什么，回头一看，陈道明正磨磨蹭蹭地跟在她们身后，还边走边踢着路边的小石块。

　　"喂，站住……"她气得脸色唰的一下绿了。

　　"坏了，被发现了。"陈道明做贼心虚似的假装没听见，贼头贼脑地四处张望，谁知一不小心被前面的石头给绊倒在地，一头扎进了路边的豆草堆里，脸上、头发上全是豆草，一身狼狈。

　　这一幕逗得明珠和刘婷婷两人"哈哈"大笑起来……

　　"活该……"看到这一幕，张明珠心里乐滋滋的。

　　"明珠，等一下！"刘婷婷突然扯了下张明珠的衣角。

"干吗？"张明珠侧目问道。

刘婷婷看了陈道明一眼，把张明珠拉到一边："喂，你们该不会是一见钟情了吧？"她满脸狐疑道。

张明珠听后脸上一红，用手肘轻轻地撞了下刘婷婷，嗔怪道："去你的，别老是胡说八道。"

"你跟他没事，刚才怎么叫人家'站住'？"刘婷婷反驳道。

"唉呀！真的没事，你别疑神疑鬼的好不好。"张明珠说完抬头一看，发现陈道明已赶在她们前头。

"有些人呀……"她突然提高声音拉长尾音道，"身为学生不认真学习，有事没事老是喜欢胡思乱想地乱说话，也不知道脑子里装着什么东西。不过……听说校长最近对学校里的行为作风盯得很紧，希望那些心术不正的男生们好自为之，不然被校长逮到了，后果自负。"

陈道明听后更是无地自容，逃似的快步跑回了家。从此，他再也不敢有任何轻举妄动的念头。

第三章　九十九封情书

20 世纪 90 年代中期是中国石材业发展的高峰期。道明与张明珠的家乡"莲城"便是闻名海内外的石雕之乡。

莲城位于惠安县闽南以东的沿海边，是座历史悠久、人才辈出的美丽小半岛。岛上无崇山峻岭，无田可耕，却分布着十二个村子。

这十二个村子中有九个临海的村庄都是以讨海为生，另外三个村子分别有着自己历史悠久的传统手工艺。西埔村擅长泥水；溪后村最闻名的是木作；峰岭村最出名的是石雕。清朝时期，从台湾台北的龙山寺到北京的十大建筑，以及后来集美的陈嘉庚先生自己主持兴建的陵园也都留下了峰岭村工匠们的身影。

在家乡千古流传的文化艺术熏陶下长大的陈道明自小就对雕刻怀有浓厚的兴趣。

1995 年，陈道明高中毕业后，便跟着一位邻村的亲戚学起了木工。凭着自己不懈的努力，不过一年光阴便可制作出整套有模有样的家具来。

学成木工的一年后，也就是在 1996 年的 8 月，陈道明扔下锯子和斧头，软磨硬泡地跟了一位家乡远近闻名的"头手师傅"①学习石雕雕刻。

说起石雕雕刻手工艺那可是一门绝活。那时候，全莲城真正能驾轻就熟的大师屈指可数，而在莲城的石雕界内，一件作品的落成大概分为三个步骤。其中最为重要的就是"抓坯"②。

在创作的过程中，整个作品的神态、形状皆出自于造型师的手中，因此被称为"头手师"。接下来，由另一位师傅根据"头手师"所做的形状与画上的线条进行下一步的细刻，大家称之为"二手师"。最后再由学徒在上面剁上细细的纹路，这样一件作品便大功告成。

凭着自己良好的美术基础，勤学好问的陈道明很快就手到擒来，轻车熟路，于两年后便学成出师，到如今已经是名扬海内外的石雕手工艺技师了。陈道明亲手雕刻的成品皆形状逼真，栩栩如生，因此深受海内外客商们的喜爱。

在平时，一提到陈道明这个人大家都赞不绝口，都夸赞这小伙子不但人长得帅气，而且还拥有一门好手艺。

"欲要寻她千百度，却道芳影无处睹！"这三年间陈道明可是饮尽了相思之苦。自从高中毕业后，他曾经几度踯躅在张明珠家门口，希望能看到她的身影，哪怕是远远看着也好，然而每次他都失望而归。

这一次陈道明决定提起勇气，再次向张明珠表白，只是不知道张明珠会不会再拒绝他，可是，他一下子又找不出什么借口约她出来。如果直接到张明珠

---

① "头手师"：就是"抓坯"的造型师傅，每一件艺术品的成败关键都与"头手师"有非常重要的联系。
② "抓坯"：造型。

家门口喊她出来，依她那性子，肯定会更加反感他，要是用书信通知，她肯定又心不在焉的。这也不是，那也不是，这天晚上，陈道明为此翻天覆地地睡不着觉："张明珠呀，张明珠，你怎么这么难对付！"

这天晚上，张明珠回到家中后一直一副失魂落魄的样子，回忆起当初与陈道明一起上下学的日子，她在内心不停地反问自己是否真喜欢这个男孩。

晚饭后，她回到卧室，走到窗前的书桌旁，静静地呆立了片刻，随后从抽屉里翻出了一封信，打开一看，一行行飘逸的字迹再次踊跃于眼前。

明珠：

你好！

记得第一次见到你的时候，那是个黄昏，你穿着一身红色的运动服向我走来。

当时我惊讶地睁大眼睛：好清纯的少女！琼瑶笔下的主人公似的，我顿时被你深深地吸引住了。从此，我那空白的情感天地里被你重重地抹上了一笔。

每次与你相遇后，我都会情不自禁地想看你一眼，哪怕就那么一眼，与你的目光相遇，我就像获得了极大的满足一样开心。

记得有一次，你在服装店里打暑假工，当导购员，当时你很专注地低着头与别人谈话，我骑着车子到了你的店门口，可你还是没有发现我的到来。

我一时寻不到你那剪水秋瞳般的双眸，就好似失落了一件珍贵的礼物般怅然若失，难以自已。你知道吗？从那一刻开始，我害怕失去你。于是，我开始尝试着主动去接近你……

很好笑，我总是千方百计地找机会与你说话……感谢上天让我认识了你！尽管你每次都对我恶言恶语的，但是，我还是喜欢你生气的样子。

　　说真的，你生气的样子很可爱！

　　……明珠，情到深处时，人就会傻乎乎的，说出来的话也是傻乎乎的，你会觉得好笑吗？

　　想到笑，眼前仿佛又浮现出你那张洋娃娃似的可爱的脸，挂着灿烂的笑容，或大笑，或微笑，都会令我似丢了魂。

　　明珠，你是那样的圣洁，美丽大方！你的影子每时每刻都浮现在我的眼前，伴我左右。

　　我想，我是爱上你了，不知道你是否愿意接受我的求爱？不过没关系，我不会伤害你的，你可以把我当朋友看待，直到你喜欢上我的那一天！

　　明天是月圆之日，我想约你一起到海边赏月。时间是明天晚上的七点，我们在滨海渡头见面好吗？

　　我会等你的，哪怕你不会来，我也会继续等着你的，直到你出现为止！

陈道明

×××年×月×日晚上9点15分

　　这是陈道明三年前交给张明珠的那封信。然而，那天晚上张明珠没有去赴约，而是悄悄地藏好信。今天，当她再次看完这封信后，满怀激动。

　　"明珠，你喜欢他吗？"张明珠的内心似有一股莫名的欣喜，但又感到惴惴不安。

　　她静立于窗前，在一片岑寂中倾听自己的心跳，时而紧张地伸手拉动窗帘，时而神情迷惘地望着窗外那松树间露出一角的夜空，目光游移，若有所思。

　　第二天晚上，疏柳萧萧，残月高挂，大路的两旁林木青翠，蝉鸣蛙跳。

　　陈道明沐浴着月亮的清辉来到了张明珠家门口，却一时找不到什么借口敲开她家的门。"我该怎么跟她说好呢?"他心急如焚地徘徊着。

片刻之后,陈道明终于鼓起勇气,敲响了张明珠家的大门。

"谁呀?"屋里传来张明珠的母亲陈玉华的声音。

陈玉华听到敲门声后,搁下手中的活儿,开门一看,是个陌生男子。

"你找谁?"陈玉华警惕地打量着陈道明,这年头小偷骗子可不少,她不得不提防。

"伯母您好!我叫陈道明,是明珠的同学……我有事找她,请问她在家吗?"陈道明见陈玉华冷眼审视着他,显得有些紧张。

"在,你等下!"陈玉华说完提高嗓子,往屋里喊道,"明珠……有人找!"

"来了……"在屋里看书的张明珠回道,之后起身走出了房间。

"道明!"看到陈道明后,张明珠感到很意外。

"明珠!"陈道明显得有些紧张。

张明珠莞然一笑,轻声问道:"有事吗?"

"我,我有件东西给你看。"陈道明说完递给了她一个纸包。

张明珠接过纸包,欲言又止。

"你明天晚上有空吗?我想约你出来一下,可以吗?"陈道明用恳求的眼神望着她。

"好!"张明珠回道。

"太好了!"陈道明高兴得差点跳起来,"那就这么定了,明天晚上8点,咱们渡头见面,不见不散。"他神情兴奋道。

张明珠点了点头,笑而不语。

陈道明说:"那我先回去了!"

张明珠浅浅一笑,说:"再见!"

"再见!"陈道明说完转身往回走,不想一个趔趄差点儿被路边的石头绊倒在地。

"你没事吧?"张明珠看了看浑身是灰的陈道明。

"没,没事!"陈道明满脸通红地跨上自行车,踩着自行车"吱呀吱呀"地消失在夜幕中。

"那小伙子是谁呀？"陈玉华望着陈道明远去的背影问道。

"老同学！"张明珠道。

"老同学？"陈玉华疑神疑鬼地看了张明珠一眼，说，"就算是老同学，也不能走太近，今后你让他晚上少往咱家里跑。"

"妈，你这思想怎么跟邻居那些三姑六婆一样不开窍呢？我们是正常朋友！"张明珠低声嘟哝道。

"不行！就算是正常朋友，也得保持距离，你才多大呀？也不怕人闲话。"陈玉华严肃道，说完转身进了屋。

"妈你想太多了吧！人家只是在咱家门口站了会儿……"

"你还是个黄花闺女，如果那男孩晚上往咱家跑，别人看了还以为你俩是在搞对象呢！"

"他们思想不纯洁，爱咋说就随他们说去。"张明珠说完转身回到自己的房间里，"呼"的一声关上了房门。

"唉！这孩子……"陈玉华摇头叹道。

张明珠关上房门后，打开纸包一看，里面是数十封未寄出的信。

"天啊，这么多的信……"张明珠满脸惊讶地拆开第一封信：

有谁在意天气

又有谁在意时间

只希望道路的绵延

有个人时刻惦记着你

那个人就是……

我

明珠！我无时无刻不在呼唤着你的名字。自从毕业以来，我对你的思念之情犹如虫咬般痛苦。你知道吗？我曾几度努力不让自己再想你，但是，每次的努力都徒劳无功。

明珠，这些年来我对你的思念不断，又不知道如何向你表白是好……

明珠，短短人生几十载，真正属于我们的时间不多了，请你不要拒绝我，好吗？

注：亲爱的明珠，这些信是我这些年来想念你的时候写下的。本来想寄给你，又怕你责怪，因为你还在读书，为了不影响你的学习，我一直藏着没有寄出去。今天，我一并带来给你……

……

张明珠花了5个多小时才读完陈道明写给她的信。这些信整整有九十九封，读完信后，她完全被陈道明信中的深情言语给打动了。这天晚上半夜里，张明珠躺在床上，辗转反侧，睁眼闭眼全是陈道明的影子。

第二天晚上，月色朦胧，风儿萧萧。

张明珠到渡头赴约时，陈道明早已神采奕奕地候在那了。刚要开口说话，渡头的入口处突然传来一阵拖拉机"轰轰"的声音。紧接着，入口处出现了一群赶海的渔民。瞬间，周围全是走在石板上那敲得"啪嗒啪嗒"响的拖鞋声和谈笑声。

"明珠，过来！"陈道明拉着张明珠在旁边的台阶上坐了下来，"我让你带的东西你带了吗？"

"带了！"张明珠边说边把她带来的自画像和照片递给了陈道明。

"谢谢你！"陈道明边说边认真地端详着张明珠的照片和自画像，突然"哈哈哈"大笑了起来。

"笑什么呀？"张明珠瞥了陈道明一眼，感觉有些莫名其妙。

"照片里的你真像个丑小鸭，画里却是个美人，想不到你还真有一手，将自己给美化了，哈哈哈……"陈道明笑道。

张明珠听后瞪了他一眼，心中暗道：小样，俺本来就不丑！

"对了，你这照片是什么时候拍的呀？怎么一点儿都不像你！"陈道明笑道。

张明珠说："这就是我呀！哪不像了？"

"说真的，我还是觉得你真人漂亮，比照片里的好看多了。明珠你看！"陈道明说完从口袋里掏出一台袖珍收音机，放了一首音乐，"我这里有首歌很不错，来，你听听。"

没等张明珠反应过来，陈道明就把耳机塞到了她的耳朵里。

这时候，山那边偶尔传来几声蛙鸣，打破了四周的静谧。

陈道明按下收音机的播放开关，耳机里立即传来李玲玉甜美的歌声，歌声凄切，扰人情怀：

心上人，在哪里

为何四处找不到你

当你离去的时候

我会伤心泪流

痴情地等候

不要一去不回头……

听着听着，陈道明壮起胆子，搂着张明珠肩膀。

这次明珠没有拒绝，静静地偎依在陈道明身边，陶醉于初恋的甜蜜中。

莲岛的夏日炎热无比，到了晚上清风拂面，凉爽惬意，因此，每到晚上景色怡人的滨海码头和沙滩便成了少男少女们谈情说爱的好地方。

张明珠和陈道明经常到此幽会。

陈道明生性爱说话，喜欢给明珠讲一些有趣的人情世事，而张明珠话不多，她很欣赏陈道明的口才，也很乐意接受他所提供的新观念，总是不知不觉地跟着他所描绘的画面进入新的领域。

共同的爱好、共同的语言使这对男女彼此迷恋着，两人从牵手到勾肩搭背，引来路人许多目光。不到几天，张明珠与陈道明恋爱的消息就传遍了整个莲城，也传到了张德和陈玉华的耳朵里。

第四章　冲动的魔鬼

一天早上，陈玉华对正在看报纸的张德说："听说咱家闺女跟一个外乡的小伙子好上了，老头子你说这事咋办呀？"

张德听后瞪了她一眼："男大当婚，女大当嫁！这是好事！"

"都说'好女不嫁外乡人！'老头子，我说你是真糊涂还是假糊涂呀？你说咱家闺女哪样不如人，怎么就挑个外乡的，这不招人闲话吗？"

"胡言乱语！"张德"啪"的一声把报纸往桌上一丢，怒道，"照他们这么说，咱家明珠是品质方面有问题才会找个外乡的小伙子？"

"人言可畏，老头子，难道你舍得看咱家孩子被人笑话吗？"

"老子的女儿愿意嫁给谁关他们屁事！"张德瞪大两眼，声音铿锵道，"人家故意抹黑咱女儿，你还傻傻地跟着瞎起哄，黄泥都快埋到胸口上的人了，还这么没脑子？在我看来，只要那男孩品质好，求上进就行了，别人爱怎么说让他们说去。"

听张德这么一说，陈玉华想了想，说："老头子，你这么说也不是没有道理，但愿咱家明珠的眼光好，能遇上一个可以呵护她一生的好男人。"

"放心吧！我昨天托人去了解了一下，听说男方的家庭不错，那孩子自己也办厂经营，年轻有为，人品又好。再说，咱家明珠也是有思想、有分寸的孩子，我看她与那个年轻人的事也才开始不久，在他们还没确定关系前，我们最好不要插手，让他们顺其自然发展就行了。"

"老头子！"陈玉华满脸惊讶道，"原来你早就打听过那孩子的事了，这事你怎么不早点儿告诉我呀？"

"你以为我不关心咱女儿的终身大事吗？"张德没好气地瞪了她一眼，拿起桌子上的报纸，说，"三天前，我从陈大脚家门口经过时，她喊住了我，然后告诉我明珠与那外乡男孩谈恋爱的事情，说那男孩名叫陈道明。我听后就直接跑了趟老赵家，让他帮我打听下那孩子的事。老赵他第二天就给我回话了。"

"这样就好！"陈玉华听后如释重负般吁了口气，"那男孩品质好我就放心了。"

时间过得很快，转眼间又送走了夏季，进入秋高气爽的季节。

一天早上，明珠从报纸上看到了"星际酒店"的相关招聘信息。上面写着：

厦门"星际酒店"招聘信息：

经营性质：中外合资；

酒店星级：三星；

经营范围：客房、餐饮、足浴中心；

急招一批总台服务生。

专业要求：旅游；

学历要求：中专以上程度，月工资底薪700元；

另，急招两名酒店储备干部：

学历要求：大专，专业不限；

附加条件：有一年以上的酒店总台经验，掌握一门外语，每月底薪1200元；

合同签满一年后，每三个月增加100元，满一年封顶；另，酒店每年根据销售总额给每位员工发放年终奖。

"哇！星级酒店……那可是个高雅的场所！"张明珠看完招聘信息后，喜出望外，那不正是她心仪已久的地方吗？

"爸……今天报纸上有条招聘信息，您看了肯定会满意的！"张明珠快步来到张德的身边，递上手中的报纸。

张德接过报纸，摘下老花镜一看，沉吟了片刻，对张明珠道："嗯！不错，这是一家正规的企业。"

"爸，这么说你不反对我去那里上班啰？"张明珠问道。

"当然不反对！以前我听说过这家企业，这是星云集团属下的一家三星酒店，培养过不少的管理精英，你要真去那里上班了，肯定能学到知识。"张德道。

"太好了，爸！那我明天就去面试……"张明珠高兴得差点蹦起来。

"去吧，孩子，好好努力！"张德的脸上绽开了一副笑容。

这天晚上，张明珠比陈道明早一步来到渡头，找了一块石头坐了下来，一个人静静地望着岸边的渔火陷入沉思。

过了一炷香工夫，陈道明骑着自行车风风火火地出现在滨海渡头。

俗话道："一日不见如隔三秋！"到了张明珠面前时，陈道明跳下车来，把车子往墙边一靠，疾步来到张明珠面前："明珠，这两天都在忙些什么？"

张明珠说，"没什么事做，就闷在家里看书，帮我妈做家务，你呢？"

"自从搭了个工棚后，国外的订单越来越多了。许多商家都要求我寄新样品给他们。前些日子有个台湾的老客户让我设计几款新样品寄给他，昨天上午打样完成后，我立即让人去了趟厦门，把新样品送到那客户在厦门的办事处。没想到今天下午客人就回电话了，说他看了这次的新款后，觉得很满意，并给我传真了一份签约合同，说这批货比较急，让我抓紧时间完成任务。所以，接下去的这些天我可能要忙得脱不开身了。还有，我自己雕刻的'古山狮'现在已经扬名整个台湾了，许多的台湾客户来大陆时，都指定要我亲手雕刻的'古山狮'。"一谈到自己的事业，陈道明浑身是劲，说完给自己点燃一根香烟。

"道明你很棒的，希望你在事业上能有更大的成就！"张明珠羡慕道。

说心里话，她打心里佩服陈道明的毅力，像他这样一个既有才学又长得帅气的男生，极少有人愿意做这般粗重的苦活，而他能有今天这般成就，完全是靠自身的努力，白手起家。

"谢谢！"陈道明吞云吐雾着。

张明珠转身出神地望着大海，皎洁的月色洒在她的脸上，映射出醉人的光彩。

陈道明看得着了迷。

此时此刻，沐浴在月光下的张明珠看起来宛若画中的美人，弯弯的眉毛，双眸似水，小巧的鼻子，叶子般的嘴唇无比性感。

第五章 "贼船"

"很晚了，快送我回去吧！"张明珠被看得不好意思，低声说道。

陈道明听后看了看手表，皱着眉头道，"现在才九点半，这么早回去我会睡不着的，你再陪我说会儿话。"

"嗯。"张明珠说完静静地望着波光粼粼的海面发呆。

过了一会儿，陈道明突然问道："明珠，你现在没工作，需要花钱买画具吧？"

"嗯！画画是我的爱好，但是，这又不能当饭吃……只能当成是业余爱好。"

"那你有什么打算？"

"我打算明天去厦门找工作！"

陈道明听后怅然若失地沉吟了片刻，然后扔掉手中的烟头，扶着张明珠的肩膀说："明珠，别离开我，需要钱你跟我说便是。"

"不行！"张明珠认真道，"我不希望我们之间存在'钱'这个字眼。"

陈道明说："可我是你的男朋友呀，你花我的钱是应该的！"

"我才不想当个无所事事的寄生虫呢……你能理解我吗?"张明珠情绪激动道,她不希望陈道明总把她看成是个未成年的少女。

"明珠你不要误会我的意思!我的意思是说,你太年轻了,思想单纯,还不谙世事,一旦踏出社会很容易上当受骗。"陈道明解释道。

张明珠说:"谢谢!但我现在已经是个成年人了,老在这里待着不出去工作是不行的,我还得养活我爸我妈。"

"你爸你妈我来帮你养。"陈道明态度诚恳道。

张明珠听后一怔:"凭什么让你帮我养我爸我妈呀?"

"俗话说'一个女婿半个儿子!'我是他们未来的女婿,照顾他们是我的责任。"陈道明态度严谨道。

"未来女婿?"张明珠红着脸说,"我们现在还没确定关系呢!再说……就算我想嫁给你,我爸和我妈也不一定答应呀!"

"好吧!"陈道明想了想,说:"要不……我工厂刚刚起步,正缺人手,你去帮我做事,怎么样?"

张明珠听后,傻了,能跟心爱的人在一起工作,整天形影不离的,这可是每个女孩求之不得的好事。但是,对她来说,外面的世界就像一座知识宝库,神秘莫测,充满魅力,她必须亲自去打开这个宝库,去了解这个世界,那样才不会像井底蛙一样无知。

"不了,我有我的梦想和追求,谢谢你!"她婉言谢绝道。

"明珠,我真的很希望你能陪在我身边!"陈道明态度认真道。

张明珠说:"我有我的想法,希望你能理解!"

陈道明听后沉吟了片刻,说:"好吧……我尊重你的选择,这样吧,明天我送你去厦门。"

张明珠说,"不用了,我又不是小孩子,自己一个人去就行了。"

陈道明见她意志坚决,只好说,"那好,你小心点就是!这外面的社会很复杂,你一个姑娘家出门要多加小心,凡事多长个心眼……"

"知道了!"张明珠盈盈笑道,"所以我不能老是生活在父母亲的呵护下,我必须亲自去体验生活，去领悟生存的价值呀！"

陈道明听后脸色更加沉重了，似乎在思考什么问题。

张明珠见他突然沉默不语，一下子又犯傻了，不知道这个大男孩心里又在想什么。

"道明……"她低声问道。

"啊……"陈道明如梦初醒般应了一声。

张明珠说："瞧你整个人都走神了，你到底有没有在听我说话呀？"

陈道明突然明白什么，呵呵笑道："瞧我们整个晚上都在谈论工作上的事，好了，现在不说了，我们来猜谜语吧！"

"猜谜语？"张明珠一听来劲儿了，说："行，你来出题。"

"你知道白雪公主吻了白马王子后，白马王子为什么会马上晕倒在地上吗？"陈道明笑道。

"不知道？"张明珠想了想，说，"会不会是乐晕了？"

"不是。"

"不是乐晕，难道是被吓晕了？"

"没错，王子是被吓晕的！"陈道明满脸坏笑道。

"为什么？"张明珠一头雾水地看着陈道明，"能不能给点儿提示？"

"行！"陈道明笑道，"那你说白雪公主那么温柔漂亮，为什么白马王子还会被她吓晕过去？"

"不知道！"张明珠急眼道，"你这哪是什么提示呀？有你这么忽悠人的吗？"

"你今天怎么啦？这么简单的谜题都答不出来？"陈道明道。

"既然你已经有答案了，那就直说吧！"张明珠嘟哝道。

"好，不过我要条件的。"陈道明神色狡诈道。

"什么条件？"张明珠问道，她恨不得马上就知道答案。

陈道明听后嬉皮笑脸地贴上脸，说："亲我一下，我就告诉你！"

张明珠听后心底一慌，闪身躲开了："我不想知道了，回家……"说完站起身来，迈开大步朝着家的方向走去。"编故事逗我，我偏不理你，让你自个儿乐去。"她边走边想。

"喂……张明珠你怎么这么聪明呀……就不能糊涂一回吗？"陈道明边喊边踩着自行车跟在张明珠身后。

"咯咯咯……"张明珠笑着向前奔跑。

陈道明"嘎吱嘎吱"地踩着自行车，加快速度紧追过去："明珠你别跑……等等我……"

眨眼间工夫，陈道明人跟车子就已到了张明珠面前，拦住她的去路。

"上车吧，我的白雪公主！"陈道明气喘吁吁道。

"不……我自己走路。"张明珠佯装生气道。

"哎呀你怎么这么不懂幽默呀……"陈道明道，"快上车吧！"

张明珠听后顿住双脚，转身正视着陈道明，然后模仿他的口气："好呀，但你必须答应我一个条件。"

"你先上来再说吧！"陈道明笑道。

"不！你若真想让我上你的贼船，必须先告诉我谜底。"张明珠执意道。

第六章　遇到色狼

"你这鬼精灵，白马王子就是被白雪公主的口臭给熏晕的，哈哈哈……"陈道明仰天大笑，笑得鬼模鬼样的。

"咯……"张明珠一下子也被他逗乐了，笑得上气接不了下气地，"你自己编的……"

"傻丫头，不编故事逗你，你会笑得这么开心吗？快上贼船吧！"陈道明边说边把张明珠拉上车，两人一路上侃天侃地，有说有笑……

到了张明珠家门口。陈道明握着她的一只手，说："明珠，到了那里一定要认真工作，闲时别到处乱跑，多花些时间读书，提升自身的修养。要知道学习不是为了装点门面附庸风雅，而是为了丰富自己的学识，耕耘自己的人生。知道吗？"

"嗯，我会的！"

"乖女孩！"陈道明依依不舍地将明珠搂进了怀里，生怕她飞了似的久久不肯松开。

就在此时，在离张明珠家不远的地方突然出现一个黑影。

那黑影静静地站在黑暗处，默默地注视着陈道明和张明珠的一举一动。

"已经很晚了，回去吧！"张明珠低声道。

"好，那我回去了！"陈道明说完跨上自行车，"你到厦门后记得给我打个电话报平安！"

"嗯！"张明珠依依不舍地向他点了点头。

"那我走了，你早点休息。"陈道明说完骑着车子一阵风似的飘走了。

站在张明珠家附近偷窥的黑影她的邻居王芬。

比张明珠大两岁的王芬，长着一张迷人的鹅脸蛋，高高的鼻梁，深陷的眼窝衬托出一双野性不羁的大眼睛。她们是从小玩到大的好姐妹，也是同校的校友。而王芬和陈道明是高中时的同班同学。

自高一那一年起，王芬就被陈道明这样一个风流倜傥、玉树临风的才子给迷得神魂颠倒，茶饭难思，平时向陈道明暗送秋波、媚眼放电更是不在话下，还曾多次递纸条向他表示爱慕，却一直都没能得到回复。

俗话道："落花有意，流水无情！"陈道明总是有意无意地避开王芬。

王芬却是个执着的女孩，陈道明的冷淡不但没有冷却她那颗滚烫的心，反而增加了她的好奇心，总是翘首企盼有一天陈道明能被她的真情感化。

特别是这两年，为了接近陈道明，王芬总是想方设法地接近他周边的朋友，觊觎他的生活。当她得知陈道明与张明珠相爱后，寝食不安。但她是个有心机的女孩子，表面上装作什么也不知道，仍然与陈道明和张明珠两人有说有笑。

"将来我要是能嫁给像道明哥那样高大英俊的男人,那该有多好呀!"一天,王芬故意在张明珠面前夸陈道明,说像陈道明这样一个德才兼备的男人打着灯笼也无处寻,将来非他不嫁。

张明珠听后笑而不语,这令王芬感到很惊讶,心想:张明珠听我这么夸道明哥,却一点儿反应也没有,难道是道明哥他一厢情愿的?

王芬心里越是好奇,越是想试探张明珠的心思。自那以后,王芬每次遇到张明珠和陈道明时,总是表现出对陈道明体贴入微的样子,这使单纯的明珠茫无头绪,常为此感到困惑。

"爸,妈,我回来了!"陈道明的母亲陈英的听力有些问题,为了不吓到母亲,他每次人没进家门口就扯开嗓子向两位老人报平安。

"明儿,你去哪儿了,这么迟才回家?"坐在大厅里看电视的阿同伯厉声问道。

"去强仔家喝酒了。"陈道明撒了个谎。

"你以为你还是小孩呀,不知道这么迟回家会让家人担心吗?"脾气暴躁的阿同伯涨红着脸,敲了敲手上那支陈道明刚送他不久的檀木烟斗,厉声道:"下次要再这么迟就别回来。"

"哎呀……老头子你别这么凶孩子了。明儿,来,喝碗热汤吧!以后记得早点回家啊……"身穿惠安女服的陈英为陈道明端来一碗热汤。

夫妻俩只有陈道明这么一个孩子,望子成龙心切,要求特别严格。因此,陈道明每次晚归都难免会遭到阿同伯的批评。

"知道了!以后我早点回家就是,哇……这汤好喝!"陈道明是个孝子,父母的训话他从不顶撞。

第二天早上,阳光明媚,秋高气爽。

张明珠穿戴整齐,提着母亲为她准备好的行李,踏上了开往厦门的公车,离开了家乡。

三个小时后，公车摇摇晃晃地驶进了厦门梧村汽车站。

张明珠提着行李下了车，神情迷茫地望着川流不息的车辆。

车站门外面人声鼎沸，有摆路摊叫卖的、有拉二胡的，旁边的"肯德基"餐馆门外正播放着振奋人心的舞曲，一群小孩站在扎着马尾的服务生小姐身后，随着音乐的节奏手舞足蹈地跳起舞来，一派热闹非凡的景象。

到了拐弯处，迎面走来了个40多岁的大婶，张明珠连忙上前问道："大妈你好！请问厦门市湖滨北路15号楼往哪里走？"

大婶听后狠狠地瞪了她一眼，说："不知道，你问别人。"说完"哼！"的一声抽脚就走。

"大妈！"望着大婶离去的背影，张明珠犯愁了：这大妈怎么啦？问个路都不愿说，还凶巴巴地瞪我。

"小妹妹，人家是个四十出头的大姐，你却叫人大妈，难怪碰了一鼻子的灰。"正愁着，迎面走来一个留着八字胡须剪着平头的中年男人。

"喔！"张明珠恍然大悟道。

"小妹妹，你去哪？我带你去！"中年男人走近张明珠问道。

中年男人看起来大约40岁，身高不到一米六五，一双眼睛贼溜溜地在张明珠的脸上扫来扫去。

"谢谢！不用你带我去，只要告诉我怎么走就行了！""张明珠婉言谢绝道。

"你可知道厦门市湖滨北路15号楼离这里有多远？"男人假装神秘道。

张明珠说："不知道！"

"那地方离这很远，走路得花两小时！"男人夸大其词道。

"两个小时？"张明珠心想：糟了，这么远的路怎么赶得上面试呀？

"小妹妹！"男人指着停在路边的一部红色出租车，说，"你跟我走，我开车送你去。"他边说边向张明珠靠了过来。

张明珠本能地向后退了两步。

"小妹妹别害怕，大哥不是坏人！"男人边说边揽住张明珠的肩膀，"上车吧，我送你去！"

"滚开……"张明珠愤然推开了陌生男人。

陌生男人不但没有生气，反而死皮赖脸地向她靠了过来。

"别碰我……"张明珠急中生智，脱下一只鞋子，"噼里啪啦"地猛砸那男人的头。

这时候正好走过三个大婶。看到这情景，三个大婶围过来指责陌生男人是无赖，竟然敢在光天化日下非礼小女生，并警告他说要帮张明珠打电话报警，将他送进派出所。

陌生男人见突然来了三个"母夜叉"，知难而退，眨眼间消失得无影无踪。

"谢谢，谢谢三位阿姨的帮助！"张明珠感激涕零地向三位好心的大婶谢道。

"别客气！"其中一位年纪大点的大婶说，"这里人多复杂，小妹我看你不像是本地人，出门可要多加小心！"

"知道了，谢谢阿姨！"张明珠谢道，"阿姨，您知道去厦门市湖滨北路 15 号楼，怎么走吗？"

大婶听后想了想，说："不知道，我们也是刚来厦门打工的，对这里还不大了解，不知道你要找的是什么地方。"

另一个说："小妹妹，你说下你具体要找的是什么单位？"

"厦门星际酒店！"

三位大婶听后面面相觑，全都摇头说不知道。

年纪大点的大婶说："小妹，火车站一带的流氓扒手很多，你不要随便向人问路，要不你到对面大厦去问保安看看，他应该知道。"

另一个说："不行，问路还是找警察好，警察靠谱！"

"谁说的？"年纪大点的大婶白了那人一眼，说，"厦门的保安都是部队出身，都是受过专业考核的，他们的资格就相当于协警，小妹你别听她乱说话。"

张明珠听后连声道谢，然后告别了三位热心的大婶，转身朝着对面的大厦走去。到了一拐弯处，猝不及防被迎面走来的一个少年给撞了个满怀。

"哇……好疼！"张明珠捂着被撞得生疼的左手臂，抬头一看那少年早已经消失在熙熙攘攘的人群中。

"什么态度呀？连声道歉也没有就这么溜了。"张明珠气道，这后，她看了看手表，时间已近 10 点 30 分。

"糟了，再一个小时那招聘单位就要下班了，我到现在还找不到地方，怎么办？"想到这里，张明珠心急如焚穿过马路，朝着对面的大厦走去。

到了大厦的大堂门外，张明珠向一个身穿制服的保安礼貌道："叔叔您好，请问湖滨北路 15 号往哪个方向走？"

"湖滨北路 15 号！"保安大叔听罢想了想，撇着鳄鱼般的嘴角说："这里是厦禾路与湖滨南的交叉点，你要找的地方离这里还有一段路程。"

张明珠盈盈笑道："没事的，叔叔您只要告诉我怎么走就行了！"

保安大叔听后挥手朝北一指："你往前面直走，从前面的路口往左拐，直接走到了第三个十字路口，再往右拐，然后沿路走十几分钟就到了，那酒店就在湖边。"

"知道了，谢谢叔叔！"张明珠说完转身大步流星地沿着保安大叔指的方向赶去。

半个时辰后，张明珠来到了"星际酒店"大门外。

"星际酒店"的大堂外面绿树成荫，曲径通幽。

张明珠从包里掏出一张《海峡导报》，认真核对着报纸上的招聘地址，确认无误后，吁了口气，总算没有找错地方！

这时候，一个帅气十足的保安正在大堂外面的车道上忙着指挥进进出出的客车。张明珠正要走过去询问，迎面走来一个胖保安。

胖保安身高大约一米七五，身上穿着深蓝色制服，人长得慈眉善目的，年龄看起来已近不惑之年。

"大叔，我是来面试总台的，请问人事部往哪走？"张明珠上前问道。

胖保安听后从上到下打量了张明珠一番，和蔼道："不好意思，酒店规定大堂是不允许员工经过的，你这边请！"说完引领着张明珠从酒店后门的保安岗进去。

"人事部在十三楼的隔层，你沿着地下通向前走，然后乘坐电梯上13楼，电梯的右侧便是人事部办公室……"胖保安边走边向张明珠介绍酒店的内部办公室分布。

到了十三楼人事部走廊。张明珠抬目四下环顾，只见人事部办公室门外面的客用沙发椅上坐着三个前来应聘的人。

"这边请！"胖保安把张明珠引进了人事部办公室，向一个扎着马尾身穿蓝色制服的年轻女子介绍道，"小张，这位小妹是来面试总台的，交给你了！"

年轻女子听后抬头回道："行，我正忙着，你让她等会儿！"说完又埋头翻看手里的应聘资料。

年轻女子看来起有二十出头，圆脸细眼，眉清目秀，美中不足的是脸上长有密密麻麻的雀斑。

"小张是人事部经理助理，名叫张丽丽，你先在这里稍等片刻！"胖保安轻声对张明珠道。

"好的，谢谢叔叔！"张明珠礼貌道。

"不客气！"胖保安说完转身离开了办公室。

"下一个，李长宾……"办公室里传来张丽丽的声音。

眨眼间已是正午12点，人事部外面的走廊上空荡荡的，只剩下张明珠和一位比她还晚到的男生。

"下一个……"人事部办公室里面再次传来张丽丽的声音。

张明珠连忙站起身来。

与此同时，旁边的男生整个人像弹簧似的从椅子上弹了起来，抢在张明珠前头溜进了人事部办公室。

"这么猴急？"张明珠嘟哝一声满脸无奈地重新坐回沙发上。

过了一会儿，那男生出来了，得意忘形地对张明珠低声道："太好了，我被录取了！"他边说边向张明珠比画了个成功的手势。

"恭喜你！"张明珠淡淡道。刚才这男孩的插队行为令她很不愉快。

"谢谢，也祝你好运！"男生说完转身离去。

接着，从办公室里传来一阵"啪嗒啪嗒"的高跟鞋声，由远而近。

张明珠抬头一看，张丽丽已到了跟前。

"你，进来下！"她说。

"好的！"张明珠说完起身跟着张丽丽进了办公室。

这时候，人事部办公室里的工作人员已经走光了，只剩下张丽丽和张明珠两人。

"坐下说吧！"张丽丽挥手示意张明珠在她对面的黑色靠背办公椅坐下，然后问道，"你叫什么名字？我怎么找不到你的应聘简历？"她边说边认真地翻着桌上那沓厚厚的应聘简历，说话时声音平淡柔和。

"我叫张明珠，从莲城来的……"张明珠有点紧张，手心在出汗。

第七章　别怀疑我的人格

"请问你是通过什么渠道得知我们酒店的招聘信息的？"张丽丽和气道。

"我……我是在《泉州海峡导报》上看到的。"张明珠的舌头有点打结。

张丽丽听后抬起头来，认真地打量了她一番，"你平时说话有口吃的习惯吗？"她直截了当道。

"没有，刚才可能有点紧张！"张明珠连忙解释道，心里直埋怨自己不争气，不就面个试嘛，怎么一下子紧张得连句话也说不好，让人误以为自己有什么缺陷。

张丽丽豁达一笑："是吗！你带简历了吗？"她再次问道。

"有！"张明珠说完把手中的简历推到了张丽丽面前，两眼偷偷地观察她的脸部表情。

张丽丽动作优雅地拿起张明珠的简历，认认真真地浏览了一番，然后对她浅浅一笑，"对不起你来晚了，目前我们酒店的人员已经招满。"

"啊……"张明珠听后满脸失望，心想：这下惨了，又白跑了一趟。

"不过……我看你大老远跑来找工作，也挺不容易的！"张丽丽若有所思道，"这样吧！你先把简历放在我这里，这些天我会帮你好好留意，看看哪个岗位还缺人手，到时候再通知你。"

"谢谢！"张明珠暗中松了口气。

接着，张丽丽递给她一张名片说："这是我的名片，三天后你再按照这上面的电话号码给我打电话，到时候我会给你答复。"

张明珠接过名片认真一看，只见上面写着"人事部助理"五个字，下面是姓名和电话号码。

"谢谢你！"她满怀感激道。

"不客气！"张丽丽笑道。

"那我先告辞了！"张明珠说完转身离开了办公室。

走出酒店的大门后，张明珠又犯愁了，心想：虽说三天后会给我回复，可这三天我住哪儿呢？

"孩子，这是 1000 块钱，你拿着，找不到工作就马上回家……"这时候张明珠想到她临走前父亲的叮咛。于是，她提着行李找到了父亲所说的"八一宾馆"。

厦门"八一宾馆"是一幢三层的旧楼房，设施设备跟一般招待所无异，楼房陈旧，设施一看就知道年代已久，总台是个上了年纪的大姐。

"欢迎光临！"总台大姐满脸堆笑道，"小妹妹，请问住宿吗？"

"是的！"张明珠道，"还有房间吗？"

"房间还有，请问您要的是标间，还是套房？"

"有单人房吗？"

"有！"

"多少钱一个晚上？"

"50元一个晚上，外加50元的押金。"

"那好，我要一间。"张明珠说完伸手往包里一摸，不想，摸来摸去也摸不着钱包。这才发现背包里放钱包的拉链敞开着，里面的钱包早已不翼而飞了。

见张明珠神情紧张，总台大姐满脸狐疑地瞥了她一眼。

"糟了，所有的钱，还有道明和一些挚友们的电话、地址全都在钱包里，怎么办？"张明珠愁眉不展地站在到处散发着"花露水"味儿的大堂里，脑海里顿时浮现出她在车站的拐弯处撞上少年的那一幕。

"一定是那小子偷走的。可恶的小偷，让我逮到你，把你碎尸万段！"张明珠气得直咬牙。

"请问小姐还需要房间吗？"总台大姐不耐烦道。

"要！"张明珠说。

总台大姐满脸不屑地看了她一眼，说："好的，麻烦出示下证件！"

"什么证件？"张明珠不解道。

"身份证呀！"总台大姐满脸不屑道，"小姐您不会是第一次出门吧？"

"行！"张明珠应声伸手往包里一摸，身份证还在，不由得松了口气。但是，没钱住宿怎么办呢？难道把妈妈给的玉佩给当了？

想到这里，她连忙改口道："对不起！我刚才把身份证落在招聘单位了，我这就回去拿。"说完转身匆匆离开了宾馆。

张明珠深一脚浅一脚地穿过马路，步行到筼筜湖，一个人漫无目的地行走在经风雨剥蚀过的石头路上。

走着，走着，原本晴朗的天空突然暗了下来，转眼间乌云密布，雷声滚滚，紧接着下起了倾盆大雨。

张明珠抬头一看，不远处的湖边有一家污水处理厂。于是，她冒着大雨提着行李跑进了污水厂，躲进了大门边的保安亭里。

保安亭大约 2 平方米大，四周全是玻璃，里面空荡荡的一个人也没有。

张明珠伸手捋了捋那整齐利落的学生头，浑身湿漉漉地站在玻璃窗前，满脸无助地凝视着外面的大雨。

"老天爷您是在跟我开玩笑吗……工作还没找着就丢了钱，没钱回家，没钱吃饭，没钱住宿，怎么办呀？"她愁眉苦脸道。

就在此时，一道闪电掠过污水厂的上空，紧接着"噼"的一声打了个响雷。

张明珠吓得抱紧双臂，满脸无助地仰望着天空。

半个时辰过去后，这场恼人的大雨终于变小，变成了霏霏细雨。

张明珠拎起行李走出保安亭，沿着湖边继续向前走。拐了一个弯后，张明珠看到一家书亭门口挂有一张"公共电话"的牌子，她加快脚步走过去，想给道明打个电话，告诉他目前的处境。于是，她向正埋头看报纸的老板娘询问道："阿姨，您好！请问打省内的长途电话一分钟多少钱？"

老板娘头也不抬，漫不经心道："一块钱起价，每分钟加两块。"

张明珠伸手在包里摸来摸去，却只摸出一块钱硬币，"这怎么打电话呀？"她满脸愁容地看了一眼老板娘，一时不知道怎么开口。

"阿姨！电话费能不能便宜点呀？"明珠问道。

"不行！"老板娘头也不抬道，"大家都是这个价，不能便宜。"

"可是，我的钱包被人偷了，现在全身只剩下这一枚硬币了……"话到此处，张明珠眼眶一热，眼泪差点儿掉下来。

老板娘抬起头来，摘下架在鼻梁上的老花镜，全身上上下下打量了她一番，面无表情道："这年头的骗子多，谁知道你说的是真话，还是假话。"然后又重新戴上老花镜。

"阿姨，我说的全是真话！"张明珠满脸委屈。

老板娘不再理明珠，继续埋头看她的报纸。张明珠满脸失望地离开了书亭，漫无目的地沿着海边走。

午后两点。天空仍然飘着细雨，张明珠不知不觉地来到了轮渡码头。

到了鹭江宾馆旁边的一家小吃店时，张明珠闻到了阵阵馒头香。抬眼一看，只见馒头店门口摆着一屉屉热腾腾的馒头。她摸了摸空荡荡的肚子，然后掏出口袋里的那一块钱硬币。

"要是买了馒头，那就连打电话的钱都不够了。怎么办？"张明珠几次举起手中的硬币，又放下。

就在此时，一部豪华气派的黑色奔驰小轿车"嘎"的一声停在鹭江宾馆的大门外，一个光头男人从车里探出头来四处寻找着什么。当他看到张明珠时，顿时面露喜色。于是，他打开车门下了车，快步走到张明珠面前问道："小妹……你找工作吗？"

张明珠满脸惊讶道："你……怎么知道我在找工作呀？"

光头男人笑眯眯道："我看你像个学生，又不像本地人，就猜定是来找工作的。"

"现在星际酒店的工作还没有确认好，而我现在没钱吃饭也没钱住宿，不如先找份工作，暂时缓缓目前的困难。"想到这里，明珠又问道："请问你们是什么公司呀？"

"我们是一家娱乐公司，经营范围广，薪资又高。现在正需要一个秘书，月工资五千。小妹！我看你人长得漂亮，聪明又伶俐，来我们公司上班吧，包你吃香喝辣的！"光头男人直截了当道。

张明珠大吃一惊："五千？我……我没什么工作经验，凭什么拿那么高的工资呀？"

"没经验可以学的嘛，你人长得漂亮，又是个人才，很快就学会的……"光头男人边说边从黑色的手提包里掏出一叠百元钞票，塞到张明珠手里："这是五千块钱，你先拿着！"

"哇，天上掉下馅饼了……"望着光头男人手中的钞票，张明珠顿时两眼发光。

"走吧！小妹！"光头男人笑容可掬道。

张明珠说："好！"便跟着光头男人朝着黑色奔驰车走去。

"小妹妹请上车！"光头男人为明珠打开车门。

张明珠突然犹豫了，她想："无功不受禄，这天上怎么可能掉下馅饼来？……万一这其中有诈……"早上，母亲在送她去车站的路上再三交代过，说一个女孩子在外要多加小心，千万不可接受来历不明的钱财，你要是拿了人家五元钱，恐怕日后要变本加厉还给人家，甚至会毁了自己的青春和前途。

"对不起！这钱我不能拿！"一想起母亲的这些话，张明珠连忙把钱还给光头男人，婉言谢拒道，"谢谢这位大哥，我先回去跟家里人商量商量……"说完转身就走。

光头男人急了，两个箭步冲到张明珠面前，拦住了她的去路："小妹妹，你嫌钱少呀……"

张明珠摇了摇头。

"我再加一倍，要是你来我公司上班，薪资每月一万，怎样？"光头男人态度诚恳道。

"对不起，我不合适，你还是另请别人去吧！"张明珠转身就走。

"小妹妹，来我们这里工作每月还有提成，小妹妹你别急着走啊……"光头男人边追边喊，死缠不放。

"站住……"张明珠停下脚步，转身愤然作色地对光头男人低声喝道，"别再跟着我，不然我报警了。"然后朝着宾馆门外的保安亭快步走去。

到了保安亭，张明珠回头一看，光头男人已经开车离开，这才放心返回馒头店，然后花了两毛钱向店老板买了个馒头。

"小妹妹……行行好吧！给我些钱买点心吃吧！"这时候，张明珠的身后响起一个苍老的声音。张明珠回头一看，是个身穿灰色布衣、蓬头垢面的老婆婆。

老婆婆佝偻着身子，左手拄着一把拐杖，右手拿着一块装有几块钱硬币的碗。

"给点钱吧，小妹妹！"老婆婆把碗伸到张明珠面前，可怜兮兮道。

"婆婆……我的钱被偷了，哪有钱给你呀……"张明珠神情困惑道。

老婆婆哆哆嗦嗦地指着站在对面小巷口的一个五六岁大的小女孩，说："我的小孙女从早上到现在都没吃上一口饭，你就行行好给几个钱买馒头吃吧！"

一听这话，张明珠二话不说就把手里的馒头和刚刚找来的八毛零钱全都放进了老婆婆的碗里。

"穿戴那么好，就给这点钱，真小气！"老婆婆不满地瞅了张明珠一眼，唠唠叨叨地走开了。

"我自己都没钱吃饭，您老人家还嫌钱少？"张明珠在心里嘀咕。

老婆婆离开后，来了两个打扮得花枝招展的年轻女人。

两个女人到了明珠身边时，顿住了脚步。

"小妹妹长得很漂亮！"其中一个留着波浪卷发的高个子女人尖声尖气地问道，"刚来厦门，是吧？"

高个子女人浓妆艳抹，两片嘴唇看起来就像刚刚喝过猪血般耀眼，与其同行的是个长着娃娃脸的小个子女人。

张明珠没有回答高个子女人的问话。

小个子女人一声不吭地打量着张明珠。

"小妹妹！刚才你和那位光头男人的谈话我们都听到了，你真不该拒绝他呀……"高个子女人给自己燃上了一根烟，那抽烟的动作和妩媚的神态简直就像是民国电影里面的交际花一般妖艳诱人。

张明珠没有做声，心中警觉道：刚刚走了一个可疑的光头男人，这下又来了两个陌生女人，这些人老盯着我干什么，难道我遇上了传说中的人贩子？

第八章　陌生女人

"小妹妹你真是有眼不识泰山呀……"高个子女人惋惜道，"刚才那个男人可是个开会所的有钱人，平时出手慷慨，许多女人想巴结他都没机会。可刚才这机会来到你身边，你却把它拒之门外，真是可惜呀！"

"他有钱关我什么事？"张明珠厌恶地瞪了她一眼，转身离开了那地方，并暗中庆幸道：原来那光头男人的身份那么复杂，幸亏我刚才拒绝了。

"等一下……小妹，请等一下。"走出没多远，身后突然传来一个声音。

张明珠回头一看，矮个子女人正在她后面追着跑。

"小妹，我看你刚才手里拿着一块硬币在小吃店门口犹豫了好长时间，是不是丢了钱？"小个子女人气喘吁吁道，脸上淌着汗珠。

"是的，我的钱包被人偷了！"张明珠眼帘低垂道。

"果然被我猜中了！"小个子女人从背包里取出一张崭新的百元钞票，塞到她手里，说，"这钱你先拿着，附近有些小饭店正在招工，你可以去那里找份工作。"

"不行，我们素不相识，我不能收你的钱！"张明珠拒绝道。

"别担心，我不是什么坏人，不会害你的！"小个子女人一本正经道，"刚才你没理那位大姐是对的，她是专门帮那些臭男人拉皮条的。"

"拉皮条？"张明珠听得一头雾水，问道，"什么叫拉皮条？"

"拉皮条就是……"小个子女人道，"拉皮条就是专门帮男人找女人过夜的那种……反正，反正以后你要是再遇上那位大姐躲远点儿就是。"

"可是我们不曾相识，你为什么要给我钱？"张明珠警惕道。

"我想帮助你！"小个子女人声音诚恳道。

张明珠难以置信地看了小个子女人一眼，把钱塞回她手里："不，我不要你的钱。"

"拿去……"女人说完又把百元钞票塞到了张明珠手里，说："你放心，我不会害你的。我这钱没多少，但够你住一天的宾馆和打电话。"

"不行，我……"

"你别推了，先拿着，就当是我借你的，等你将来有了钱再还我。"小个子女人说完转身快步离开了。

"喂……你等一下……我不要你的钱……"等张明珠反应过来，小个子女人已经消失在人群中。

"这事是真的吗？"张明珠望着手里那张崭新的百元钞票，心想：一个素昧平生的陌生女人竟然出手帮我？

想想书亭里那个向她翻白眼的老板娘和那个不知道感恩的老婆婆，再想想这个善良的陌生女人，张明珠感动不已。她怔怔地盯着手中的百元钞票，自言自语道：可是……她为什么要帮我？而且，这人海茫茫的，我以后怎么把钱还给人家呀？

天终于放晴了，天边露出了一道道绚丽的霞光。

渐渐地，轮渡的游客越聚越多了，放眼望去人山人海的。而轮渡一带的商店也是人头攒动，热闹非凡。

张明珠沿路走去，发现这一带多数是餐馆和一些海鲜土特产专卖店。

"你好！请问你们这里招人吗？"张明珠一个店挨着一个店，逐个打听工作。

然而，一无所获，店家都说暂时不缺人手，张明珠满脸失望地行走在川流不息的人群中，不知何去何从。

到了一家酒吧门前，张明珠看到店门口的玻璃门中贴有一张大红的招聘启示：

本店急招男女公关经理各两名：月薪资 10000 元以上，包吃包住。

招聘对象：

女：二十岁到三十岁，一米六五以上身高，相貌端庄。

男：一米七五以上的身高，相貌端正，身体健康。

"哇，月薪 10000 元，这工资在厦门都可以买 4 平方米的小厨房，我要是在这家做上两年的工作，那不就能买一套三房一厅的商品房了吗？"刚才张明珠从污水厂一路步行过来，看到了不少的售房广告，对厦门的房价多少了解点儿。

她转念又想："不对，这家酒吧要求不高，薪资却高得离谱，这男女公关做的是什么工作，如此得宠？"

"小姐，请问找工作吗？"正当张明珠踌躇不前时，从酒吧里出来一个穿着西装、大约 30 岁的眼镜男。

张明珠点了点头。

"进来谈吧！"眼镜男彬彬有礼道。

"不了，谢谢你！"张明珠赔笑道，转身走向酒吧隔壁的"豪客来"餐馆。

在进"豪客来"餐馆的时候，张明珠发现店门口也贴有招聘启示：

本店急招两名服务员。

学历要求：初中以上；

年龄要求：二十岁以上；

性别：不限；工资：每月 700 元。

"700 元一个月，这么少？"张明珠心里嘀咕道：一边是薪资低微的餐馆服务员，一边是诱人的酒吧公关经理职位，我该选哪家好呢？"面对酒吧大门口那诱人的数字，她一下子拿不定主意。

张明珠在两家店门口徘徊了许久，心想：以前听说酒吧里人多复杂，而且是彻夜营业的。我要是选这样的工作，不小心会惹人诽言，而且爸妈也不会答应的……人穷志不短，我张明珠就算没工作也不能去那种场所上班。

张明珠伸手捋了下额前的刘海儿，毫不犹豫地走进了"豪客来"餐馆。

"你好！"张明珠向正埋头算账的收银小姐问道，"请问你们这边还招收服务员吗？"

"有，请上三楼人事部！"收银台小姐微笑道，声音甜美。

"谢谢！"张明珠拎着行李就要上楼梯。

"请稍等！"收银小姐喊住张明珠，说，"行李可先放在柜台边，我帮你看着。"

"好的，谢谢！"张明珠再次道谢道。

这次给张明珠面试的是个女的，名叫许微，是人事部助理。

第九章　捡到五百万了？

许微听了张明珠的求职介绍后，考了张明珠几个关于应变能力的问题，张明珠都对答如流，便聘用了她，职位是"豪客来"餐馆的服务员。

"谢谢许经理！"张明珠没想到这次的面试会如此顺利，问，"请问许经理，我什么时候开始上班？"

"目前餐厅正缺人手，你随时都可以上岗学习！"许微带着张明珠到隔壁的仓库，然后向仓库员领取了一套干净的工作制服，让张明珠换上。

就这样，张明珠当天就上岗了，投身于忙碌的工作中。

众所周知，"豪客来"小吃店在厦门餐饮业里是数一数二的连锁店，主要以粤菜为主，既经济又实惠，菜肴可口，客人源源不断。

据说该店的老板是个房地产商，不但拥有庞大的地产，在厦门的几家连锁小吃店也是做得有声有色。而许微是两年前老板从厦门阅华酒店挖过来的人才，由于她平时做事认真周到，把在厦门的几家连锁店都经营得不错，因此深得老板的重视和信任。

第三天早上，张明珠按照约定给"星际酒店"人事部的助理张丽丽打去电话。

"你好！请问人事部张助理在吗？"

"你好！我就是，请问您是……"电话里传来甜美而圆润的女中音。

"张小姐，我是三天前去你们酒店面试的张明珠。"

"啊！原来是小张呀，我正想给你打电话呢，但是，你走之前没留下联系方式，我心里正着急呢……"

"张助理，对不起！我还没有自己的手机，我……今天是想问下那天拜托您的事，结果怎么样了？"张明珠问道。

"恭喜你，你面试通过了！"电话里传来张丽丽柔和的声音。

"真的吗？"张明珠有点不敢相信自己的耳朵。

"呵呵呵……当然是真的！"张丽丽在电话那边笑道："刚好总台有个员工怀孕八个多月了，想提前回家安胎。于是，我们便考虑到你了。"

"太好了，谢谢你！"张明珠乐不可支道。

"不必客气！"张丽丽道，"你进店后还得经过三个月的试用期，先是参加岗前培训，然后通过考核后才能正式上岗。"

"感谢领导给我这个机会，我相信自己一定能行的！"张明珠满怀信心道。

这时候，豪客来的几位同事刚好从食堂回来，一进门看到张明珠这兴奋的样子，全都围了过来盯着她看。

"……明天早上8点，请准时带上身份证和学历证明前来酒店人事部报到！"张丽丽叮嘱道。

"明天……我……"这时候张明珠突然想到自己还在"豪客来"上班，一时不知所措。

"怎么，有问题吗？"张丽丽在电话那头问道。

"没问题，没问题，谢谢你！"张明珠连忙谢道，她可不想失去这个千载难逢的好机会。

"那好，明天见！"

"明天见！"

张丽丽那边悄然无声地挂掉电话。

"明珠，你捡到五百万了？"同事小李开玩笑道，围在身边的同事们也都瞪大眼睛看着张明珠。

"嘿嘿，差不多！"张明珠笑道，露出了那颗可爱的小龅牙。

"明珠，9点了，再过半个小时就是上班的时间了。"这时候，住在隔壁的许微推门走了进来。

"好，等一下，我们一起走！"张明珠应声捋下秀发，对着镜子稍整衣装，然后同许微一起离开了宿舍大楼。

宿舍离餐馆有500来米之远，这一路张明珠心事重重，一边是走投无路时收留她的餐馆，另一边是心仪已久的酒店，她不知道该如何向许微提出辞职。

"明珠怎么啦？"许微见张明珠心事重重的样子，关心道，"是不是有心事？"

"我……"张明珠欲言又止。

许微顿下脚步，拉着张明珠的一只手，问："是宿舍生活适应不了？"

"不是，是这样的……"张明珠将被星际酒店录取之事告诉了许微。

"恭喜你！"许微道，"这是件好事，我为你感到高兴！"

"那单位让我明天就去报道，可我刚来这里不到三天，就这么走了，会不会……"

"常言道'人往高处走，水往低处流！'明珠你能在星级酒店工作当然要比窝在这里更有前途了。而且星云集团是家上市的公司，它下属的'星际酒店'是家三星级的酒店，人脉广，生意好。听说从里面出来的都是管理精英，你要是到了那里，肯定能学到更多的知识。"

"真的？"张明珠喜出望外地握紧许微的一只手，说，"你不会怪我吧？"

"嗯，这家企业很有实力，你能被录取进去，运气不错，我替你高兴还来不及呢，怎会怪你！"许微鼓励道，"这是个难得的机会，你要好好把握。"

"谢谢!"听了许微的话后,张明珠愁云尽散,喜上眉梢。

"走吧,下午到办公室找我办离职手续。"许微道。

第四天早上8点,张明珠穿着黑色的外套和黑色的裙子,里搭一件白色的衬衫,稍上浅妆,脚上穿着许微送她的黑色皮鞋,提着硕大的行李箱在同事的目送下依依不舍地离开了"豪客来"餐馆。

20分钟后,张明珠提着行李,精神抖擞、斗志昂扬地出现在星际酒店的保安岗。

"你好!"胖保安笑容可掬地跟张明珠打招呼道,"咱们缘分可真不浅呀,今儿又见面啦!"

"你好!"张明珠回头朝着胖保安甜甜一笑。

"今天是来报到的?"胖保安笑容可掬道。

"嗯!"张明珠眯起眼,点头应道。

"行李不用提上去,放在保安岗里面,我帮你看着就行了。"胖保安道。

"谢谢!"张明珠说完把行李递给了胖保安,转身离开了保安岗,踩着轻快的脚步走下了地下员工通道。

到了员工电梯跟前,那里早已候有几个身穿不同岗位制服的工作人员。真不愧是星级酒店,大家一见面,不管认不认识都礼貌简单地互相问候一句:"早上好!"然后便静静地候在电梯门口。

"稍等一下!"就在电梯门关上的那一刻,电梯门又自动打开了,随即钻进来个剪着男生发式,身穿运动服的女孩。

第十章　胸大无脑

这天早上,张明珠一身清雅的装束出现在酒店人力资源部。

人力资源部办公室外面的走廊上早已密密匝匝地候着前来报到的新员工。

"新来的员工都听好了……"张丽丽站在门口对前来报到的新员工声音高亢道,"请大家按顺序站成两列。"

张明珠透过玻璃往里探眼一看,协助张丽丽接待新员工的还有两个年轻的小伙子。

销售部主管刘明辉观察着每一个新来的同事,当他看到张明珠后,顿时两眼一亮:"喂!"他用手轻轻碰了碰身边的陈哲平,低声道,"快看美女呀!"

陈哲平是销售部总监,26岁,一个个帅气十足、年轻有为的男人。

"你是上辈子没见过美女是吧?快做正事。"陈哲平头也不抬,认真整理手中的资料。

刘明辉又道:"真的长得很美,瞧……就是那个留着学生头的美妞。"

陈哲平顺着刘明辉的目光漫不经心地朝玻璃外面看了一眼,接着又埋头整理手中的资料。

"小陈,待会把明天的销售预测报表整理一份送到我办公室来……"这时候,一个长得浓眉大眼的中年男人走过来问道,"对了,你们销售部门的人员都招齐了没有?"

此人名叫黄卫东,32岁,山东人,身高一米七八,是个体形标准的男子汉,现任星际酒店的总经理。

"万事俱备,只欠东风!目前助理储备人员还没物色好。"陈哲平说完将手中的简历递给了身边的刘明辉。

"这助理可要挑好了,不苛求学历,但求能力,应届生也可以,经验不足的可好好栽培……"黄卫东道。

"明白,感谢黄总的提醒!"陈哲平道,"不过……这个总经理助理储备人员选男生还是女生?"

"当然是女生了,女孩子工作比较细心……"黄卫东字斟句酌道。

接着,他又对陈哲平低声道:"最近海景千禧大酒店可有什么变动?"

陈哲平说:"糟糕,我把资料忘在家里了,下午带过来。"

"OK！"黄卫东道，"你先忙，下午下班前务必将厦门所有酒店的最新房价变更信息打一份报告给我。"

"好的，没问题！"陈哲平胸有成竹地应道。

黄卫东听后转身走出了人事部办公室，冷不防张明珠迎面撞了上来。

"啊……"张明珠脚底一滑，身子失去了平衡。

"小心！"眼疾手快的黄卫东一把抱住了张明珠的身子，张明珠这才没有摔倒。

"对不起！"张明珠满脸通红道，随后神情紧张地离开了黄卫东的怀抱。

"没事，下次走路别太急！"黄卫东道。

张明珠涨红着脸，说："谢谢！"转身走进了人事部办公室。

黄卫东转身看了一眼张明珠的背影，走进了总经理办公室。

人事部办公室里。

"你就是张明珠？"陈哲平看了看张明珠刚递过来的身份证件问道。

张明珠盈盈一笑，说："是的！"

"稍等下，我查下你的简历！"陈哲平说完迅速浏览了一番张明珠的简历，然后对她提出了一连串的问题，"你会电脑吗？一分钟打几个字？有什么专长……"

"会，我会用五笔打字，在学校的时候每分钟可打 80 个字，也会画画，而且还懂一门外语。"明珠简练地回道，这后发现自己说漏了嘴，不禁暗暗叫苦道：糟糕，我怎么把画画和懂外语的事也说出去了？

上次在泉州面试时，张明珠没有在简历上写下自己还有一门外语专长，结果碰了钉子，还被那人事小姐给当众羞辱一番。这次她本也不打算加上这两项专业技能，毕竟她那日语是自学来的，虽然今年刚刚过了国家二级考试，但成绩也不是很理想。

哎呀！我这张嘴怎么就不听大脑使唤了呢？张明珠在心中自责。

听完张明珠的自我介绍后，三个接待官面面相觑。

"这女孩儿条件这么好，怎么跑来当个总台接待？这不是大材小用了？"刘明辉自言自语道，"照她这条件完全可以应聘部门主管呀！"

"丽丽！"陈哲平低声问张丽丽道，"张明珠简历上的面试记录怎么没有写上外语能力与画画这两项技能？"

"这个呀……当时她没说！"张丽丽说完抬眼问明珠道，"是吧，明珠？"

"对不起！当时我一紧张就给忘记了……"张明珠道。就在这时候，三名接待官发现明珠有颗小龅牙。

"小刘，你带张明珠去前厅部找 Maria。"陈哲平对刘明辉道，随后接着往下叫，"下一位……"

"来了！来了！"随即，一个身材窈窕的年轻女子快步站到三位接待官面前，娇滴滴道，"报到，我叫林茜茜。"

张明珠定睛一看，年轻女子长得靡颜腻理，胸部饱满，身上穿着一件白色的连衣裙子，领口开得很低。

年轻女孩儿的出现非常抢眼，众人的眼光皆不约而同地集中在她的身上，惹得在场的几个女的既嫉妒又羡慕。

刘明辉看得两眼发直，口水都快流下来了，一时忘记了刚刚陈哲平交代的任务。

"咳！咳！"张丽丽轻咳两声，所有的人这才回过神来。

"嘿！这位小妹，你是应聘哪个岗位呀？"刘明辉满脸堆笑道，"我们销售部正缺你这样的人才呢，要是你来我们部门上班，肯定前途无量！"

"销售部？"年轻女孩冲他微微一笑，"我来应聘管理员的。"

"应聘管理员，你有工作经验吗？"刘明辉满脸惊讶道。

"没有，刚刚从学校毕业的。"

"哪个学校毕业的？"陈哲平在旁接茬道，"叫什么名字？"

林茜茜听后眨了眨眼，没有立即回话。

"我们陈总监问你话呢！"刘明辉在旁提醒道。

第十一章　摄人心魂的报到会

"我叫……林茜茜!"林茜茜迎着刘明辉那灼人的眼光,说:"前些天在报纸上看到你们酒店在招聘助理,不知道现在还缺不缺人?"林茜茜的声音悦耳动听。

"原来是应聘助理的呀……"刘明辉满脸赔笑道,"嘻……我们销售部正好缺一个你这样的人才!"

陈哲平听后暗中踩了他一脚,头也不抬道:"请出示简历!"

"这是我的个人简历,请领导过目!"林茜茜边说边从挎包里取出一份简历,放到陈哲平面前的桌子上。

陈哲平抬起头来,漫不经心地瞟了林茜茜一眼,然后翻开林茜茜的简历浏览了一遍。

林茜茜掏出白色的手帕轻轻擦拭着额头上的汗珠。

"你是福州市旅游学校毕业的?"陈哲平抬眼问道。

林茜茜说:"是的。"

陈哲平冲她淡淡一笑,说:"我们部门目前确实是在招助理,但是……这个助理之位不是那么容易得到的!简单地说,就是要经过酒店的培训和严格的考核,然后由几位领导从几个后备干部中挑选出最优秀的人选。所以,这对毫无经验的应届生来说,整个过程相当的困难,你愿意接受这个挑战?"

"没问题!"林茜茜想也不想,满怀自信道,"我愿意接受挑战。"

"那好!"陈哲平指着身后的沙发对她道,"你先坐那边等会儿!"

"谢谢!"林茜茜说完扭着腰走到沙发边坐了下来。

"下一位……"陈哲平提高声音道,然后侧头看了一眼旁边的刘明辉,说:"你发什么呆,还不赶紧办正事去。"

"好！好！"刘明辉如梦初醒，转身向候在一边的张明珠呵呵笑道，"不好意思，让你久等了，这边请！"

张明珠跟在刘明辉身后到了一楼前厅办公室。

这是一间 50 平方米左右的房间，酒店策划部门在中间隔了块三合板，一间为总机房，一间为前厅办公室。

"这办前厅公室好小，怎么只有两张办公桌？"张明珠低声嘟哝道。

"节能降耗，这是酒店的规定。"刘明辉满脸嬉笑道。

"刚才我在人事部看了各个部门的介绍，前厅部里的员工是所有部门里最多的，这么重要的一个部门，怎么只安排两张办公室桌？你们酒店也真抠门儿！"张明珠喃喃道。

"什么'你们的酒店'？现在你我已经是同事了，应该说是'我们的酒店'才对！"刘明辉打趣道。

"呵呵，说得是，是'我们的酒店'！"张明珠笑道。

话音未落，从总机房里出来一个大约 25 岁的年轻女人。

"Maria，这是前台新来的员工张明珠，英文名 Lucia；明珠，这是你们前厅部经理 Maria！"刘明辉替两人互相介绍道。

这天早上，Maria 身穿一套黑蓝色的制服，人长得眉清目秀，肤色白如玉，气质优雅，剪着跟张明珠一样的学生头。

"你好 Lucia！"Maria 跟张明珠打招呼道，"今天来报到啦？"

"是的，今天刚来报到！"张明珠道笑意盈盈地望着前厅部经理，心想：这 Maria 如此年轻就当上了前厅部经理，难不成她有三头六臂？

刘明辉说："明珠，今后你有什么不明白的事，直接跟 Maria 说，她会教你怎么做。"

"好的，谢谢！"张明珠道。

"好了，我还有事，你们慢慢谈吧！"刘明辉说完匆匆离开了办公室。

"这边坐吧！"Maria 让张明珠在她对面坐下，然后迅速地浏览了下她的简历，微笑道，"小张，你能否告诉我你最大的优点和最大的缺点是什么？"

"我……我最大的优点应该是勤学好问，努力上进，最大的缺点是……容易受伤！"张明珠道，说实话，有谁喜欢向人说自己的弱点呢，因此，Maria突然问这话，让她感到十分尴尬。

"嗯！"Maria满意道。

这天早上，在行李生刘海的带领下，张明珠先是去了趟酒店的食堂，熟悉食堂里的设施设备，接着到酒店各个部门参观，然后去宿舍报到。刘海人长得浓眉大眼，是个既老实又勤快的20岁左右的山东小男生。

员工宿舍距离酒店有2000多米。

到了宿舍楼下时，张明珠突然听到背后传来熟悉的声音："明珠……明珠……"

转身一看，刘婷婷正笑嘻嘻地站在她背后。

"明珠你怎么会在这里？"刘婷婷满脸惊喜道。

"婷婷！"一见到婷婷，张明珠高兴得拉着她的手说，"真的是你，我还以为认错人了！"

刘婷婷一米六八标准的个子，一头清爽的短发，是个充满活力的女孩。

"好重……"刘婷婷拍了拍刘海的肩膀，娇嗔道，"小刘，快帮我提下书！"

刘海白了她一眼，说："男人婆，你不会自己提呀……"

"喂……真的好重，你帮不帮这个忙呀……"刘婷婷嘟着嘴道。

"不，自己搬！"刘海道。

刘婷婷瞪了他一眼，说："喂，五百年前咱们刘姓可是一家人，今天姐有难，你自家人不帮，谁帮呀？"

"行，我先帮明珠提行李上去，接着提你的！"刘海提着张明珠的行李，埋头走上了宿舍楼的楼梯。

也不知道是什么原因，刚进酒店没几天，刘婷婷总喜欢欺负刘海，只要刘海一出现在她面前，她便对他呼来唤去的。这令刘海很反感。

"好久不见，可想死我了……"刘婷婷搂着张明珠的肩膀欢呼道。

"我也是！"张明珠笑道。

原来，刘婷婷高中毕业后就离开了老家，随父母到厦门定居。10 天前，她向星际酒店投了份简历，不想就被录取了，正好与张明珠同一个部门。两人边走边叙旧，久别重逢，总有说不完的知心话。

星际酒店宿舍楼的地理位置较为特别，面湖，后邻金融行政区与法院大楼，旁邻市政府，周边是鳞次栉比的高楼大厦，据说这一带是厦门市的富人区。

在绿树浓荫掩映下的星际酒店宿舍楼是幢建于 20 世纪 70 年代末的旧楼房，外面的楼壁上长满青苔，里面的地砖陈旧，有些破损的地方已用水泥覆盖上，晾在走廊上的那一排排旧毛巾和衣服，远远地看去宛若五颜六色的彩旗似的迎风飘扬。

男生宿舍在一楼，女生宿舍在二楼与三楼。

张明珠与刘婷婷同一宿舍，在三楼，面积大约有 30 平方米，里面摆有四张双层单人床，上上下下共有八个床位。

刘婷婷睡在三号床的下铺，张明珠就搬到了她的上铺。刘婷婷提醒她说，三号床的上铺床栏有些摇晃，若不加固，恐有危险。

张明珠听后灵机一动，跟楼下的门卫借了把锤子，并要来几枚铁钉，自己动手加固好床栏，这才安心地爬到上铺去整理东西。

第十二章 "黑脸将军"

正午时分，云淡风轻，秋高气爽，张明珠情不自禁地拨通了陈道明办公室里的电话。

惠安莲城。

"铃……"正在办公室外面指导工人按图纸上的样板打样的陈道明听到电

话铃声后，三步并成两步，快步跑进了办公室。

"你好！"陈道明接起了电话问道，"请问您找谁？"

"道明……是我！"电话那边传来张明珠的声音。一听到陈道明的声音，张明珠心里顿时如同灌了蜜般的甜。

"明珠，你怎么到现在才打来电话，你知道这几天我有多担心吗？"陈道明忍不住埋怨道。

自从张明珠离开的这些天来，陈道明左盼右盼，望眼欲穿，心焦似火，除了工作外，他大部分时间都守在电话旁边等待着明珠的电话。

"对不起！"明珠道："我本该一到厦门就给你打电话的，但是来到厦门后，我忙着工作，也就忘记给你打电话了。"

"你呀……真是个马大哈！"陈道明叹道。

"现在你那边怎么样了，工作找到了吗？"他接着问道。

"我这边很好，现在在一家中外合资企业里上班……"张明珠没有把她丢了钱差点走投无路的事告诉陈道明，只是简单介绍了自己的工作单位。

"明珠，几天不见，我想你了，几次梦到你。可是，在梦中你总是不理我……"陈道明轻声道。说完这话，他恨不得插上翅膀飞到厦门去见张明珠。

"你能不能不这么肉麻呀，听得我浑身毛孔都竖起来了。"电话那边张明珠笑道。

"快把你那的地址给我吧，忙完手头上的活，我想到厦门去看你！"此时此刻，陈道明似有千言万语欲对佳人说，却又一时不知从何说起。

张明珠说："好吧……你先拿支笔记一下。"

"嗯，你说！"陈道明随手拿起放在桌上的笔筒里的钢笔。

"地址是厦门市思明区湖滨北路 15 号楼，对了，你找时间去我家一趟，告诉我爸妈说我在这里很好，免得他们挂念。"

"好吧，在那你要好好照顾好自己，有事记得马上打电话给我，知道吗？"

"嗯，我会的，你也是，我挂了！"

"好的，我会想你的！"陈道明依依不舍道，话没说完，张明珠那边却

"嘟……"的一声挂了电话。

"猴急!"陈道明嘀咕一声,放下电话,站到窗前,然后为自己燃上一根香烟,望着窗外陷入沉思。

远处那金黄色的田野上,成双成对的雁鸟来来回回地飞旋于蔚蓝色的天空,形成了一幅美丽的画面。

"天涯无边,雁鸟双飞!"陈道明不禁望天长叹,"明珠啊,明珠,连鸟儿都知道相伴相随,你为何要离开我而独自闯荡他乡呢?"有道是"相思胜似黄连苦!"陈道明再也经不起这种灼热炙烤的折腾,于是,他决定过几天就去厦门见张明珠。

厦门"星际酒店"。

这天下午,新来的员工都穿上了酒店制服,并按照指定的时间准时来到十三楼,聚集在精致辉煌的大型会议厅里。

张明珠和五位前台接待一样,也穿上了橘黄色的总台接待制服,脚上穿着擦得锃亮的黑色高跟鞋,踩着富有节奏感的脚步神采奕奕地出现在大家面前。

80多平方米的会议大厅里人头攒动,里面聚集有总部招聘进来的40个新员工。这些新员工分别是来自于"星云集团"下属的"梦都酒店"和"星际酒店"。

"星际酒店"前厅部的几位新员工分别是性格泼辣、外刚内柔的刘婷婷和美丽动人、温婉含蓄的张明珠,以及相貌平平,长得粗枝大叶的山东妹子李丹丹,还有一位是张明珠那天在电梯上遇上的剪着男式发型、长得眉清目秀的陈艾艾。

令张明珠吃惊的是,上次在面试时遇到的那个有点娘娘腔的男孩汪达卫也在场。

"婷婷!这人是哪个部门的?"张明珠低声问道。

刘婷婷顺着张明珠的眼光一看,嘴角一勾说:"你说他呀……好像是应聘总台收银的。"

在会议室里,张明珠见集团里的几位身穿暗蓝色制服的主管及副经理一个个神态端庄，气质不凡，很是羡慕，心中暗想：好气派呀，总有一天我也要穿上那暗蓝色的制服！

"哇……"张明珠的出现给整个会议室抹上了一道绚丽的光彩，人群里有人发出了赞叹声，"这妞是哪个部门的？好漂亮……"

"长得不算丑，可惜是个小龅牙……"站在一旁的林茜茜冷嘲热讽道，很显然，张明珠的清纯脱俗抢了她的风头，令她心生妒忌。

站了一会儿，张明珠感觉脚后跟开始隐隐作痛。这鞋子是她离开"豪客来"餐馆时许微送的，从早上的"新员工报道会"穿到现在的员工入职培训会，她脚后跟被磨得起泡了。她强忍着没出声，仍然保持着站姿，丁字步、双手垂直、目视前方，一副坦然自若之貌。

"大家排成四个队列，每十个人排成一列……"演讲台上，刘明辉对着话筒出口成章道，"欢迎大家来到星际酒店，加入这个朝气蓬勃优秀卓越的团队，下面有请销售部的陈总监，请大家鼓掌……"

话音刚落，全场响起一片如爆竹般的掌声。

接着，陈哲平走上了演讲台，他先是向大家介绍了自己的职位，然后简单地描述了酒店的管理机构和规章制度。

刘明辉在一边默不作声地给大家发员工手册。

和陈哲平一起负责这次会议的另一位是总经理助理兼人事部经理的陈国政。

陈国政的长相实在是令人不敢恭维，个子矮小、体态臃肿。此人虽然貌不惊人，却聪明过人，平时处事相当的严谨，在处罚方面毫不手软。因此，大家都在背后叫他"黑面将军"。

"接下来，请陈助理来给大家上课！"陈哲平声音高亢道。

刹那间，全场又是一片热烈的掌声……

"大家好，我来讲几句话！"陈国政接过陈哲平手中的话筒，然后向大家挥手道，"大家好……"声音铿锵悦耳。

"陈助理好……"新员工们异口同声道。

陈国政用余光扫了大伙一眼，神色严肃道："都没吃饱饭吗，声音怎么这么小？"

全场顿时一片安静。

"再来一次，我说'大家好！'你们要回答'好！''很好！''非常好！'而且声音要一次比一次大，这样才显得有朝气！"陈国政左手握住话筒，挥动着右手，再次对大家说："大家好！"

"好！很好！非常好！"全体员工都发出了洪亮而振奋人心的声音。

"很好！各位同事们，我们酒店的服务宗旨是'宾客至上，服务第一'！所以，今后你们的一言一行都会直接影响到酒店的形象，甚至感染到每一位宾客。现在，请大家都提起精神来，把你们的阳光和朝气带给身边的每一位客人，好不好？"陈国政声如洪钟。

"好……很好……非常好……"全体员工整齐划一道。

陈国政听后脸上露出了灿烂的笑容。

"接下来我给大家上的第一堂课是'仪容仪表'。仪表即人的外表，一般来说，它包括人的容貌、服饰、个人卫生和姿态等方面。仪表仪容可以体现出一个人的精神面貌、内在质地、外在表现，而礼节是人们在日常生活中，特别是在交际场合相互表示尊敬、问候、祝福、致意、慰问、哀悼以及给予必要的协助与照料时的惯用形式……大家请注意，礼仪是在较大较隆重的场合……"陈国政治滔滔不绝地说着。

当讲到男生仪容仪表的标准时，陈国政蓦地转过头，向汪达卫投去锋利的目光。

"对面第一组的第五位男生请起立，站到前台来！"陈国政指着汪达卫道。

被点了名的汪达卫顿时犹如中了头奖似的高高兴兴地走到了台前。

"你叫什么名字？"陈国政神情严肃地问道。

"报告陈助理，我姓汪，名达卫！"

"达卫？"陈国政打趣道，"好好一个中国人，干吗起个外国人的名字？"话到此处，他轻咳了两声，继续问道："你是福建旅游学校的？"

"是的！"汪达卫涨红着脸道。

"那好，你来给大家讲述一下男生仪容仪表的标准什么？先从头部说起。"陈国政道。

"好！"汪达卫转身面向众人，朗声道，"男生的头发标准是不能戴耳钉、耳环等饰品，头发必须是自然的黑色……"

"OK，到这为止！"陈国政神情严肃地审视着汪达卫那一头挑染过的黄色卷发，说，"我再问一下，你的头发是否符合刚才你所说的标准？"

"不，不符合！"汪达卫脸红耳赤道，"酒店员工是不允许染头发的！"

"那么……你是要自己处理，还是让我来帮你剪掉？"陈国政面无表情道。

江达卫涨红着脸说："我今晚就去剪！"

"好好的一个男生整得跟个女生似的……"陈国政当众劈头盖脸狠狠地批评了汪达卫一番。

江达卫恨不得当场找个地缝钻进去。

接着，陈国政掉转矛头道："刚才我大致看了下，有几个同事的仪容仪表都不合格，考虑到大家都是新员工，这几个违规的同事我就不逐个点名了，先给你们机会好好审视下自己，觉得自己有什么不符合标准的话，主动站到台前来。"

陈国政神色严峻，声音铿锵有力，全场顿时哑然无声，噤若寒蝉……

不一会儿，逐一地走上去几位男生和女生。

当然，那个烫着大波浪的林茜茜也不例外，只见她涨红着脸，跟个犯了错误的小孩似的乖巧地站在台前等候惩罚。

汪达卫左右环顾了一眼，用手肘碰了下林茜茜的胳膊："喂，你的后门开了？"

"什么？"林茜茜丈二金刚道，"什么后门？"说完转身看了看大家，见刘婷婷她们几个正抿着嘴笑。

"茜茜，你裙子后面的拉链没拉上。"旁边的陈艾艾低声提醒道。

林茜茜听后面红耳赤地拉上拉链。

就在此时，她似乎感到有一股异常地热气冲她而来，抬头一看，陈国政人已到了跟前。

"你叫什么名字？"陈国政神情严肃地问道。

"我叫林茜茜！"林茜茜紧张得两只手不知道往哪儿放。

"你以为这里是开化装舞会吗？浓妆艳抹的……"陈国政训道。

"对不起！陈助理，我……"林茜茜一时不知如何回答，心想：我怎么这么倒霉，第一天上课就被"黑脸将军"给盯上了。

"我刚才在讲仪容仪表时，你有没有在听？"陈国政面无表情道。

"有！"林茜茜涨红着脸道。

"好，那你来给大家说说女员工的发型标准！"陈国政道。

"女员工的发型标准……"林茜茜吞吞吐吐道："女员工如果留长头发的话，头发要盘起来，短发的话，要齐耳，不能烫发，不能染色……"

"好了，到此为止！"陈国政打岔道，"你回去马上把头发染回来。"

"好的，陈助理！"

"行了，都回到座位上去！"陈国政道。

于是，所有被叫到台上的新员工都回到了自己的座位上。

接着，陈国政指着张明珠道："还有你，回去后记得把刘海剪短。"

"报告陈助理，我的刘海已经够短了！"张明珠连忙站起来回道。

"你的刘海都把你的眉毛遮掩了，不合格。"陈国政声音严厉道。

"知道了，陈助理！"

"行了，你坐下。"陈国政挥手道。

"谢谢！"张明珠说完准备坐下，谁知一屁股坐到地上去了，惹得全场一阵哄然大笑。

坐在张明珠身后的林茜茜一言不发，一副事不关己的样子，心里却偷偷乐着。原来，刚才她偷偷挪动了张明珠的椅子。

"肃静……"陈国政厉声喝道，"你们看看自己，男的把头发染得像火公鸡，女的整个倩女幽魂发型，像话吗？还一个个都旅游学校毕业的呢！"

听闻此话，员工们你看我我看你的屏息静气。

"下班后，该拉直的都给我拉回来，该剪的都给我剪短，还有，有染色的都给我统统染回来……"陈国政强调道。

"好的，陈助理……"员工们不约而同道。

接着，陈国政又给员工们讲了一些仪容仪表和应知应会的知识，最后对大家道："好了，今天的课就先上到这，以上讲的内容过两天我会考核大家，回去后你们要抓紧时间好好再复习几遍，然后熟背新员工手册和酒店的应知应会，到时候一起考核。另外还有个事我在这里跟大家说下！明天，我们将去漳州东山海阅培训基地参加'拓展培训'，大家回去后，先为自己准备好一些日用品，明早五点半到酒店门口聚合，六点准时出发，一个也不能迟到。明白吗？"

"明白……"大家异口同声道。

"好了，下课！"

"谢谢陈助理！"全场人员起立致谢，并予以热烈的掌声……

散会后，林茜茜、陈艾艾还有李丹丹也都相继搬到三楼与张明珠和刘婷婷她们同住一个宿舍。

自小娇生惯养的林茜茜一进宿舍就把行李丢给李丹丹。

"这什么鬼地方呀，又旧又破……"她满脸不快地环顾着宿舍里的床铺，继续抱怨道，"这哪是人待的地方呀！"

"是呀……"刘婷婷听着觉得刺耳，挥戈反击道，"像你这样金枝玉叶的大小姐，住在这样的地方实在是委屈了，要不，你跟人事部申请下，让他们安排一间员工特级专用房给你……"

林茜茜一听这话，知道刘婷婷在挖苦她，说："关你屁事，本小姐喜欢住哪就住哪，你瞎操什么心？"说完调头对正在整理床铺的李丹丹道："小李，你帮我整理下行李和柜子，我先到隔壁宿舍歇会，说完转身出了宿舍的门。

个性内向而温顺的李丹丹望着林茜茜扔在地上的一大堆行李，满脸无奈地摇了摇头……

第一章　信用社趣事

　　莲城镇上的农村信用社坐落在历史悠久的石头城边，这幢两层高的小楼建于 20 世纪 50 年代末，整栋楼是用当地产的花岗岩砌成的，墙体已经破旧不堪，一个不大的门面，进门离柜台也就一米五左右的通道。

　　信用社里的工作人员并不多，整个单位也就七八个人，因此，顾客多的时候，队伍可以排到对面的街道上。

　　在那样的年代里，女孩子能在银行里上班既体面又稳定。因此，王芬高中毕业后就被表哥李渊安插到镇信用社里做出纳员。

　　王芬说："哥，这信用社只是镇上的一家小储蓄所，你是县农行里的领导，就不能把小妹调到县里头的银行吗？"

　　李渊说："哥知道！但是县银行门槛高，你又是刚刚毕业的小女生，所以哥想让你先在基层锻炼一段时间，等你各方面业务都熟练了，我再找机会把你调到县农行工作。"

　　王芬听后很感激，便老老实实地在镇信用社里埋头苦干，希望能早日调到县农行上班，没想到这一等就是两年。

　　这天早上，信用社的顾客不多，也没多少活忙，王芬没花多久的时间就帮几位来存款、取款的顾客一一办妥。

　　正闲着无聊，突闻一阵由远而近的摩托车声音，整条用青石板铺成的小街道上瞬时热闹起来。

　　在当时，贫穷的小海镇还处于经济起步时期，能买上摩托车的屈指可数，因此，一听到这声音，家家户户都往外探头观望。那些年轻的女孩更加敏感，远远地听到这声音都知道是陈道明来了，有的赶紧跑到窗口向外探头，有的干脆跑出家门，站在门口等着跟陈道明打招呼。

片刻工夫后，只听"吱"的一声响，轰鸣而来摩托车在信用社的大门外停下了。

"财神婆……要点钱……"陈道明踏进信用社的大门，满面春风地走到柜台前，递给了王芬一张支票。

"啊……"王芬看着陈道明支票上的数目，失声惊呼道："要 5 万元啊……"

"怎么啦……有困难？"陈道明笑道。

"这么大的数额你可要到楼上去找主任签个字才行！"一见陈道明，王芬的一颗心又"砰砰砰"地跳起来。

"那好，我先上楼去了……"陈道明三步并成两步，"咚咚咚"地从墙角边那破旧的木板楼梯上了楼。

"这家伙每次出现都跟一阵风似的，连多说几句话的机会都不给。"王芬心里嘀咕道。这时候，她的眼前仿佛又浮现出那天晚上陈道明与张明珠分别时难分难舍的一幕。哼，也不知那小蛐牙是使了什么妖术，把道明迷得神魂颠倒！她轻咬朱唇，心里暗生闷气。

不一会儿工夫，陈道明又"咚咚咚"地从楼上跑下来了，说："财神婆，给我大票吧，这款是准备带去买石料的，小票不方便。"

"那你可要再等会儿。"王芬道。

"为什么？"陈道明问道。

"押款的人还没来，现在行里的都是票面小的钞票。再说……也不够你要的数。"王芬强装镇静道。

"行，那俺就等呗！"说完陈道明顺手拉开墙边的一把凳子，一屁股坐上去，有一搭没一搭地与柜台里的几位工作人员聊了起来……

"陈道明，今儿我们张主任没请你泡那'珍藏'的铁观音啊！"信用社里的男出纳王书阳打趣道。

"嗨……你们张主任那也叫茶，依我看你们肯定又被蒙了，是不是？再说他用的是那把大壶，一下子能倒进大半壶开水，就是好茶也被他给糟蹋了，是不是……"陈道明惟妙惟肖地模仿着张主任的语气。

正说着，张主任夹着个掉了色的皮包，晃着肥胖的身子"咚咚咚"地下楼来了。

"道明，你小子又在背后说我的坏话啦，是不是？嫌我的茶不好喝，是不是？好啊，你的茶好喝，是不是？我也正发愁那茶叶只剩下没几包了，这下可好，以后想喝好茶就要靠你小子啦！是不是……"张主任一连几个"是不是"惹得柜台里的几个人忍不住哗然大笑……

陈道明听后又顺了一句："都说'白天不能说人，晚上不能说鬼'，这不，惹祸上身了吧，是不是！"

几个人听了再次哄堂大笑……

张主任听后正了正神情，说："道明，这个月来你账上出入的资金少了不少啊！咋回事呢？"

"这一段时间的钱都是往外掏的，前批货刚发出不久，客人那边的货款还没收到，哪有钱进来啊……这不，月底工人的工资都快没着落了。怎么办？张主任您给救救急啊……"陈道明双眉紧锁，装成一副可怜兮兮的模样。

张主任没接他话，回头对柜台里的几位年轻人严肃道："我下乡转转，你们给我盯紧点儿，别再闹腾了！"说完晃着发福的肚子跨出了大门。

不一会儿，押款的车到了，柜台里一阵忙乱后又恢复了正常的秩序。

王芬点过 5 万元后，将一捆捆用橡皮筋扎好的人民币递给了陈道明。

看着陈道明装进包后，王芬柳眉微微一挑，暗送秋波道："明哥，下班后有空吗？我有话对你说！"那满是期待的凤眼含情脉脉地注视着陈道明。

陈道明听后一怔，略略迟疑地点了点头。

"哇……美人有约。陈道明你小子艳福可不浅呀，嘿嘿……"在旁边的王书阳也不甘寂寞道。

"我还有事要办！"陈道明支开话题说，"诸位有空请到我那喝茶去，喝好茶啊……拜拜！"说完转身走出信用社的大门，动作潇洒地跨上了摩托车，油门一踩，轰鸣而去……

王芬站在大门外目送陈道明离去，郁闷的心情不由得舒展了许多。

王芬长得肤如白雪，唇如桃红，白皙的鹅脸蛋，柳眉凤眼，因此，平时身边总围着一群追求者。王家的门槛都快被那些前来的媒婆踏破了，可王芬也是鬼迷心窍，那些豪门子弟一个都看不上，一颗心只牢牢地系在陈道明身上，"弱水三千"，偏偏只想取陈道明这瓢饮，这令大家百思不得其解。

第二章 "母夜叉"

陈道明大强仔一岁，从穿开裆裤始俩人就形影不离，用当地的话说就是"撒尿拌沙都在一起的伙伴"，五六岁光景就一起结伴上树、下河摸鱼，到了大一点儿，滋事打架谁也不落下谁。

强仔，真名陈志强，国字脸，中等的身材，健壮如牛，从小钻研旁门左道，样样无师自通。上学后，除了调皮捣蛋，每天变着花样捉弄同学，对念书却一点儿也提不起兴趣。

在课堂上，强仔不是皱紧眉头对着书发呆，就是趴在课桌上淌着口水呼呼大睡。混到小学毕业，其父陈东风看他实在不是念书的料，再加上家境贫困，一气之下干脆把他带上船，让他学着下海捕鱼……

几年工夫，风里来，浪里滚，强仔练就了一副铜身铁骨般的身板，拖网捕鱼更不在话下。每趟出海上岸，少不了提上一堆生鲜的鱼虾，说是陈道明念书辛苦，给好好补身子的。

陈道明是家里的独子，因此，阿同伯夫妻俩也就视强仔如同己出，后来就干脆认成了干儿子。

除了下海捕鱼，强仔平时经常跟一些地痞混在一起，有事没事总喜欢与那些人前呼后拥，四处游荡。

后来，强仔干脆不下海了，凭着从小跟了个会武功的老师父学了一身三脚猫的功夫，受雇于一些放高利贷的大户。平时没事做就帮那些大户追债，打架斗殴更是家常便饭。打得过还好，打不过经常是一身血迹逃回家。

陈东风夫妻俩为此寝食难安：这孩子再这么不思进取，迟早会废了。

一天，陈东风夫妻俩找到陈道明，说强仔结交了一些社会流氓，也不下海捕鱼，照这么下去，恐怕将来找不到对象，让他帮忙劝劝。

陈道明听后安慰两个老人说："强仔自幼放纵惯了，如果想让他改掉坏习惯，得花时间。不过，我看他人也不傻，做事还是有分寸的，您二位不必担心，我找时间说说他。"

强仔父母听后，这才安心离开。

没多久，陈道明的工厂开张了，于是，他硬把强仔拽到身边，在堂哥振华身边给他安排了一张桌子。

几天的新鲜感一过，强仔就对枯燥无味的办公室生活失去了兴趣。

一天，他双眼空洞，一副愁眉苦脸的模样走进了陈道明的工厂，闷声道："明哥，我想看医生去。"

陈道明听后眉头一皱，心中很是诧异：这小子从小身体健壮，气大如牛，再看他现在的样子，除了眉头皱成一团外，其他也看不出有何异样呀！

"咋了？"他问道。

"嘿嘿……可能是屁股长茧了！"强仔憨笑道。

陈道明听后哭笑不得，当胸给了他一拳："屁股长茧是吧，找美玉扎一针去。"

"千万不要！"强仔面容失色道，"明哥，你可饶了我吧！可千万别再跟我提那'母夜叉'了……"说完就扭头往工厂的大门逃去。

"哈哈哈……"陈道明望着强仔的背影，心中暗暗得意：你小子终于有人治得了了。

林美玉性格泼辣，因扎针技术及开刀手术残忍而得名，村民们给她起了个外号叫"母夜叉"。

林美玉是陈道明同村林逸川的独生女儿。

林逸川是县医院的外科医生，花甲之年退休后，在自家开办了一家私人诊所。平时村里一有人头痛发热、生疮长疖的，林逸川倒也手到病除，遇到困难的人家，诊费能免则免。因菩萨心肠，医德高尚，喜得众心，又经众人口口相传，名气比在县医院时有过之而无不及，就连邻村的人也大都舍近求远，慕名而来。

林逸川在近不惑之年才得此女，平时视为掌上明珠，百般疼爱。

林美玉初中一念完，打死也不上学了，林逸川无奈之下把她留在身边当助手，并手把手地教给她一些打针吊瓶的基本知识。

林美玉平时跟着父亲，几年的耳濡目染，按理说护理技术应该是驾轻就熟了，可到了如今，却连扎个针都要扎好几次，甚至在最后关头还要林逸川亲自出手救急，弄得哪家小孩子一不听话时，大人一声吆喝："不听话，叫美玉来打针了……"

此话即出，比什么都管用，孩子们立马就服服帖帖了。

更有一件事让村里人对林美玉摇头不已，当成笑话，流传至今。

一次，林美玉的伯母因感冒引起了咽喉发炎，疼痛难忍之际去诊所就医。

林逸川给林美玉的伯母开了些药与针剂后，让林美玉给她伯母打针治疗。

"伯母，把裤子拉下吧！"林美玉神情严肃道。

林美玉伯母听后对她说："闺女，伯母怕疼，你下手轻点儿啊！"说完拉下裤带，掉头一看，只见美玉正高举着针筒，顿时想起了村里人的那些传言，不禁脸色苍白，心头发怵。

"阿弥陀佛，菩萨保佑，俺千万别再挨扎针之苦了！"林美玉伯母有些踌躇，正想提起裤裆，谁知美玉突然一声"别动"随即一针扎了下去。

林美玉伯母没有半点儿感觉，松了一口气，安了心：菩萨今天真是显灵了，终于让俺躲过这侄女的扎针之苦！

身后的林美玉也是一副轻松的样子，边推针，边回头和诊所里候诊的几位患者有说有笑。

"乖侄女，好了没有呀？"林美玉伯母道。

"快了，伯母你再等会儿！"林美玉回道。

"嗯，好！"林美玉伯母道，"不急，慢慢来，拔针时你轻点儿啊……"

"行！"等推完针后，林美玉抽回针箱，一声："好了！"

林美玉伯母不由大喜，心里暗道：那帮长舌婆真讨厌，到处谣传咱侄女扎针技术不好，这下看我不撕烂她们的嘴……

"闺女……你的针扎得一点儿都不疼，伯母为你正名洗冤去！"林美玉伯母边说边提起裤子，道了声谢后，转身想走。

林美玉刚想谦虚几句，一看针筒，不由得花容失色，忙说："伯母，等等……"

"怎么了？"林美玉伯母边系着裤带，边问道，"你脸色怎么那样难看？"

"真的一点儿都不疼吗？"林美玉边说边伸手往她伯母刚才扎针的地方摸了摸。

"不疼！真的一点儿都不疼，跟没扎一样。好闺女，你这技术可比咱镇里、县里的那些护士们强多了！"林美玉伯母夸道。

林美玉望着针筒目瞪口呆，心里嘀咕道：不会吧，针头都扎进屁股里了，伯母还说没事？想到这里，她往凳子上一看，只见那针头赫然扎在那凳子的人革皮上，颤颤巍巍地摇晃着，顿时脸红耳赤。

强仔天不怕地不怕，唯恐遭林美玉扎针，因此，一提到林美玉这人，他就如临大敌。

小学一年级的时候，强仔与林美玉是同桌。

刚开始两人还算玩得来，到了后来，不知道林美玉从哪听说女生的手让男生碰到后会生宝宝。于是，林美玉每天早上都提前到校，拿粉笔在课桌中间画一条白色的分界线。上课时，如果强仔稍微越过界来，林美玉就会狠狠地用手肘将他撞回去，并威胁他："男女授受不亲，你要再敢跨过界来，我就用针扎你的肉。"

本来，强仔以为林美玉是说说而已，也不没当真。直到有一次，他打瞌睡时，被林美玉给用针扎醒，这才真正怕了她。

从此以后，一听到村里诊所叫打防疫针，强仔都会找借口逃避，死活也不肯去诊所。

陈道明见强仔听到林美玉后如此害怕，心里直发笑。心想：强仔这小子也老大不小的了，照这么无所事事下去，恐怕要真找不到老婆啰，是该给他安排些适合的事做了。后转念又想，强仔对雕刻这一门手工艺一窍不通，如果不是自己有兴趣，硬让他跟着学，恐怕他也不会坚持几天。想到这里，他苦恼不已。

此后，陈道明找来强仔，问他有没有兴趣下车间。

强仔听后爽然一笑，说："明哥你说怎样就怎样，我一切听从你的指挥。"

于是，陈道明便安排强仔到车间逐步熟悉每一道工序……

第二天早上 8 点，厦门漳州"海阅培训基地"来了一辆大巴车，大巴车摇摇晃晃地驶进了基地的大门，在一幢大楼前面停了下来。

楼下的广场上早已候着前来迎接的两位身穿迷彩服的年轻教官，他们分别是郑教官和李助教。

陈国政与陈哲平先行下车，他们一一上前热情地跟两位教官握手问好。

然后，陈国政转身向大巴上的学员们挥手道："培训基地到了……大家都下来集合……"

这一天，大家都穿着得体，轻装入场，只有林茜茜穿着与众不同的低领上衣和迷你裙，手里还拖着一个硕大的行李箱，跌跌撞撞地跟在人群后面。

这次参加拓展培训的人员总共有 40 人。张丽丽和陈哲平以及陈国政也参加了这次培训。

培训官是个退伍军人，名叫郑明基，26岁，瘦高个，四方脸，直挺的鼻子，神情严肃，完全一副军人威严的模样。

另一位是郑教官的得力助手李助教。

李助教刚毕业，皮肤白净，人长得斯斯文文的，像个书生。

第一眼见到郑教官后，陈艾艾的视线便集中在他身上，并不时地向他暗送秋波，媚眼传情，惹得身边的李丹丹和刘婷婷浑身鸡皮疙瘩，心中直骂她是个花痴。

"喂……艾艾，你喜欢郑教官呀？"刘婷婷打趣道。

"没有，你乱说话！"陈艾艾口是心非道。

"没有就好……人家可是名草有主了。"刘婷婷轻轻用手撞了一下陈艾艾。

"谁说的？"陈艾艾凤眼四下环顾道。

"那……"刘婷婷望着站在郑教官身后的一位抱着图纸的女孩。

陈艾艾顺着刘婷婷的眼光看去，"你又不认识人家，怎么知道？"她疑问道。

"难道你没发现她在看郑教官时那暧昧的眼神吗？"刘婷婷嘟哝道。

"俺也对他抛暧昧的眼神呢，你咋不说他是俺的？"陈艾艾白了刘婷婷一眼，说，"再说他们又没有结婚。"

"懒得管你，好心没好报！"刘婷婷说完扭身站到后面去。

"知难而退就好，多管闲事！"陈艾艾嘟哝道。

"某个女生的头别晃来晃去的，不然给我站到前面来晃一个小时。"郑教官面无表情地瞟了陈艾艾一眼。

陈艾艾听后吐了下舌头，忙站直身子，双眼平视着前方。

这天早上，学员们被排成A、B、C、D四个小组。

陈哲平被选为A队的大队长，张明珠被选为该队的副队长，大家给A队起了个队名叫"阳光队"。陈国政被选为B队的大队长，林茜茜是副队长，取名"鹰之队"。C 队是"花之队"，D 队是"森林队"。

"立正……"郑教官高声喊道，"向前看齐……大家都回去换回运动鞋。"

随着一声哨响，学员们都按照指示去房间换衣服，郑教官只给他们 5 分钟的时间。

"糟了，没有我穿的码！"眼看大家都换好衣服出去排队，屋里的张明珠和林茜茜两人心急如焚，她们还没有找到适合自己鞋码。

"39 码……终于找到了！"张明珠喜出望外地盯着手中的鞋子欢呼道。

"别动！"林茜茜突然低喝一声，一把夺过张明珠手中的鞋子，说，"这鞋子可是我先找到放那的，谁让你随便碰我的东西。"说完转身溜出了门。

"集合……"只听外面又响起一声哨响，队员们都身穿迷彩服，英姿飒爽、整整齐齐地排好了队。

屋里头，被抢了鞋子的张明珠像只热锅上的蚂蚁，找来找去还是找不到合适她的鞋码，最后只得穿着皮鞋入队……

第三章　麻辣教官

广场上铺着粗糙的石头，经过雨水的洗礼后显得格外洁净。

"哎呀！这鞋子怎么又潮又臭。"林茜茜瞅了一眼刚从张明珠手上抢来的军用鞋，随意往背后一丢。

"大家好！"前面传来郑教官洪钟般的声音。

"好！很好！非常好！"队员们整齐划一道。

"不错，看来大家都有备而来！"郑教官满意道，"欢迎同学们来到海阅培训基地……今天来这里参加培训的有管理层人员，也有基层的普通员工。但是，请大家务必记住，在这里没有级别之分，人人平等，每个人都必须遵守纪律。

"现在……我们将开始第一个培训项目，'领袖的风采'！"

郑教官边说边绕着学员走了一圈，然后回到大家面前，一双锋利的眼睛横扫而过："谁没换上鞋子？"

张明珠听后心头一震：这下可惨了，被教官发现了？她和林茜茜都被郑教官给点名站了出来。

"谁让你们穿皮鞋的？"郑教官瞥了她们一眼，厉声训道，"这是基地培训，你们以为是来走猫步的？你俩都给我赤脚跑五圈。"

张明珠与林茜茜满脸愁容地脱下了鞋子，然后赤着脚绕着大家跑了起来。

"这次的训练项目是围绕着'如何树立一个优秀的团队'为培训重点……"郑教官声音高亢道，"所以，每组的学员都必须为自己的队友承担起共同的责任。现在 A 组和 B 组已经有人违规，我要罚你们两组每人原地做 30 个俯卧撑。"郑教官面无表情道。

"有没有搞错呀？……犯错的是她们，又不是我们，为什么要大家跟着一起受罚？"

"这 30 个俯卧撑会要人命的……"

学员们交头接耳道。

"这里是战场，只有服从，没有为什么……"郑教官声音铿锵道。

全场又是一片安静。

郑教官继续道："从现在开始，你们必须时刻牢记，战场上讲的是团队的精神，如果有一人犯错，那么整个团队都有可能因这个错误而面临危险。所以，在战场上你们每个人的生命都是紧密相连的，如果不谨守纪律，没有团队意识，必将全军覆没。"

"啊……"众学生异口同声地发出低微的惊叹声。

"这么严重？"陈艾艾低声道。

"预备……开始……"随着郑教官的一声令下，A 队和 B 队的学员立即趴在草地上做起了俯卧撑，唯有陈艾艾还在原地站着。

"趴下……"郑教官厉声喝道。

"报告教官……我肚子疼……"陈艾艾突然弯腰捂着肚子，希望郑教官能对她网开一面，改变主意。

"肚子疼也不例外……"郑教官提高声音道，"快跟大家一起做，不然马上出局，然后收拾行李回家。"

陈艾艾听后连忙俯下身子，皱着眉头做起了俯卧撑，心里直骂郑教官是个冷血动物。

"……大家都别说话……"郑教官神情严肃道。

张明珠跑了两圈后，两脚生疼，但她还是咬着牙坚持着。

前面的林茜茜也是跑得脚底生痛，满脸是汗，可又不敢喊出声来，只好坚持到最后。因为，一旦她停下了，便会连累队友们跟着遭殃。

跑完五圈后，林茜茜一屁股坐在地上，眼里噙着眼泪。她忍不住瞟了张明珠一眼，见她正一脸平静地用纸巾拭擦着伤口，然后穿上李教官为她找来的鞋子。

"对不起，我给大家添麻烦了！"张明珠满怀歉意地向"阳光队"的队友们深深鞠了个躬，然后跟着大伙一起做起了俯卧撑。

"哼，惺惺作态，看你能装到什么时候？"林茜茜暗中不屑道。

这时候，陈艾艾累得香汗淋淋，做到十八下就筋疲力尽地趴在地上。"早知道这么辛苦，我就该找个借口请假！"噙着眼泪看了郑教官一眼，却见他脸色如冰一点儿反应也没有。

"起来……继续做……"郑教官道。

"是……"陈艾艾不敢怠慢，继续做俯卧撑。

这次的培训考核里，在陈哲平的带领下，A队"阳光队"虽没能获得第一，却也争得了第二，并在第二场的"拼图"游戏里以两分零二十秒取得了第一名。

面对每一关的紧张挑战，总能听到"阳光队"振奋人心的声音："阳光队，加油！阳光队，加油……"

"'鹰之队'加油！"B队的副队长林茜茜见状亦不示弱地高挥着队旗，跟着高喊起口号。

"森林队加油……"D队的队员们也纷纷随之跟着高喊自己的队名，增添雄风，以此促进队友们的信心。

时间很快地过去了，在教官的率领下，大家又返回了基地。

午饭后。天空放晴了，片片山坡叠青泻翠，抽穗的芒草在十月金风的吹拂下荡起了一道道的金波，朵朵薄云宛若撕开的棉絮，又像散开的缕缕轻烟，飘浮在湛蓝的天空。

郑教官突然宣布来个现场演习"战地逃生"的项目。

游戏规定：每个小组的人员分配如下：一名解救伤员的护士、三名盲人、两名断了一只胳膊、一名双手受伤的、一名双腿受伤、两名断一只腿的。然后，四个小组都被分开了，每个小组的逃生办法都不能互相告知，而且每个小组都分配有监视官。

四个小组的组长听完游戏规定后，都率领着自己的队伍离开了，然后各自找了块地，低声与队友们一起商量着如何更加科学地安排战士们逃生。

阳光队队长陈哲平左想右想也想不出个好办法，他问对张明珠："明珠，你有什么更好的办法？"

"有办法，看我的！"张明珠说完拿了几根绳子，捆住了几个伤员的胳膊和腿，然后对大伙道，"好了，双腿受伤的人员由护士背着，后面跟着一个盲人，盲人的一只手扶着护士的肩，另一只手抱着双手受伤的人员的腰前进，其余两名盲人各扶一名断了一条腿的人员，然后另一只手扶着前面队友的肩膀，两名断了一只胳膊的在队伍的最后面，其中一名背着药箱，另一只手搭着前面队友肩膀前进。

其他的B组、C组、D组看到阳光队如此分配，也都模仿他们的分配和顺序，大家互相搀扶着向山上攀爬。

根据游戏的规定：每小组的每个队员之间拉开的距离不能超过 5 米远，而且必须在规定的时间内一个不落地到达目的地，这样才算合格。这一节课的考核比前面的课程更加严厉，每个小组都有一个监视官，由监视官手持录像机一路记录下队员们的一举一动。

到了半路，有些队员开始作弊了，缺腿缺胳膊的偷偷松了绳子，盲人们都半遮半掩地从红领巾下面的缝隙向外偷看，只有阳光队仍然坚持不懈。

"哎呀……我的脚又酸又疼！"扮演缺了一条腿的刘婷婷拖着笨重的单腿，在扮演缺了一只胳膊的汪达卫的搀扶下，艰难地往又斜又滑的山坡上攀爬。

陈哲平扮演护士，他负责背着扮演双腿受伤的陈艾艾。

走在陈哲平后面的是餐饮部的李丹丹，她是扮演第一个盲人，一只手拉着陈哲平背上陈艾艾的衣襟走，另一只手抱着餐饮部的扮演双手受伤的林妹妹。

"这哪里是培训……简直是虐待咱们呀……"刘婷婷边走边埋怨道。

紧跟在李丹丹身后的是两个扮演盲人的客房部文员。

队员们一个接一个互相搀扶着向前攀爬。而张明珠则是扮演断了一只胳膊的，她一边扶着扮演盲人的队友，一边照顾落在后面的队友，并时刻提醒他们跟上队伍。

"天啦……让人玩这游戏会要人命的，这教官也真够变态……"鹰之队的林茜茜一路上哀声不断。

"这不是游戏，这是战场。"陈国政神情严肃道。

"嘿，陈助理说得是！"林茜茜在旁赔笑道。

"向左边靠，右边是悬崖……"话音未落，前面的张明珠突然大声叫喊道。

"哎呀我的大小姐，拜托你别喊了……吓得我腿都发软……"后面的汪达卫声音战栗道。

第四章　战地逃生

"这么玩会出人命的……都把红领巾拉下来吧……"李丹丹道。

"不行!"陈哲平坚决道,"违规者出局。"

"Why?"

"No why,刚才你没听见郑教官对我们说过的话吗?这里是战场,在这里只有服从,没有借口,不要因为你一个人而影响大家。"

"陈总你也太认真了吧,这只是场训练,你看看别的队不也都在作弊。"

"丹丹!"张明珠道,"不要羡慕别人走旁门邪道,我们要凭自己的努力抵达目的地,这样才光明正大,问心无愧。"

李丹丹听后没有再作声,一旁的刘婷婷却忍不住一屁股坐在石头上低声抽泣了起来。

"婷婷,你怎么啦?"汪达卫道。

"我不走了!"刘婷婷道。

"前面的护士停下,这里有个伤员生命垂危……"汪达卫大声道。

陈哲平听后回头一看,命令大家原地休息,然后走到刘婷婷身边一看,发现她的右手臂被树枝刮了好几道血痕。

"别哭,坚强点!"陈哲平说完让大家原地歇息片刻,然后放下背上的伤员,从背包里掏出一小瓶碘酒帮婷婷消毒。完事后,他向明珠使了个眼色走开了。

"婷婷,坚强点!"明珠鼓励道。

"我不想干了,明珠,你跟队长说我不想干了。"婷婷皱紧眉头低声道。

"不行,你不能放弃!"张明珠开导道,"虽然这逆境是我们以前不曾遇到过的,但是,人生就好比战场,风平浪静的生活中在不经意间都会突然出现意外，我们要学会战胜自己，努力去克服困难……"

刹那间，周围一片寂静，接着是一阵斗志昂扬的呼喊声："阳光队加油！阳光队加油……"

"走吧，你看大家多努力，别因为你一个人而影响大家！"张明珠劝道。

"对不起！"刘婷婷在汪达卫的搀扶下站起来。

"没事，加油！"张明珠说完转身向队友们高声喊道，"大家加油！我们的下一个目标是超越'鹰之队'！"接着提醒大家道，"下雨天山上的土有些松软，大家爬坡的时候多注意安全。"

"时间快到了，大家抓紧时间……"前面的陈哲平提醒道。

这时候，趴在陈哲平背上的陈艾艾开始不安分了，她向身后窥探，发现郑教官正在"阳光队"后面录像，连忙朝着镜头招手和抛媚眼，郑教官没有理会，视若无睹地继续记录着。

死冰块！陈艾艾心中暗骂道，然后失望地俯在陈哲平耳边，说："老大，我看你还是把我丢下山去算了！"

"你是不是哪根筋搭错了？"陈哲平怒道，"再哼哼唧唧的我可真丢了……"

陈艾艾听后吓得闭上眼睛不敢再吭声。

"队长！别的小组都在作弊，你看那些人哪像盲人？还有那断腿的都能自己走路了，就我们认真了……"江达卫在后面哼哼唧唧道。

"走你的，别管他们！"陈哲平厉声道。

"要下坡了，路滑，大家小心点儿……"张明珠提高声音道。昨天还是温婉含蓄的张明珠，今天突然摇身一变成了个身在沙场的女将，英姿飒爽地在前面不停地指挥队友们。

到了山下，她又问道："陈队长……要不要点人数呀？"

"点……"陈哲平气喘吁吁道。

"报数……"张明珠大声道。

"一，二，三，四……十。"

"一个不缺，队长！"张明珠的声音沙哑道。

"好……大家继续加油！"陈哲平满意地转身看了一眼张明珠。平时看这女孩静如淑女，没想到今天却脱胎换骨似的，完全换了一个人，看来还蛮有潜力的！"陈哲平暗中赞叹道。

"阳光队，加油！都给我传上去！"陈哲平转身向队友们大声喊道。

"阳光队，加油……阳光队加油……"

刹那间，幽深的山谷里回荡起洪亮而振奋人心的声音……

第五章　潜规则

天色逐渐暗淡下来，海阅培训基地食堂里灯火通明，学员们围着四张大桌子，大家饿得都顾不上形象，一听到哨响，一双双筷子纷纷落下，尽情地享受着盘中的美食。

略微残缺的一轮明月挂在夜空。

学员们吃完饭后，按照原来的队形整齐有序地跟着郑教官去宿舍，宿舍在基地的二楼，三人一组睡一个帐篷。

第二天，"阳光队"在陈哲平和张明珠的带领和队员的努力下，在第四轮的"走迷宫"和第五轮"领袖风采"的演习中都取得了优秀成绩，最后总分数获得第一。

经过了两天一夜的艰苦培训，星际酒店所有的学员回到了厦门。

散会前，张丽丽说："大家这两天辛苦了，相信也都学到了不少知识。刚才在车上，我与基地的两位教官交流了一会儿，他们对大家的表现都很满意。刚才我向领导请示了，决定放你们两天假。但是，考虑到大家都是新员工，为了尽快掌握好酒店的应知应会，我建议你们回去后利用这两天时间好好复习，准备迎接下一轮的考核……"

"考核，考核，整天都是考核……"回到宿舍后，刘婷婷四脚朝天地躺宿舍的床上，嘴里埋怨道，"这日子让人怎么过呀？"

"有的人呀……"林茜茜满脸不屑地瞟了一眼躺在床上捶背的张明珠，冷嘲热讽道，"没那个能耐就别硬撑着，赶紧收拾行李走人吧……"

张明珠却没把她的话当一回事，置若罔闻地从床上爬起来，静静地整理从基地带回来的培训资料。

这时候，她隔壁床上的陈艾艾却异常地安静，整个人像着了魔似的，手持着从郑教官那里要来的电话号码，躺在床上反反复复地翻看着，然后沾沾自喜地闭上眼睛，满脑子都是她与郑教官相恋的一幕……

三天后。华苑酒店十楼的 1028 客房里。

陈哲平与林茜茜两人偎依在一起。柔和的晨光轻抚着林茜茜雪白的肌肤。陈哲平侧卧着搂着她的腰，目光贪婪地亲吻着她身上的每一寸肌肤。

原来，林茜茜在进酒店之前就已经跟陈哲平打得火热了，他们是在一场婚宴上认识的。

两年前，林茜茜的室友李可结婚，林茜茜是伴娘，陈哲平是伴郎。两人一见钟情。

婚宴结束后，陈哲平送林茜茜回家，很快两人发展成情侣。在星际酒店新员工报到的那天早上，陈哲平与林茜茜在大家面前的那段对话只是用来掩饰他们之间关系的。

当鼓浪屿的钟声敲响时，陈哲平看了看手表，伸手拍了拍林茜茜那粉嫩的肩膀，说："小懒猫，快起床了，还有 15 分钟就考试了！"说完起身进了卫生间。

"不上班多好呀……累！"林茜茜懒洋洋地从床上爬了起来，跟着进了卫生间。

"我今天早上还要去拜访一位客户，可能会晚回……"陈哲平边说边对着镜子整理衣服。

　　林茜茜走到陈哲平身后，轻轻地转过他的身子，认真地帮他打好领带。

　　"亲爱的！"她踮起脚，亲了他一口，撒娇道，"回单位后帮我跟那呆瓜木偶陈助理说下，把那助理的位置给俺留着。"

　　"不行的，集团的规定是不允许亲戚或恋人在同一个单位上班的。要是让大家知道我们的关系，你就没机会进星际酒店工作了……"

　　"那怎么办呀？"林茜茜嘟着嘴。

　　"你别担心，我另有办法。"陈哲平若有所思道。

　　"讨厌……看你前两天去参加'拓展'培训时，似乎被那小龅牙给迷得神魂颠倒了……你是不是担心被她知道了咱们的关系后没机会泡她？"

　　"谁都入不了我的眼，你才是我唯一的宝贝……"陈哲平道，"别胡思乱想了，我先走一步，你赶紧去换衣服，别迟到了……"说完转身走出房间。

　　"拜拜！"望着陈哲平离去的背影，林茜茜的心里像灌了蜜似的。"糟了，早上要考核！"她看了看手表，失声道："只剩下 10 分钟，再不走要迟到了！"

　　林茜茜以最快的速度换上工作服，妆也来不及化，抱起桌子上的文件夹，匆匆出了门。谁知刚走到电梯前，冷不防迎面与人撞了个满怀，手上的文件夹"啪"的一声掉在地上。

　　"对不起！"一个戴着金边眼镜、身穿黑色暗条纹西装的年轻男子连忙道歉道，同时弯腰捡起落在地上的文件，交到林茜茜手中，说，"对不起，刚才我……"

　　"没事！"林茜茜打断了年轻男子的话，抱着文件夹闪身进了电梯。姑奶奶正赶着上班呢，哪有工夫听你啰唆。

　　星际酒店十三楼的大型会议室里一片静悄悄的，新员工们一个挨一个地坐在各自的位置上，认真地填写着考核卷。

　　20 分钟后，张明珠第一个交了答卷，接着便是林茜茜，之后，两人一前一后地离开了会议室。

"茜茜，昨天晚上你怎么没回宿舍？"张明珠在走廊里向林茜茜打招呼道。

"啊……我还忘记你这个小杂官了！"林茜茜转身正视着经张明珠，满脸不屑道，"新官上任的第一天就来找我茬，你纯粹跟我过不去是不是？"

张明珠一脸严肃道："我和你同样是新来的员工，只是人事部最近忙着新员工上岗培训，张助理一个人忙不过来，让我帮她管理监督员工宿舍，这是工作，请你好好配合！"

"哼！"林茜茜别过脸，"哪条规定说员工下班后生活起居还得根据单位的规定循规蹈矩，我晚上住哪儿关你屁事呀？"

"你若住在外面，酒店当然不管，但你是住在酒店员工宿舍里，必须遵守酒店的规章制度。"张明珠神情严肃道。

"住外面不行吗？"林茜茜神情刁蛮道，"什么狗屁规定？"

"难道你没背过酒店的员工手册？"张明珠反问道。

"尚未看完。"林茜茜神情傲慢道。

"那我来告诉你吧！"张明珠认真道，"你住在酒店宿舍里，就必须服从酒店的规章制度，如果要在外面过夜，就得事先向人事部打申请条……"

"知道了，你该不会想打报告吧？"林茜茜道。

"这是工作，公事公办，不能因你一个人乱了秩序。"张明珠平声道，说完抱着文件夹朝着人事部办公室走去。

林茜茜怒视着张明珠的背影，心里恨恨道：跟我斗你还嫩着呢……

十三楼人事部办公室里。

"张助理，这份是昨天晚上宿舍人员在宿的记录报告。"张明珠向张丽丽递上表格。

张丽丽接过一看："咦，昨晚林茜茜没回宿舍？这是怎么回事？"

"我刚才问了下，原来她还不知道宿舍的规章制度。刚才我已经给了她口头警告，让她这两天尽快把员工手册背好……"

"嗯，做得好！"张丽丽满意道，"回去你也让其他的新员工都把员工手册背好，改天你考核她们。"

张明珠说："知道了，没什么事的话，我先回部门了。"

"哦，对了！"张丽丽递给张明珠一份货物签收表格，说，"刚才 Maria 找你，现在上面领导有个紧急会议，她要参加。你先组织一下新来的员工，等会议结束后一起找她报到；还有，这些是前厅部的 5 个新进员工的工号牌和微笑牌，以及饭卡和打卡卡，大家领取的时候，你顺便让他们在这份表上签收。"

"好的，我知道了！"张明珠接过物品后便转身离开了人事部办公室。

第二会议室里一片紧张的气氛，黄卫东和刚从外面回来的陈哲平和 Maria、餐饮部经理杨丽萍、副经理叶文、客房部经理郑天成、保安部经理李永定，还有总经办的助理陈国政以及财务部经理王勇和工程部经理廖志强等七大部门的领导围坐在一起讨论着什么。

"黄总！"陈国政把手中的两份文件递给黄卫东道，"根据'拓展培训'的汇总成绩单和新进员工考核报告来看，我和几位部门经理都觉得前厅部的张明珠成绩不错！"

"嗯！"黄卫东边翻看手中的文件，边道，"林茜茜的成绩似乎也很不错！"

"是的，林茜茜是第二名，她和张明珠仅一分之差！"旁边的陈哲平连忙道。

"在这次的拓展培训中，陈总和张明珠领导的'阳光队'取得了很好的成绩。特别是张明珠，她在整个培训的过程中表现得相当出色，展现了她优秀的领导才能……"陈国政夸道。

"林茜茜和你领导的队伍也不错，我觉得她较有潜能！"陈哲平道，虽然自己曾被张明珠的勇敢打动过，但他还是一心想在黄总面前推荐自己的红颜知己。

"张明珠？"黄卫东听到两个部门经理总是提张明珠这名字，心想：陈国政这人一向是对公不对私，极少如此大力推荐一个人，今天他到底是怎么了？

陈国政说："通过这次的员工综合素质考核，我看目前林茜茜的团队意识与潜力还不够。但是，在海阔培训基地的培训中，我发现张明珠的表现不错，她在这次的'战地逃亡'考核中得到了优秀的成绩。几位教官都认为她的组织能力强，又深得人心，所以，我觉得张明珠很有潜力，是值得酒店栽培的对象！"

话到此处，陈国政侧头看了陈哲平一眼，继续道："这次张明珠与陈总同一个队，她能有如此优秀的成绩，多半归功于陈总督导有方。"

"哪里！哪里！"陈哲平笑道。这时候他心里最清楚，总经理助理陈国政都放话了，如果再否认张明珠的话，那等于否认自己的能力，谁会笨到拿石头砸自己的脚呢？

黄卫东心想：国政从来没有这般表扬过一个新员工，这位张明珠是怎样的人呢，让国政如此看重？嗯，我得会会她。

一念至此，他对陈国政说："国政，下午3点让张明珠来办公室找我下！"

"好的，这份是张明珠的个人简历，请黄总过目！"

"嗯……一笔清秀飘逸的文字，文化程度虽不高，却有着多方面的特长……"黄卫东心中暗想。

星际酒店共有24层楼。第一层是大堂；第二层是酒店餐饮部；第三层到第七层全是外租公司；第八层至第二十四层全是客房。每层有十间客房，只有十三楼被独立出来为酒店的办公会议专用楼层。

酒店总房数有160间，其中808是酒店的房务中心。布草房皆设于地下室。安保部设于酒店后门的停车场出入口的保安岗亭。食堂、电房、锅炉房皆设于酒店后面停车场的东面。工程部办公室设于酒店最高楼层二十四楼的阁楼。

前厅部经理Maria是个坚持原则的人，初中文化，是星际酒店管理层里文凭最低的一个。但是，Maria在工作上并不逊色于那些有高文凭的经理们，她一丝不苟，严于律己，经常把那些喜欢抓她小辫子的经理们压得喘不过气来。

一进酒店，张明珠就听到不少关于Maria的传闻。

有人说，别看Maria平时对部下总是一副笑容可掬、关爱有加的样子，一旦有人犯错，她便会毫不留情地按照酒店的规章制度执行处罚。

有人说，如果有人犯错，想得到 Maria 的宽容，那可比登天还难，因为 Maria 从不手软，她会减轻对员工的处罚范围，但绝不会撤免。

也有人说，Maria 是个很容易相处的领导，上班时对大家严厉，下班后经常和员工们聚会，增进感情。

前厅办公室里。

"……从今天开始，大家就是前厅部的一员，希望今后大家在一起开心工作……" Maria 扫了一眼站在自己眼前的五名新进员工，声音严谨道，"作为一线员工，在礼仪礼貌、形象、工作方面我们都必须养成一个自我检查、互相监督的好习惯……婷婷今天没涂口红，待会儿记得补上。"

"Maria，我知道了！"刘婷婷涨红着脸。

"我们不需要浓妆艳抹，但是，淡妆是一定要的，这是对客人们的尊敬，也是为了让自己有个良好的精神面貌……" Maria 一脸严肃道，"在这里我要提醒下大家，前厅部的每个班次都必须做好工作交接；每个班都有个班前会和班后会，对工作中的不足与必须改进的要点进行讨论，共同商量改进的方法。对了，我早上检查了下打卡室，发现有人第一天上班就迟到了，念是初犯，今天我就不直接点名了。但是，在这里我必须再提醒下大家，前厅部是绝不允许迟到或早退的，所以，大家今后必须提前 10 分钟到岗……"

Maria 说完对明珠道："明珠，你来负责每日的仪容仪表检查工作。"

"好的！"张明珠边回答边做着笔记。

"糟糕，我没涂口红的习惯！"汪达卫突然没头没脑地来了一句。

听闻此话，大家都忍不住大笑起来。

第六章　谁是幸运儿

"男生不必。"Maria 说完看了下新员工名单，顿时被汪达卫的英文名给弄得啼笑皆非，"汪达卫，那么多的英文名你不取，偏取个 Monkey 的名字，你很崇拜孙大圣是不是？"她打趣道。

话音刚落，全场又是一阵哄堂大笑。

"我……"汪达卫面红耳赤地说不出话来。

Maria 说："考虑到形象问题，你这英文名得重起一个！"

"没问题！"王达卫皱着眉头道，"可是，我想起的名字都让别人用了……"

Maria 说："就叫 Jakcy，你看如何？"

汪达卫笑着打趣道："达卫·科波菲尔可是美国著名的魔术师，我起他的名字会不会被告侵权呀？！"

"这只是工作名，别瞎说！"Maria 转移话题道，"早上我接到销售部陈经理的通知，说销售部的新员工林茜茜会到我们前厅部来实习一段时间，也就是说，过了一段时间后，将会有人被调到销售部去……"

"咚咚……"Maria 话音刚落，前厅办公室的门突然响了起来。随即进来了一位身穿灰色主管制服的年轻女子。

年轻女子约 25 岁，相貌平平，身材高挑，她后面跟着轻扭柳腰、表情丰富的林茜茜。

"我来介绍一下！这位是前厅主管 Lisa，这一位是林茜茜，英文名叫 Linsi，我想你们前些天在海阅培训基地已经彼此熟悉了……"Maria 向几个新员工介绍道，"今后，Lisa 将负责新员工岗前培训这块，如有什么问题，大家及时向我和 Lisa 反馈……现在我有点儿事要到总经办去，Lisa 你来跟大家讲下部门班次问题和新员工入职考核问题。"Maria 说完拿起桌上的一份文件，匆匆离开了前厅办公室。

"大家好！我叫张琳，英文名叫 Lisa！" Lisa 嗲声嗲气地向大家介绍道，"现在我先向大家介绍一下前厅部的班次。总台与总机的上班时间是三班倒，也就是 24 小时运转。礼宾部、大堂副理岗、商务中心，这三个小分部是两班倒……从今天开始，新员工开始跟正常班，我会逐个安排每个人跟老员工上班……

"本来新进的员工都需花上三个月的时间才能独立上岗，但是，由于情况紧急，我和 Maria 打算将在一个月里就给大家进行新员工入职的初步考核……" Lisa 娓娓而谈道。

这一开场白令在场的几个新员工感到压力重重，唯有张明珠和林茜茜两人稳若泰山。

接着，一名年轻女子从隔壁总机房走出来向大家问好。

"这是总机领班 Sendy，负责酒店电话接待，咱们前台接待报 C/I、C/O 都必须通过她们协助系统操作……" Lisa 介绍道。

Sendy 长相一般，细细的眉毛，单眼皮，皮肤有点粗糙，外表看起来很一般，性格却温和随性，待人接物很有亲和力。Lisa 交代道："现在，林茜茜和张明珠先跟前台的班，其他人留下来跟总机的领班 Sendy 学习。"

星际酒店大堂。

前厅部大堂的设计相当高雅。5 米高的大堂的前台后面是一幅古老罗马建筑壁画，前台前面的 5 米处分别立着两根罗马柱，整个大堂的色调以金黄色为主，看起来金碧辉煌，璀璨夺目。

由于酒店的客人源源不断，总台接待收银处每天早上 8:00 至晚上 6:00 之前都是忙得不可开交，这对新员工来说是个严格的考验。

"HK，1012C/O！"（房务中心，1012 办理退房！）

"Sendy，1012C/O。" 前台领班林薇一手一个电话忙碌着，分别向客房及总机报退房。对酒店来说，早上 9:00 到下午 1:00 的这段时间是办理 C/I、C/O 的高峰期，因此，这段时间里前台的柜台前面总是挤满办理入住和退房的客人。

入住星际酒店的客人多数是名企的回头客，也有不少商人及世界各地的政客。在这些客人入住之前，前台的工作特别紧张，她们必须先与总机紧密配合，做好免打扰及各种保密工作，丝毫也不敢疏忽。特别是在客人退房赶飞机的这段时间里，总台的 C/O 手续必须做到快而不出错，必要时 Maria 和酒店里的其他部门经理及总经理都会到总台做协助工作。

张明珠和林茜茜初来乍到，除了熟记酒店应知应会和房态以及商务操作和餐饮配置外，前台的工作暂时还不熟悉，一时插不上手，只能在一边用电话帮报退房及填写住宿单和发票。

每到中午前，大堂里尽是"吱吱吱"的打印机声，还有"铃铃"不停的电话声及接待员们轻柔的 C/I、C/O 声。

"1505 房，请帮我先手工办理入住，待会我再入电脑。房费每天 340 元，加上押金每天须收 500 元押金！"林薇道。

"收到！"林茜茜回道，接着问候在柜台前办理入住的客人说，"您好！请问林先生您这次预计住三天是吗？"

"是的！"客人道。

"林先生，麻烦您出示一下证件！您每天的房费加押金是 500 元，三天总共是 1500 百元，请问您是付现金还是刷卡？"

"刷卡吧！"林先生递上了证件及一张 VISA 信用卡。

"好的，请稍候！"林茜茜双手接过来，迅速扫描了证件，然后填上住宿单，刷好一笔预授权后请客人签名确认。

林茜茜在为客办理入住时的操作前前后后只花了 3 分钟，符合了酒店的操作规定时间。站在旁边观看的张明珠心里非常佩服，因为她对电脑系统上的操作还不熟，而林茜茜却能在短时间内完成，这让她感到惭愧，心想：同样是新员工，茜茜能做到的事，我却做不到。不行！我不能慢她半拍，一定要追上她!

众所周知，总台的 C/I、C/O 工作对一个旅游专业的毕业生来说并不难。因为，每个应届生在毕业前都必须提前半年到酒店实习，才能拿到学校的毕业证书，所以，初次接触酒店工作的张明珠在前台系统的操作方面就不如林茜茜了。

"1012 账已结，请帮我开张住宿发票给客人，住宿费与杂费分开开！"那边的 Lisa 对张明珠道，"Lucia，开发票你总会吧？"

"收到！"张明珠回道，开发票对她来说并非难题。在一边的 Maria 看着这两位新人的认真态度，心里很是满意。

"Lisa，1205 有个 30 元的床单染色索赔金额还未入账，请帮我结一下！"林薇道。

"收到！"Lisa 开启了自己的 US，忙着为客人结账，完全是一副镇定自若，忙中取稳之状。在旁边帮助填写发票的张明珠看在眼里，佩服在心里。她认真地观察 Lisa 的每一个操作过程，并把它牢记在脑子里。

这天中午，大家一直忙到 2 点半才吃饭。

午饭后，Lisa 带着新员工参观了酒店的客房和十三楼的大、中、小型会议厅，以及酒店各部门和酒店里的所有运转机构……

当大家都返回到岗位上时，Maria 走了过来，"明珠，你跟我到十三楼黄总办公室去一趟！"

"好的！"张明珠回道。

在前往十三楼的途中，张明珠的心跳得厉害，不知道总经理突然找她是好消息，还是坏消息？心里七上八下的。

第七章　机遇

十三楼总经理办公室里。

"你就是张明珠？"坐在张明珠和 Maria 对面的黄卫东和颜道。

"是的，黄总！"张明珠应道。在她看来，陈哲平是个心机深沉的人，而身为总经理的黄卫东反而平易近人多了。因此，到了黄卫东面前，张明珠反而没了压力。

"听说你培训成绩不错，而且拥有多方面的专长！"

"谢谢黄总的抬爱，那些专长只是我的业余爱好，还需要多努力！"张明珠谦虚道。

"你很谦虚！"黄卫东向她微微一笑，说："告诉我，你为什么会选择做酒店这行？"

"啊？"张明珠一时不知道应该如何回答是好，心想：遭了，这总经理怎么突然问我这些话呢，是不是嫌我文凭低呀？

"别紧张！"黄卫东直言不讳道，"我只是想进一步了解下你对酒店这个行业的看法而已，如果你觉得为难的话，可以不回答。"

张明珠听后舒了口气，娓娓谈道："我喜欢酒店的气氛，环境高雅别致，不仅如此，我对酒店的管理知识特别感兴趣。"

"为什么？"黄卫东问道。

张明珠说："因为酒店的接触面较广，是个磨炼人的好地方。"

"有理想，有眼光！酒店行业确实挺磨炼人的，在你这个年龄，如果从酒店管理做起，将来再出去当老板做生意，就不会吃亏了！"黄卫东满意道，心中暗想：这女孩儿既漂亮，又聪明，气质非凡，一副精干样子，的确是可造之才，难怪国政一直极力推荐她为后备干部。

"你是初次接触酒店管理这一块，在业务操作方面还需加把劲，尽快熟悉各部门的工作流程……"话到此处，黄卫东咽了咽口水，继续道，"在实习的这段时间里，你会遇到很多的难题……不过，凡事赢在坚持，能撑到最后的都是强者，你自己要好好把握。"

"好的，感谢黄总的指点，我一定会努力的！"张明珠满怀感激道。

黄卫东说："好了，你先去忙，Maria 你留下，我有事跟你说。"

"好的，那我下去忙了！"张明珠说完离开了总经理办公室。

这天傍晚，星际酒店的地下更衣室里一阵沸腾，一群女孩儿边换衣服边叽叽喳喳地交谈着什么……

张明珠满面春风地走进了更衣室。

"张明珠，下午你跟 Maria 去总经理办公室啦？"林茜茜边换衣服边问道。

"嗯！"张明珠淡淡道。

"黄总没事叫你去干吗呀？"林茜茜试探道。

"黄总说……"话到此处，张明珠欲言又止。

"这还用问吗？"旁边的刘婷婷似乎早已察觉出林茜茜的心事，故意刺激她说，"咱黄总肯定是看重这颗夜明珠……至于谈啥话呢？那是机密，无可奉告。"

林茜茜脸色一沉，没有回话，心里却气道："哼，张明珠你别太自信了，我就不信我会输给一个小龅牙，再说……在俺哲平的眼皮底下，你再怎么逞能，也是废材。"一念至此，她扭腰缓缓地走出了更衣室。

谁知想当总经理助理的人不仅林茜茜一个。这时候，在更衣柜后面有个人正专心窃听她们的谈话。此人便是前台主管 Lisa。

当 Lisa 得知张明珠被总经理招去谈话后，吃了一惊。凭着自己多年的经验，若非遇上大事，黄总经理是不会随便接见员工的，更何况是一名新员工，这也太离谱了吧……她越想越觉得不对劲：莫非这黄总经理想提拔张明珠为陈国政的接班人？

惠安莲岛。

一部旅游大巴摇摇晃晃地驶进了莲岛。

十几分钟后，车子到了镇上，一行十几个人从旅游大巴上鱼贯而出。

首先下车的是镇宗教办的陈主任，然后几位年轻一点儿的和尚簇拥着一位慈眉善眼的老和尚下了车，直奔前面路边的一尊白色花岗石雕观音像而去。

这尊观音像通高 3 米。足踏莲台，原型是明朝德化瓷雕大师何朝宗的作品，是陈道明根据所搜集的照片资料琢磨再放大，然后自己亲手雕刻而成的。完工后，陈道明将它立在厂里离大门仅 5 米的最显眼之处，当成样品陈列。

这是陈道明最得意的作品之一，曾经有几位客商想出高价收藏，但都被他婉言谢绝了。

观音的表情慈祥，面带微笑，眼帘低垂，无论从哪个角度望着观音的脸部，似乎都能感受到那慈祥目光的注视，让人如沐春风。

这次来的几位是马来西亚一个著名寺庙里的住持，与其同行的是东南亚华人佛教协会的理事，陪同的是闽南佛教协会的会长与几位理事。

一群人围在观音佛像前端详良久，期间交头接耳。那老和尚向陪同在旁边的陈道明咨询道："请问这里的负责人在吗？"

"我就是这厂的负责人！"陈道明恭恭敬敬道。

"我们能见见雕刻这尊佛像的师傅吗？"老和尚又问道。

"这尊观音像是我亲手雕刻的，如有不足之处，还请师父多指教！"陈道明内心虽然自信满满的，口中仍然谦恭着。

"哦……"老和尚听后认真地打量着陈道明一番，见是个二十出头的小伙子，眼里不禁流露出将信将疑的神色：有这么年轻的厂长吗？

旁边的镇宗教办陈主任听后连忙上前道，"我来介绍一下，这位是马来西亚白云寺的普惠大师；这位是陈道明师傅，他是我们莲城镇里鼎鼎有名的石雕雕刻的后起之秀，而且作品曾多次得过奖……"陈主任滔滔不绝地为双方介绍道。

"陈先生！能否借一步说话？"普惠大师兴趣浓浓地问道。

"快请！快请！"陈道明忙不迭邀请道。

进了宽大明亮的办公室，一行人依次落座后，强仔把用洁白的瓷具泡好的上等铁观音茶端上。

"好茶！好茶！"袅袅冒着扑鼻香气的茶引起了和尚们的赞叹声。

普惠大师接过强仔递过来的茶水，轻轻地品了一口，点了点头，然后便起身环顾着陈道明的办公室。

只见进门的大厅两旁陈列着一对仿古战马，沿墙依次摆放着各种各样的人物、动物、佛像等作品。这次陈道明还精心地为每件作品都加上了红木架座，显得格外精致。

进了大厅后的左边是一大排宽大的沙发，一张足足有 2 米见方的咖啡色茶几上摆放着一个用黑色花岗岩打磨得锃亮的花瓶，随意地插着五六枝百合。

普惠大师收回视线，对陈道明道："陈师傅，你的产品都是销往何处啊？"

"目前都是为台湾的一些寺庙加工的，也有些是新加坡园林公司的订货。"陈道明有意无意地加强了语气。

"是啊……最近台湾的一些寺庙都在修葺、翻建。想必……外面那尊观音像也是台湾的订货？"普惠大师继续问道。

陈道明听后挠了挠头，回道："那尊观音像只是样品！"

"这样啊……"普惠大师转过身向身边的一位年轻的和尚说，"觉明，把图纸拿出来。"

觉明和尚听后，忙从随身带的麻布袋里取出了一张图纸。

普惠大师接过图纸，把面前的茶杯拢到一旁，然后再把图纸摊开在茶几上。

"陈师傅，这是我们刚兴建的白云寺的图纸。目前主体工程基本都已完工，剩下的是庙前广场上的 40 根石雕大柱子还没着落。你来看看，如果把这 40 根大柱委托给你的工厂加工，有困难吗？"普惠大师道。

陈道明仔细端详着图纸，只见图纸上标注的柱子长有 20 米，直径 2 米，分段叠成。每段高 1 米，也就是每根柱子分为 20 段，每根柱子上要刻佛本经的故事浮雕。道明在心里估摸了下，总共需要有 800 块 2 米 × 1 米的大原石。每块原石需要 4 立方米，1600 块这可是一个巨大的数字。想到这里，他抑制着心里的震动，声音平静道："加工这些浮雕是没有问题，就是原石方面……不知道师父您想采用哪一种石料？"

"最好是用黑色的花岗岩！"

"用黑色的花岗岩可能有点儿困难！"

"有何困难？"

"目前采用的都是山西产的矿，像规格这么大的石头估计没有这么大的产量。"陈道明为难道。

"那依你的意见呢？"话到此处，普惠大师神情有些凝重。

"我建议您用编号为 654 的花岗石作为材料。这种石头的颜色比山西产的稍浅了一点，雕刻出来的效果也不逊色于山西产矿。最重要的是，用 654# 花岗石的产量比较有保证，又是在福建省内出产的，单运费就能节省下一大笔。"陈道明极力推荐起另一种石料。

"这……"普惠大师沉吟了许久。

陈道明不想错过这单建厂以来最大的生意，连忙道："我给您看看这种石头的样品。"说完便起身从样品柜上取出了两块 10 厘米见方的石头来，每块石头的六个面上分别有六种不同的加工效果。

陈道明把两块样品小心翼翼地放在桌上，翻出两个磨光面："这是山西矿与 654 矿的磨光效果。如果是加工磨面的话，差异会比较明显，您再看看这两个磨面！"

陈道明说完又把两块样品翻到另外的一面，继续道："这两个加工面是根据图纸上要求的加工效果，您先看看山西产的这两面的效果，再看看 654 这种石料，除了颜色稍微浅了点，其他的并无差别。"他边说边把两块样品推到普惠大师的面前。

普惠大师听后拿起两块样品，翻来覆去地仔细端详了良久，这后招呼坐在他身旁的一位学者模样的中年男人道："程工，你来比较一下！"说完便回身向陈道明介绍道："这位是程先生，是我们的设计师兼总工程师，大家都称呼他程工。"

"程工您好！"陈道明忙起身向前，与程工作握手打招呼道。

"你好！没想到陈总年纪轻轻就拥有这么一门好手艺，真是年轻有为呀！"程工起身迎礼，赞不绝口。

接着，程工接过普惠大师手中的两块样品，洒了少许矿泉水在石头上，认真观察着。

大约过了2分钟，程工推了推架在鼻梁上的金边眼镜，然后从口袋里掏出了纸巾，擦干石头上的水渍后，再次仔细端详着……

陈道明知道程工是在比较两块石种的吸水率，向前探了大半个身子，说："这两种石头的吸水率相差不到2%，我给您看地质部门对这两种石料的检验书。"说完起身从内间的柜子里取出了两份检验书，交给了程工。

程工翻开了两份检验报告，逐条地细看，比较起地质部门的分析，石英含量硬度、吸水率、抗压力……看完检验书后，他满意地对普惠大师点了点头。

普惠大师见后也满意地点了下头，转身对陈道明说："陈师傅你给报个价，这是第一单，接下去有缘的话，可能会有第二单、第三单。你可要用心啊！"

"您放心，请给我一天时间，明天我把预算书给您做好！"陈道明回道。

"呵呵……我们今天就要回厦门了，后天一大早就乘飞机回马来西亚，看来要劳驾你明天把报价单送到厦门去啦！"

陈道明说："没问题，一定准时送到！"

普惠大师听后放下心里的一块石头，愉快地说道："那好，我等你的消息，现在我们先行告辞了！"说完与众人起身出了办公室。

"师父请慢走！"陈道明将客人送至车前握手道别。

客人走后，陈道明仍恍如梦中，有点不敢相信这巨大的订单会像天上掉下馅饼似的砸到他的头上，他久久地伫立于厂门前好大一会儿方才回过神来。

都说机会是留给有准备的人，如今这大好的机会就摆在眼前，我能牢牢地把握住吗？他扪心自问。

想到这里，陈道明抬起头来，望着在炎日下的观音像，那慈祥而神秘的笑容仿佛带着鼓励，带着赞赏，给了他莫大的勇气和力量："看来当初抵挡住高价的诱惑把这尊观音像留下来当'镇厂'之宝的决定是正确的！"他喃喃自语道。

在厂门口站了一会儿，陈道明缓缓走进工厂大门。

"明哥……"这时候，强仔兴冲冲地跑进工厂。

陈道明迎面给了他一拳，打在他那结实的胸膛上，问："什么事，这么兴奋？"

"哎呀……"强仔身子摇晃了下，龇牙咧嘴地故作痛苦之状。这几乎成了他哥俩的一种庆祝形式了。

"明哥，有戏吗？"强仔迫不及待道。

"哈哈……八字还没一撇呢！振华哥呢？"陈道明顾不得细说，转身四下搜索振华的影子。

强仔说："刚才还在办公室，现在不知道哪去了？"

说话间，振华端着刚刚冲洗完的茶具从食堂那边走了过来。

"振华哥，来！"陈道明把手中的图纸递到他手上，说："快把这上面的石料的数量先统计出来。每一块都要详细列明，还有，再把圆柱的表面面积展开计算。"

振华打开图纸看了一会儿，说："行，什么时候要的？"

"你尽快，我今天就要用！"

"这么大的工程，我怕没这么快。"振华边看图纸，边回道。

"你辛苦一下，中午加一下班，争取在下班前给我。"陈道明道。

之后三人一前一后地进了办公室。

第八章　意乱情迷

陈道明在宽大的办公室桌前站了一会儿，就势在沙发上坐了下来，然后对旁边的强仔道："强仔，你去食堂交代一下，做几份面条吧，做完送到办公室来。"

"行，我这就去弄！"强仔说完大步流星地走出了办公室。

这时候，办公室里的电话突然"铃铃铃"地响了起来。

陈道明接起来一听，是王芬打来的。

"明哥，我表哥下午到我们单位来检查工作了，晚上要上我家，想请你来我家一起吃顿饭，顺便认识一下我表哥。"

"我可能有些事要忙……"陈道明为难道。

"有困难吗？"那边王芬问。

陈道明在电话里把刚才的事对王芬大概地说了一遍。

王芬一听，兴奋道："那你就更要来一趟了，来得早，还不如来得巧呢……"王芬早就想邀请到这位镇上闻名的风流才子到家里与家人会会面，但每次都被陈道明给推掉。

陈道明说："我知道这机会难得，可我现在手头上的这些事不是正咬手吗？你知道我一看计算这方面就迷糊了。"

"这还不好办，谁让你对面前的'专家'视而不见，活该！"王芬在电话里笑道。

陈道明听后恍然大悟道："对呀……我咋就把你这省财经学院的高材生给忘了呢……"

"那你来不？"

"嗯，傍晚下班后我直接上你家去！"

"好，就这样定了喔！"

"就这样定了！"陈道明道。

"拜拜……"那边的王芬放下手中的电话后，欣喜若狂地欢呼一声："YES！"惹得周边的同事与顾客纷纷向她投来异样的眼光。

王芬不由得脸上一红，埋头理起账目来。

这边的陈道明心里更是欢喜，假如这单合同能顺利签下，那资金的缺口可不是自己那些流动资金能填补得上的。没有银行的支持，能否顺利地履行合同这还得打个问号。想到这，他松了口气，从沙发上站起身来，走到窗前，眺望着窗外的景色。

窗外，流云倦飞，落英满地。

这时候，办公室的电唱机里又响起那首熟悉的歌曲：

> 心上人，在哪里？为何四处找不到你……
> 当你离去的时候，我会伤心泪流，
> 痴情地等候，不要一去不回头……

自从明珠去厦门工作后，每次一个人的时候，陈道明总是情不自禁播放着他与明珠约会时一起欣赏的情歌，心想：明珠这丫头已经有几天没来电话了，到底在忙什么？前些天，他挂过几次电话到明珠单位，可是，明珠却总以忙为由，没说上两句话就匆匆挂了电话。

"明哥，先吃饭吧！"正想着，强仔端着两碗面条走了进来。

"这么快就煮好了！"陈道明端起桌上的面条，对强仔道，"阿强，你等会儿给蓝大国打个电话，问他那里的矿山最近开采得怎样了。"

蓝大国是654矿山的矿主，半年前接手了一家开过的矿，后来又打通关系把旧矿周围的几个山头从当地的村民手中买下，刚办完开采手续，因此陈道明心里没底，有点儿忐忑不安。

"我这就打个电话问看看！"强仔放下手中的面道。

"别急，吃完饭再打！"陈道明说完一阵稀里呼噜地把面扒进口中。

这天傍晚，陈道明一路风驰电掣地来到王芬家门口，把摩托车架好，然后摘下头盔，转身走向张明珠家，"咚咚咚"地敲起门来。

"谁呀……"张明珠母亲玉华边问，边打开了门。

"伯母，是我，我是明珠的朋友！"陈道明道。

"有事吗？"张德走过来，认认真真地打量了陈道明一番。

"是这样的，前些天明珠打来电话说她已经面试上了，目前已经参加工作，让我转告你们一声……"陈道明显得有些局促道。

"太好了！"玉华一听到女儿的消息，脸上露出了欣慰的笑容，心想：这孩子舍不得花钱打电话，也不懂得写封信，让爹妈好担心。想到这里，她对陈道明道："那孩子没出过远门，也不知道能不能适应，真让人担心呀！"

"明珠在电话里说她那边很好，请伯父伯母放心！"陈道明安慰道。

"请进来喝杯茶吧！"张德热情道。

陈道明听后显得有些局促，婉言谢绝道："不用了，我还有点儿事，明早我要去趟厦门，所以顺路过来看看伯父伯母有什么要交代的事？"

玉华一听陈道明要去厦门，急急忙忙地把他拉到一旁，低声道："娃，你见到明珠后帮我转告她下，让她好好照顾自己，如果她不习惯那里的生活，你就把她劝回来啊……"

"伯母，你也知道明珠那性子……"陈道明微笑道，"我劝不动啊！"

张德说："孩子长大了，得学会独立，让她在外面学学经验也好！"

陈玉华听后回头瞪他一眼，埋怨道："女孩子终归是要嫁人的，学个啥呀！咱家明珠那脾气还不是被你给惯坏的……"说完拉着陈道明的手，再三交代道："孩子，见到明珠后，让她给家里打个电话啊……"

陈道明听后憨憨一笑，说："好的，伯母，我会让明珠经常打电话给您，您就放心吧，我有事要办，先告辞了！"说完转身朝着王芬家走去。

陈玉华和张德望着陈道明离去的背影，面面相觑。

"这孩子看来挺不错的,咱们家明珠果然有眼光!"陈玉华道。

"老太婆,你当初不是说好女不嫁外乡人吗,现在怎么突然这么感慨了?"张德反驳道。

陈玉华说:"当时我没见过人,当然会这么说过,但我现在人见到了,越看越中意不行吗?"

"你中意,我可不一定中意。"张德漫不经心道。

张玉华听后两眼瞪得大大的,说:"为什么?当初你不是也打听过那孩子了,还一个劲儿夸人好呢,怎么现在突然改变主意了?再说,论谈吐论修养那孩子也不比别人差呀……"

"土包子!"张德不屑道。

"什么……什么土包子?"陈玉华一头雾水道。

张德指着陈道明远去的背影,说:"你瞧他身上穿西装,脚上却穿着'爱的达'球鞋,一看就知道是个喜欢跟时髦的土包子……"

"这有什么呀?老头子你当年穿衬衫还搭短裤呢!"陈玉华嘲弄道。

张德听后瞪了老伴一眼:"这么久了你怎么一点儿都没忘呀?"说完甩头进了屋。

那边邻居的王家女儿王芬一听到摩托车的动静,连蹦带跳地往外跑。

"都这么大的人了,走路还没个正形,以后嫁不出去可别怪我们当父母的不会管教……"王芬母亲笑骂道。

这个王芬自小就一副男孩子的个性,出门还好,穿着打扮还有点儿淑女样,可在家里就随随便便,走路也没个大家闺秀样子,这一点很是令王妈头痛。

王芬哪里顾得上母亲的唠叨,一阵风似的追出了门外。当她看到陈道明与张明珠父母在交谈着什么,心里很不是滋味。

"嗨!"到了王家门口后陈道明在王芬面前停下打招呼道。

"嗨!"站在家门口的王芬定了定神,若无其事地接过陈道明手中的头盔,含情脉脉地望着这个日思夜想的梦中情人,低声道:"快进来吧,他们马上就到了！"

说曹操，曹操就到，话音刚落，胖主任陪着王芬的表哥从路拐角处出现了。

一见到陈道明，胖主任便大老远地大声喊道："道明你小子闻到香味啦……是不是？谁给你下了帖啦？"

陈道明笑着搭讪道："你个胖老鹰，今天也'飞入寻常百姓家'来觅食啦……"

"你小子少贪嘴，过来……我给你介绍一下。"胖主任自知在嘴巴上讨不了便宜，转话头对王芬表哥介绍道，"李行长，这小子叫陈道明。"

"是李行长吧！"陈道明不等胖主任介绍完连忙上前，说："久仰，久仰，常听起张主任说起您！"

李行长是个健谈的人，个子高高瘦瘦，双眼下陷，却显得格外有神，一副精明强干之貌。李行长早已等不及胖主任的介绍，伸手与陈道明握手道："道明兄弟，我常听芬子提起你……没想到还是个年轻有为的帅哥啊！哈哈哈……"

三人有说有笑地进了王芬家。

屋子里飘着热气腾腾的菜香。

在座的有李行长、胖主任、陈道明还有王芬与王芬母亲。王芬的父亲王变通和她的哥哥王大雄在县城里工作，因此没能参加这次家庭小聚会。

几杯酒下腹后，众人皆满面生辉。而道明也没忘此行目的，趁众人酒兴时，与身边的李行长交谈了起来……

"……道明，最近生意如何呀？"李行长问道。

"还好，今天刚好有一单正在报价，如果合同签下来流动资金可能有点问题。"陈道明道，"不知贵行最近有什么项目可支持乡镇企业的贷款指标没有？"

"哈哈哈……你小子消息可真灵通呀！最近上面拨有2000万额度，是用来扶持乡镇的一些资质好的企业。说，你需要多少？"李行长爽快道。

"我下午统计了下，大概要300多万！"陈道明道。

"这个……"李行长顿觉左右为难，心想：上面指定的贷款金额最高的额度不可超过 100 万，而这小子一开口就要 300 万，真是狮子大开口呀……果然是个不简单的家伙。

"怎么，李行长有困难呀？"

"不瞒你说，按上面的指示，超过 100 万的额度可能会有些困难……你这要求恐怕有点儿棘手，我还得请示上面……但我实话实说，你这额度能得批的可能性不大呀！"李行长叹道，接着又问，"对了，你厂里的注册资金有多少？"

"道明，你生意越做越大了哈！不错，年轻人有前途哈……"胖主任在一边凑合道。

坐在陈道明身边的王芬不停地为三人倒酒、夹菜，忙得不亦乐乎。

"500 万！"陈道明道。

"这样啊……"李行长道，"行！我明天把这事跟上面请示一下……看看结果如何，过几天会给你答复。"

这天晚上，三个人喝了十瓶干红。陈道明心情好，与李行长连干了几杯。

到了晚上 9 点，大家都散去，只留下王芬与陈道明俩人坐在大厅里闲聊，聊到报价单的时候，陈道明忙起身告辞。

"妈，我送明哥出去！"王芬对着厨房里的母亲道。

陈道明从椅子上立起身说："伯母，我先回了，谢谢您的热情招待！我那有份报价单明天得交给客户，所以想请芬子去帮我做份报价，完了我会送她回来。"

"好，去吧，路上可得小心！"王芬妈说完向王芬挤了个眼色。

王芬喜出望外地应道："妈我走了。"

"嗯，早去早回！"王芬妈乐哈哈道。

陈道明用摩托车载着王芬来到了工厂。

进了办公室后，陈道明取出了马来西亚那批订单的造价表来，和王芬在办公室里埋头忙碌着……

夜色深沉，万籁沉寂。

陈道明的办公室还亮着灯。王芬与陈道明一直忙到深夜 12 点方才完成报价。

"辛苦了！"陈道明感激道，"如果不是你，恐怕明天这份报价表交不了了。"

"客气啥呀？我们是好朋友，朋友之间互相帮忙是应该的！"王芬动作优雅地转了转脖子，说，"我突然又想喝酒了，你这有酒吗？"

"有！我这有瓶 XO ！"陈道明起身从酒柜里取出了一瓶 XO 和两个高脚杯，"砰"的一声打开盖子，往杯子里倒了三分之一的酒……

几杯酒下腹后，陈道明打开了音乐，随即，耳边回响起当初与张明珠相会时一起分享过的歌：

> 心上人，在哪里？
> 为何四处找不到你？
> 当你离去的时候，我会伤心泪流……
> 痴情地等候，不要一去不回头……"

触景生情，人们常说心情不好的时候饮酒容易醉，心情好时更易醉。这时候陈道明心里总是想着张明珠，情绪开始低落，也因洋酒后劲儿很强，几杯酒下腹后，就开始神志迷糊了……

"明哥……"王芬扶着陈道明问道，"明哥你没事吧？"

"明珠……明珠你回来啦……"这时候，已有七分醉意的陈道明错把王芬看成明珠，一把将她拉进怀里，满怀深情道，"明珠，别走，别再离开我好吗？"

望着渐渐迷糊的陈道明，王芬娇态可憨，眉目传情："不会的，明哥，我不会离开你的……"说完躺进了陈道明的怀里……

第九章　懊悔

月光似水，繁星高照。

与此同时，厦门星际酒店宿舍楼里，张明珠半躺在床上辗转难眠，于是，她从枕头底下取出一本笔记，写下了内心的感语：

> ……在没有他的日子里，我仿佛成了一只迷途的羔羊，我一直认为自己很坚强，但是，这些天来我发现自己并不坚强，就如他所说的那样，其实我很脆弱。
>
> 今晚，我再次翻来覆去地睡不着，心里一直想着他。有人说，真正内心强大的女人是不会依赖男人的，可是，我已经在潜意识里依赖上他了。

自从与陈道明恋爱后，张明珠认为她与陈道明之间的爱情应该经得起时间的考验。但她没想到，自从她离开陈道明后，王芬就紧锣密鼓地寻找一切机会去接近陈道明。

第二天辰时，惠安莲城。

当天边露出了鱼肚时，陈道明懒洋洋地睁开了双眼。醒来时，周围一片沉寂。

突然，他似乎听到了另一个细微的呼吸声，回头一看，吓了一大跳，只见王芬一丝不挂地躺在他身边。

"不会吧……"陈道明掀开被子一看，发现自己也是一丝不挂的，立马从床上弹坐起来。

"你醒啦！"王芬凤眼微睁，娇滴滴地问道。

"怎么回事？"陈道明不敢相信眼前的这一切，他一把推开了王芬。

陈道明如此强烈的反应与昨夜判若两人，王芬的心里仿佛被针扎了般地疼痛，忍不住眼眶一热，差点儿掉下泪来。这一幕看得陈道明心里懊悔不已。

王芬强打起精神，起身穿上裙子。

"对不起！我……"陈道明话到此处又咽下。

"没事！"王芬抬头对他盈盈一笑，"希望你别忘记昨晚上对我说过的话！"

"我……我说什么了？"陈道明一头雾水道。说完这话，他恨不得抽自己的耳光。

"昨天晚上……"王芬走到陈道明面前，声如游丝道，"昨晚你不断地对我说，你爱我！我相信这是真的。"说完踮起脚尖，温柔地亲了下呆若木鸡的陈道明。

"不，这不是真的……"陈道明犹如五雷轰顶般地向后跌撞一步，他内心挣扎道，"一定她在骗我……"

王芬挎上包，侧头看了一眼窗外的天色，说："时间不早了，明哥我去上班了！"说完转身走出了房间。

离开工厂后，王芬抬头望了望天边那轮初升的太阳，脸上露出了得意的笑容：张明珠，现在明哥已经和我生米煮成熟饭了，你还是继续待在厦门做你的女强人吧！

王芬走后，屋里留下了阵阵弥久不散的余香。

坐在床边发呆的陈道明侧目一看，只见床上染有几点鲜红的血迹，"陈道明，你怎么可以做出这样的蠢事！"他后悔不已地捶打自己的头。

这时候，外面由远而近地传来一阵"突突突"的摩托声。

片刻之后，强仔推门走了进来。

看到陈道明独自一人坐在床边发呆，强仔顿时傻了眼："明哥，你怎么了？"他关心道。

陈道明没有回话，神情麻木地望着窗外出神。

强仔俯下身子一看，发现陈道明的两只眼睛都布满了血丝，问道："你两只眼睛怎么红红的？"

"我昨晚上茶喝多了，没睡好！"陈道明趁强仔不注意迅速拉上被子，盖住了床单上的血迹。

发生了这事，陈道明一时不知该如何跟强仔说，转念一想，也没这必要，难道要跟他说自己好不容易守了23年的童贞在昨天晚上……一念至此，他笑着对强仔道："阿强，你今天陪我跑一趟厦门！"

"真的？明哥你今天真是大发慈悲呀！嘿嘿……"强仔憨笑着摸了摸后脑勺。

陈道明瞥了他一眼，说："我什么时候骗过你？"说完走出了卧室，用凉水洗脸，然后揉了揉还隐隐作疼的脑袋，回卧室收拾行李。

陈道明看了一眼强仔，见他还穿着拖鞋，问："你就这样穿着拖鞋去？"

"嗯！"强仔笑道，"我农民一个，不穿拖鞋都不知道怎么走路。"

陈道明被他这么一逗，笑道，"你小子要真是农民进城也得穿整齐点儿，别给咱农民丢脸。"

"可我没有鞋子穿呀！"强仔皱眉道。

陈道明拎起一双运动鞋，往强仔眼前一丢，说："就穿我这双球鞋吧，刚好与你这身运动服搭配。"

"哇……刚好，看看我是不是帅了点儿？"强仔边绑鞋带边打趣道。

"你小子少臭美了，快走吧！"陈道明催促着。

第十章　小不忍则乱大谋

厦门星际酒店。

这几天来，新员工培训照原计划进行着，而张明珠也开始到总台"渡劫"了。

总台收银不但要有财务经验，还得熟悉电脑系统操作，因此，张明珠面临了上岗以来最大的考验。

"Lisa，请问这调账怎么操作的？Lisa，这1103的账入不进去。Lisa，这公安局治安系统是怎么操作的？……"张明珠是个勤学好问的人，一上班就有一大堆问题。

Lisa听后嘴角掠过一丝冷笑，心里不屑道："你个不知天高地厚的龅牙妹，好歹我也比你早来三年，论文凭论经验我哪点不如你了，凭什么让你一进酒店就成了助理的储备干部。让我教你，想得美！"

每次遇到张明珠提问时，Lisa总是回答说："不知道，你自己看……我很忙，没空教你，自己解决……"Lisa总有一大堆的借口来拒绝明珠的提问，然后幸灾乐祸地站在一边看着张明珠忙碌。

"瞧她那窘样……"旁边的领班林薇瞄了一眼在张明珠，嘟哝道，"八字没一撇，还异想天开地想当助理。"

Lisa听后又瞟了一眼忙碌中的张明珠，满脸不屑道："哼，一点儿经验也没有，还想当助理，不自量力……"

"Lisa，我的账又不平了，请帮我看一下好吗？"旁边的张明珠心急如焚道。

"真是爱莫能助呀……我未来的助理大人，你要是连这点儿小事情都解决不了的话，那我们将来可要遭殃啰……"Lisa在一边挖苦道。

对此张明珠苦恼得很，她越是想接近Lisa，Lisa就越是疏远她。Lisa不但不教她，还时常把她当差役使唤。但是，张明珠还是沉得住气，任Lisa差遣，毫无怨言。毕竟人家是旅游专科的高材生，而且有三年的酒店管理经验，论学识论经验人家都在自己之上，没什么好抱怨的。她每次在Lisa这边碰壁时，总是先自我检讨，开导自己。她知道，如果想让Lisa改变对她的看法，得有耐性。

然而，Lisa 就像铁了心肠似的表面上跟张明珠打哈哈，暗地里却总联合老员工林薇排挤她。只要张明珠一出现在前台，一有系统上的操作失误，Lisa 与林薇都会联合将错误归在她身上。

比如有一次，前台钱少了，明明是林薇多找给客人钱了，Lisa 却将这错误硬推到了张明珠的身上，说是她一个人的错，而林薇也会做旁证，跟着起哄。寡不敌众，因此，张明珠经常难逃赔钱的厄运。

还有一次，林薇收到假币后，偷偷将假钱塞在张明珠的账单下，然后换走了张明珠刚收到的人民币押金。事后，Maria 追究起来了，Lisa 与林薇俩人便一口咬定是张明珠出的错。最后还是 Maria 亲自调看监控，查明真相后，张明珠才免遭不白之冤。

事后，张明珠并不记恨 Lisa，她默默地用笔记把 Maria 的整个处理过程记录了下来。

对新员工们来说，Lisa 相当傲气。而作为一个主管，平时为了工作对员工指手划脚是理所当然的，但是，Lisa 一生气就会气急败坏地指着她们大骂："你们这些笨蛋，脑子生锈了是不是……这点儿小事都做不好，想在这混就给我老实点儿，别再给我出乱子了！"

不仅如此，Lisa 对张明珠也很刻薄，有事没事总喜欢把矛头指向她，不允许她到休息间喝水，常安排她一个人值大夜班。

"小龅牙，别整天对着电脑发呆，快给我擦洗柜台去……"一天，Lisa 又命令张明珠去做些杂活。

"对不起，等我把手头上的工作忙完，我再去。"有的时候，张明珠确实忙不过来，只能将 Lisa 交代的事推后，却惹来一阵冷嘲热讽。

"唉哟，升职还八字没一撇呢，脾气就那么大……"林茜茜在一边挖苦道。

"是呀，主管，你心太软了，再这样仁慈的话，哪天她爬你头上，你哭都来不及……"林薇在旁接茬儿道。

"放心，时间还长着呢，看谁笑到最后……"Lisa 神情傲慢道。

一次，张明珠因账目问题又挨了 Lisa 的骂，忍不住一个人躲到卫生间里流泪，碰巧被 Maria 给撞见了。

"明珠，你怎么啦？" Maria 关心道。

"没，没什么！"张明珠连忙擦干眼泪。

"明珠，我知道酒店对新员工的要求比较严格，你要耐心点儿！" Maria 轻轻地拍了拍张明珠的肩膀，鼓励道，"你现在经历的，我们以前也经历过……但是，这种困境只是暂时的，你要尽快掌握好前台的操作，努力做好工作，这样别人就挑不出你的毛病了！"

"嗯，我知道！"张明珠道。

"好了，别再愁眉苦脸了，来，笑一个！" Maria 鼓励道。

张明珠听后勉强一笑，露出了可爱的小龅牙。

"自然点儿！" Maria 说："其实你的小龅牙只是向外突了点儿，这并不影响你的美，反倒让我觉得可爱。"

"谢谢！"张明珠感激涕零道。

临走前，Maria 又丢下一句话，说："做管理行业的难免会有人想抓你的小辫子，但是，只要你把事情做好了，就没辫子可抓了。"

"嗯。"张明珠含泪坚定地点头应道。有了 Maria 的鼓励，她对自己更加有信心了。

"小不忍则乱大谋！"张明珠深深地知道，没有谁能帮得了自己，唯有靠自己的努力才能走出困境。

张明珠开始为自己规划未来。首先要克服的是那颗令她感到自卑的龅牙。于是，她经常利用休息时间，把自己关进卫生间里，对着镜子练习微笑，争取做到笑不露牙，一直练到自己满意为止。

之后，她又给自己买了几本酒店管理的书，没日没夜、争分夺秒地阅读里面的知识。

俗话道："好记性不如烂笔头！"每次下班后，张明珠都会向其他的同事请教问题，然后把所有学到的知识都记录在本子上，随身携带，闲时便拿出来复习。

第十一章　签合同

上了开往厦门的公共汽车后，不到一炷香时间，陈道明已经歪着头在靠椅的皮垫上呼呼大睡，嘴边还淌着口水……

不知道过去了多久，睡梦中的陈道明突感胳膊被人捅了下，蓦地惊醒，睁眼一看同车的人都走光了，只剩下自己和强仔两人。

"明哥，到站了，这一路你睡得可香啊，我咋就睡不着呢？"

"我昨晚上没睡好，当然一上车就睡着了。"陈道明喃喃道。

"对了！这次你是去看明珠吗？"强仔眼神迫切地望着陈道明。

"明珠现在可是大忙人一个！"陈道明打趣道。

"她不会不理你了吧？"强仔故作深沉问道。

"你小子别胡思乱想，到时候带你一起去。"陈道明看了看手表，时间已近正午。

"走吧，我们得先镇饱肚子。"陈道明拎着行李与强仔一起下了车，拐进了车站旁的一家小餐馆。兄弟俩点了两份海鲜面，狼吞虎咽地吃起来。

填饱肚子后，两人跳上了开往厦门大学的 21 路车。

厦门南普陀寺院与厦门大学为邻，背靠万寿山；东西两侧是钟、鼓两山，有靠有倚，面向大海，是个风水极优的地方，也是厦门闻名海内外的景点之一；后面的万寿山种有各种各样的植物，风景怡人，很多人喜欢到此爬山，采花摘果，赏景转悠。

陈道明和强仔下车后，直奔南普陀寺。兄弟俩在看门和尚的引领下来到了雅致朴实的住持住处。

"陈师傅，欢迎！欢迎！"坐在会客厅看经书的程工见陈道明到来，忙起身热情地迎了过来，说，"请这边坐下喝杯茶！"

"谢谢！"陈道明环顾了四周一眼，笑问道，"咦，普惠大师呢？"

"普惠大师刚刚进去休息，你们先在这里坐会儿，我这就去通报一声！"说完程工进了东侧的休息间。

不一会儿工夫，普惠大师和程工出现在客厅。

陈道明与强仔见后连忙起身问好。

"陈师傅来啦！二位这一路辛苦了！"普惠大师热情地向陈道明和强仔打招呼道。

陈道明满脸堆笑道："哪里，哪里，打扰师父您休息真是不好意思！"

"没事，一般我中午都没休息，只是有闭目养神的习惯。"普惠大师道。

陈道明从文件袋里取出一份报价单，双手恭恭敬敬地递到普惠大师面前，说："这是报价表，请大师过目！"

惠普大师接过报价单，看了陈道明一眼，微笑道："陈师傅你昨晚熬夜了吧？黑眼圈挺严重的。"

"不碍事，就怕耽搁了大师的事务！"陈道明态度认真道。

屋里一片静寂，只听到屋外那停留在菩提树上的雀鸟鸣叫声及大厅里墙壁上挂钟的"滴答嘀答"声。

普惠大师仔细地翻看着报价单，说："道明师傅，你能在这么短的时间里就做完这份预算，说实话，我心里还真没底。"

陈道明和强仔听后面面相觑，不知道惠普大师说这话到底是什么意思。

"这样吧！这份报价单先放我这！"惠普大师接着说道，"你俩先找个地方休息一下，我和几位住持商议一下，下午5点我们再谈，陈师傅你看如何？"

"行，那我们先告辞了！"说完，陈道明与强仔起身跟普惠大师与程工握手道别。

半个小时后，兄弟俩提着行李，风尘仆仆地来到厦门大学旁边的一家宾馆门口。

强仔掏出了两根石狮烟来，扔给了陈道明一根，燃上火后，狠狠地吸了一口。

在宾馆门口伫立半晌，强仔突然道："明哥，咱们先去看看明珠吧，多久没见面了，说真的还真有点挂念。咱们这下突然找上门去，吓她一下！"强仔似乎正陶醉于自己的想象中，歪着脑袋望着远处。

"这个时候她肯定在忙乎着，咱要是去了，她不嫌碍手碍脚啊？"陈道明道。一想起昨天晚上发生的事，他的一颗心便如同灌了铅般的沉重，懊恼得直想扇自己嘴巴，心里七上八下的，不知如何面对张明珠。

"那你接下来有什么打算？"强仔问道。今天早上他总觉得陈道明脸色怪怪的，似有心事。

"咱们还是返回南普陀去拜拜佛吧，祈求佛祖保佑咱们旗开得胜，马到成功！"陈道明神色平静道。这时候，陈道明的内心云起浪涌，但表面上仍然一副波澜不兴之状。

于是，兄弟俩又返回南普陀寺，烧香拜佛，许下心愿，求佛祖保佑马来西亚这单生意能顺利合作。

傍晚时分，落日的余晖似乎还在眷恋人间的美色，迟迟不肯收敛；天空上的云彩变幻多彩，映射出了美妙的光和色。

陈道明和强仔再次来到了普惠大师的住处。

"陈师傅，与大家商议后，我们觉得你这报价有点儿问题。"普惠大师和颜道。

"有什么问题？大师请直言！"陈道明问道。

"我想问下，你这报价有含海运费否？这点你在报价单上没有点明。如果有的话，请在旁边备注一下，这样大家一看就更加明确了。"普惠大师道。

"海运费好像已包含在内，我再看一下！"陈道明马上重新核对，发现自己的确疏忽了海运费这一栏的支付方式，便提笔补充。

普惠大师认真看了下报价单，说："价格方面我们可以接受，虽然你报的价比别人稍高了些，但是，依你的手艺来看，大家认为还是值得的。因为我们是以质量为取舍，毕竟建一座寺庙是千秋万代的工程，价钱在其次，这点陈师傅可要牢记，为我佛建庙造像功德无量啊！阿弥陀佛！"

普惠大师说完递给陈道明一份文件，说："这是一份合同，请陈师傅过目！如果你认为满意的话，后天我们给你汇 20 万美元的定金。后面的货款，是根据你每批货期的出货数量来汇款的。每期的货一到，我们都会在收到货的三天后将货款打入您公司的账户，这 20 万美元的定金到最后我们再另进行结算，这些内容在合同里都已体现出来……"

这是一件振奋人心的事，坐在一边的强仔按捺不住心中的喜悦，正要开口说什么，旁边的陈道明暗中向他使了个眼色。

"喝茶！喝茶！大家请喝茶！"强仔抑制住兴奋的情绪，一个劲儿地为大家倒茶，忙得不亦乐乎。

陈道明接过普惠大师手中的合同，再次认真地审核一番。

"陈师傅，现在已经是 11 月底了，你可分批出货，但最终的交货期是在明年的 9 月 15 日……这些货让你花上十个月的时间来赶，应该没问题吧？"普惠大师道。

"没问题！没问题！"陈道明连声道。他知道时间是紧了点儿，但是，为了不放过眼前这一大笔生意，他断然接下了此单。

双方经认真审核后，相继在合同上签了名，各留了一份。

从普陀寺出来时，天色已暗。

在经过厦门大学附近的一家乐器店时，陈道明看中了一把木吉他。想想自己的那把吉他已旧，也是该换新的时候了，于是，他走过去拿起吉他，调试了下，感觉音色不错，便买了下来。

皎洁的月光洒在万寿山上，照亮了寂静的山道。偶然间，两人看到万寿植物园门外贴着一张"桃园宾馆"的招租广告，是万寿宾馆后面的一幢私人住宅，每晚 50 元人民币。

"强仔，你看是住酒店？还是租私人旅馆好？"陈道明问道。

"钱不好赚，我看还是住私人旅馆吧！"强仔憨笑道。

"走吧，去看看再说！"陈道明拉着强仔一起朝着路标的指向行去。

片刻之后，兄弟俩人顺着路标来到了一幢用竹篱围着的私人小楼房。

小楼房的大门前面挂着一张"桃园旅馆"的告示牌。陈道明与强仔走进了50平方米左右的大堂。

旅馆里的墙身是用乳白底色、黄色小碎花的墙布装饰而成的，在柔和灯光下显得格外地幽雅轻柔。

幽静的大堂里播放着萨克斯曲目，咖啡色的前台里站着一个笑容可掬的女服务员。

"欢迎光临！"一见到陈道明和强仔俩人，女服务员笑容可掬道，"请问两位先生有订房吗？"女服务员那粉嘟嘟的脸上带着微笑，一双可爱的小眼睛看着他们。

"我要两个房间。"陈道明很满意旅馆里的气氛，毫不犹豫地订了两间单人房。

办理入住后，陈道明将行李放进房间里，匆匆洗漱后，饭也顾不上吃就急不可待地邀强仔一起去找张明珠。

强仔说："不吃饭吗？"

陈道明说："呆子，没见到明珠你吃得下饭吗？"

强仔听后窃笑道："吃不下饭的人是你，又不是我。"

出了桃园宾馆后，两人拦了部出租车，按照张明珠给的地址，朝着星际酒店的方向驰去。

第十二章 "水查某"

厦门星际酒店。

前两天，上一任的两个大堂副理一个辞职，一个出国留学，因此，张明珠和林茜茜两人被安排到大堂副理岗实习。每周每人轮值三天，这样一来，她们俩的大夜班也就被取消了。

这天晚上刚好是周六，本来是张明珠的休息日，因为林茜茜临时有事，张明珠主动替她上了4个小时的班。

到了晚上，林茜茜匆匆忙忙地赶来接班，说："对不起，我来晚了！"

张明珠豁达一笑，说："没事，我们现在可以交接工作了。"然后把手头上需要跟进的工作认真认真地林茜茜交代清楚。

交接时，张明珠的肚子饿得"咕咕"响，下班后衣服也顾不上换，就穿着黑蓝色的制服走出了酒店。

这天晚上，明珠一头齐耳的短发，精神抖擞，走起路来婀娜多姿。

"哇……水查某①！"

一出酒店的大门，张明珠便成了一道怡人的风景线，若来不少欣赏和羡慕的眼光。

"明珠！"

到了拐弯处，陈道明与强仔意外地出现在张明珠面前。

"道明！"张明珠万分惊喜道，也顾不上旁边的强仔和路人的眼光，张开双臂扑向陈道明。

"啊……"由于冲力过大，陈道明冷不防被扑倒在地，四脚朝天地躺在地

---

① 水查某：漂亮的女人。

上。就这样，俩人一上一下地双目凝视着对方。

旁边的路人看了都忍不住大笑。

强仔也被逗得哈哈大笑道："大家都看着呢，拜托你们俩收敛点儿好不好……"

一言惊醒梦中人，张明珠这才意识到自己的失态，满脸通红从地上爬了起来。

"你们怎么突然来了？"张明珠问道。

"想你呗！"陈道明嬉皮笑脸道。

"好啦……待会儿你俩找个地方慢慢抒情吧。"强仔摸了摸肚子打趣道，"我现在肚子饿啦，快找吃的……"

"走吧！咱们去大吃一顿！"张明珠左手挽着道明，脸上洋溢着幸福的笑容。

"强仔，这次有没有给我带礼物？"张明珠边走边问道。

"没有，这次明哥突然一声令下就把我带上走了，下次吧！"话到此处，强仔突然顿下脚步，从上到下地打量了张明珠一番，"明哥……瞧明珠穿上制服多漂亮啊……你可要看紧点儿，小心被人叼走喽。"强仔憨笑道。

"你小子可真是狗嘴里吐不出象牙来呀……开口闭口没一句正经话！"陈道明笑道。

三人说笑着打车往厦大西村赶去……

这一路，陈道明与张明珠似有说不完的话，两人从车上到厦大西村湘菜馆里一直说个不停，强仔只好一个人喝着闷酒。自从见到张明珠的第一面起，强仔就暗自喜欢上了。但是，自卑感令强仔一直提不起勇气向她表白。再说张明珠喜欢的是陈道明，所以强仔也就把这份感情深藏在心底里，久而久之，也就慢慢把这份感情转化成了兄妹情。

转眼已近子时，强仔起身道："明哥，我先回我房间去了。"

陈道明说："行！那你先走一步，路上小心点儿！"

"知道了，我又不是小孩，你们俩慢聊，我先闪了！"强仔摇摇晃晃地朝"桃园宾馆"的方向走去。

湘菜馆的包厢里，灯光柔和，酒肉飘香。

张明珠几杯酒下肚后，满脸红晕，含情脉脉。

陈道明搂着她的肩膀，问长问短……

"不好意思，先生，我们店要打烊了！"不知道过了多久，女服务员进来提醒道。

"这么快？"陈道明还有好多话要对明珠说。

"对不起！我们店里营业时间是从早上9点到晚上9点。今晚为了二位，我们已经加了两个小时的班，明早还要上班呢，实在是不好意思！"服务员难为情道。

"行，我们这就走！"张明珠和陈道明不约而同道。可真是"心有灵犀一点通"，两人不由得相视而笑。

离开餐馆后，俩人在万寿植物园外面手牵着手漫步在月色下……

"明珠！"陈道明牵着张明珠的手，深情道："我今天买了一把木吉他，走，我给你弹一首。"

"好！"张明珠高兴道。自从与陈道明分开的这些日子来，她对他情思绵绵。今天，她是多么地想再与他多待一些时间，哪怕是几分钟。

到了桃园宾馆门外，张明珠看着眼前的美景，赞叹道："这里好美！"

"是呀，瞧我多有眼光，为我俩的约会挑了个好地方。"陈道明得意道。

"我只是稍提一下，瞧你乐的！"张明珠笑道。

"来，快随我进来！"陈道明拉着她的手进了房间。

客房很简洁，乳白色的碎花墙布，粉紫色的窗帘，窗子前面摆着一张咖啡色的书桌，书桌的两旁边分别放着一张咖啡色的靠背椅，房间的西侧摆有一张桃红色的双人床，整个房间显得宽敞而整洁。

陈道明在屋里点燃了几根蜡烛，关上灯。

银白色的月光透过窗户，泻下一层白色的银纱，与柔和的烛光交汇着，宛若天边落日的云霞，看起来别有一番诗意。

不经意间，突然一阵风吹来，窗外的梧桐树叶沙沙作响。

陈道明手持吉他坐在窗边，动作优雅地弹起了醉人的音色，弹的还是他和张明珠喜欢听的那首歌：

心上人……在哪里

为何四处找不到你

当你离去的时候

我会伤心泪流

痴情的等候

为何一去不回头

……

张明珠静静地倾听陈道明的吟唱，那独特的节奏与柔美的音色是那样地撩人心醉，不知不觉中，她的眼睛花了，滚烫的泪水模糊了视线。

不知道时间过去了多久，吉他声停了。陈道明走到明珠身边，拥着她坐到窗台上，深情地凝视着对方……

第十三章　花前月下

"明珠，这些天我好想你……"陈道明轻轻托起张明珠的下巴，狂热地吻住了她那叶子般的香唇，许久许久舍不得放开。

一阵窒息令张明珠喘不过气来，她红着脸推开道明，说："你……为什么喜欢我？其实，还有别的女孩儿在喜欢你。"

"哪有……明珠，我只喜欢你一个，请相信我！"陈道明急了，可说的全是些掏心掏肺的话。

"道明……"简单的一句话胜过那些出口成章的海誓山盟，张明珠感动得再次投进他的怀抱。

这天晚上，两个陷入爱河的恋人暂将凡尘琐事抛至脑后，满怀深情地拥着对方，情意缠绵，难舍难分。

凌晨 2 点，陈道明送张明珠回酒店宿舍。

"明珠，等会儿！"在张明珠转身的那一刻，陈道明突然拉住了她的一只手，依依不舍，欲言又止。

"回去吧，很晚了，明天一早就去找你！"张明珠满脸通红地缩回手，转身上了楼。

望着张明珠离去的背影，陈道明怅然若失，他在楼下站了好长一段时间，方才离去。

楼上，张明珠站在窗口，静静地目送陈道明离去，直到他的背影消失在夜幕中。

这天晚上她睡得很香，而且还做了个梦，在梦中，她梦到与陈道明携手漫步在家乡海边的沙滩上，身后跟着一群可爱的小孩儿……

第二天早上，张明珠一大早就来到宾馆，用陈道明昨天晚上给她的钥匙打开了房门。

屋里，陈道明还在睡梦中。张明珠没有叫醒他，轻轻拿起桌子上昨天备好的方便面，朝宾馆后院的厨房走去。

厨房里，胖厨师正忙着准备客用的早餐。

"师傅，请问能借个锅煮方便面吗？"张明珠问道。

"没事，你把方便面放那儿，我待会儿帮你煮。"胖厨师和气道。

"谢谢师傅！我还是想自己动手！"张明珠满怀感激道。

"行！"胖厨师指着对面柜子里的那一排排洗得发亮的碗，说，"柜子里有碗，你自己拿。"

"好的，谢谢师傅！"

家里的饭都是陈玉华煮的，这可是张明珠第一回下厨房，因此，她稀里糊涂地从灶台边的调味箱里拿了片当归，放进了锅里。

不一会儿工夫，面和当归在锅里面沸腾着，香味扑鼻。

张明珠一看面煮烂了，忙关掉火，然后小心翼翼地把面装进碗里。

回到客房后，道明已经醒了，正侧身捧着一本《三国演义》看得入迷。

"明珠，你这么早！"见明珠后，陈道明放下手中的书说，"我来帮你。"

"没事，这面还烫着，凉一会儿再吃。"张明珠小心翼翼地把面放在桌上，然后从包里拿出随身带的那本《魂断蓝桥》，坐在桌前翻阅起来。

陈道明喜欢读些中国古典小说和宗教、军事、科幻之类的五花八门的书；与陈道明的兴趣不同，张明珠则偏爱幽默而富有创意的外国名著，就如她偏爱外国电影一样。在她看来，能吸引人的东西总有它的闪亮点。因此，陈道明经常笑话她崇洋媚外，说她老是感觉外国的月亮比中国的圆。

"什么外国的月亮比中国圆呀……人家西方人确实有些东西值得学习，这跟我当初为何选择学习日语一样的心情。"

"对了明珠，说起日语你可是学对了！"陈道明道。

"是吗？你也这么认为？"陈道明的认可让张明珠感到很意外。

"嗯！"陈道明说，"日本的一些古典的民间文化艺术确实值得了解。"

"嗯，我学日语的原因就是对他们的民间文化习俗感兴趣，还有他们的历史和出了名的礼仪……时间不早了，快起来刷牙洗脸吧！"张明珠催促道。

洗漱完后，陈道明一屁股坐在椅子上，夹起面就往嘴巴里塞，刚嚼一口，突然眉头一皱，说："咦，这面里怎么会有一股当归味？"

"我……在面里放了当归。"张明珠嗫嗫嚅嚅道。

"嗯！不错，手艺真是与众不同！"陈道明边吃边夸道。

"喜欢吃是吧？喜欢就多吃点儿……"张明珠端起另一碗面坐在陈道明对

面，挑起面吃了一口，苦苦的，心里顿时惭愧。

"明珠，我回家后你没事不要到处乱跑，这外面的世界很复杂，你一个女孩家出入要多加小心！"陈道明叮咛道，"不要随便和陌生人说话，还有，酒店是个复杂的场所，别老是对着人笑，走路时眼睛别到处乱瞄，不然别人会认为你是个轻薄的女子。"陈道明像个老太婆似的唠叨个不停。

什么跟什么呀？人还没嫁过去就把我当囚犯了！张明珠心里嘀咕道。她不耐烦地瞟了陈道明一眼，说："我自有分寸，再说，事情也没你想的那么复杂。"

"好吧！算我多想！"陈道明妥协道。

"对了，道明你去看看强仔起床了没，我给他留了碗面。"

这对情侣光顾着说话，丝毫也没有留意到门外正站着强仔。

"明珠这么早就出现在明哥房间里，莫非这两个家伙生米煮成熟饭了？"强仔站在门外胡思乱想着。

10 点后，明珠送陈道明和强仔去车站。

"明哥，再十分钟车就要开了，我先进去等你……"强仔识趣地走进车站的候车室。

陈道明本想劝张明珠和自己一道回去，但是，眼前的张明珠仿佛脱胎换骨似的完全一副精干的模样，哪里听得进他的劝，心想：算了，以后再说。

"明珠！"他深情地凝视着张明珠，依依不舍道，"不是我太自私，是你太单纯了，实在让人放心不下。"

张明珠笑道："你都拐不走我，谁还有本事拐走我呀？"

"大城市跟咱们老家不一样，什么人都有，你第一次出门，一个人在外凡事还是多长个心眼好！"边说边将她拥进怀里。

"嗯，我知道，你也多保重！"张明珠深情道。

此时此刻，她的心里似有许多话想对陈道明说，却又不知该从何说起。

陈道明继续说着："我这次来厦门，你妈也让我捎个话给你，说如果你不适应这里的环境，就回家去。"

"好，我知道！"

"有空多给家里打电话，免得两位老人担心！"

"嗯，好的！"

"那好，我走了，你多保重自己！"

"保重！"张明珠向陈道明挥手道别。

这时候，天空中飘起了蒙蒙细雨，张明珠追出车站，目送汽车远去，直到消失在十字路口……

第一章　棋子

转眼已经是第五天了，马来西亚的那笔订金还没打到户头上，工厂在陈道明从厦门回来的当天就开始按普惠大师给的图纸打样做模了，可是厂里的方料库存不多，仅供做样品是绰绰有余，如果用来做产品，那数目可是天壤之别。而且矿主蓝大国那边又催得紧，问陈道明这批石头如果不急着要就将另转卖给其他的厂家。这批石头数量较多，约占这批货的一半，是陈道明在回莲城的第二天亲自跑了趟矿区验收过的半成品。更令人担忧的是，照目前的石材市场来看，石头方料较为紧张。因此，陈道明说要全购，蓝大国反而感到为难了，他怕陈道明到时没有如数购走石头方料，落个两头空。

陈道明听蓝大国这么一说，当场答应会在一周内向他购货，并先支付这批石料 50% 的现金，说货全部到齐后将会结完全部账目。好不容易说服蓝大国停止向外销售石料，可至今还是没有收到马来西亚汇来的定金，陈道明心里开始着急了。

"……芬子，请帮我看看马来西亚那笔款汇到我户头上了没？"一大早，陈道明再次拨通了镇信用社的电话。

"明哥你先别急，我帮你查看后再给你回电话！"自从那次激情过后，王芬有三天没陈道明的消息了，这让她牵肠挂肚，寝食难安。虽然陈道明每次来电说的都是一些关于汇款查询的事，但是一听到陈道明的声音，王芬的心情顿时转忧为喜。

"好吧，我等你的消息。"顾不上回王芬的话，陈道明便匆匆收了线，埋头画起图纸打起样板来。"头手师傅"正急着用样板，他得尽快赶在早上 10 点之前完成，因为后面还有一大堆的事务等着他去处理。

　　下午，陈道明接到了王芬的电话，说马来西亚的那笔货款定金已到。他只回了句："好，我这就去取钱。"说完匆匆挂了电话，撂下手头上的活，骑车离开了工厂。

　　不一会儿，陈道明骑着摩托车风风火火到了信用社。跟王芬核对了数额后，他先取了 2 万美金。

　　"明哥，身上带这么多钱，出门可要小心呀，现在小偷挺多的！"王芬神情担忧道。

　　"别担心！"陈道明胸有成竹地拍了拍背上那装有钞票的麻袋背包，"我把钱装这里面了，那小偷要真能偷到我的钱，那都能成神仙了！"说完转身走出信用社的大门，跨上摩托，一阵风似的飘然离去。

　　离开信用社后，陈道明先去了趟银行，将美金换成人民币后存入自己的户头，然后回到了工厂。

　　进了办公室后，陈道明对振华道："振华哥，你先帮我算一下前天从矿区带来的方料单，再帮我统计下石头的方数与采购总金额，然后列一张账单给我，这样我心里好有个底。"

　　个子瘦小的振华哥说："好，我这就去办！"

　　振华离开后，陈道明拨通了蓝大国的电话，说："蓝总啊？我是陈道明！"

　　"呵呵呵……原来是陈总呀，你终于来电话了！"蓝大国乐呵呵道。

　　陈道明说，"是这样的，今天请马上发几车石料过来，就我上次去验收好画上印的成品，货到第二天我马上给您汇款……"

　　"那好，咱们见面再谈。"蓝大国爽快道。

　　"好，出发前请记得带上发货单和你单位的专用发票。"陈道明说完挂了电话。接着，他仔细想了想，目前所需要的是两个产品验收员：一个出纳，一个仓管及一个机器维修工，自己除了当老板外，又要当跑单验员，又要当方料检收员，实在是忙不过来。想想工厂刚刚起步不久，开支方面当然是能省则省，所以也只能先这么办了。但是，目前资金还是欠缺得很，这令他感到力不从心。

照目前这情况来看，现在这批货也有抛光的工序，工厂还需补充一些机械等。这些都需要花上一大笔钱，但是马来西亚汇来的订金只够用来支付石头方料的 50%。因此，对这样一批数额大的订单，必须先贷款周转，才能解决燃眉之急。

于是陈道明又想到了王芬。经过那次与王芬的激情后，他的确是有点儿担心王芬的情绪，但后来看她没什么异常的反应，也就没再往心里去了。

陈道明坐在办公室的沙发上，吁了口气，然后给自己点燃一根香烟，吞云吐雾，若有所思。

半小时之后，他又拨通了王芬电话。

"喂……芬子，在忙吗？"

"是明哥呀，还好，这几天不怎么忙！怎么，你有事吗？"王芬那边问道。

"晚上有空吗？一起吃顿饭！"陈道明问。

"有呀，有空！"王芬受宠若惊，顷刻间脸上绽放出迷人的光彩。

旁边的王书阳笑道："怎么，美女又有约会了呀？"

"嘘！"王芬忙用手捂住电话向王书阳示意。

王书阳笑着向她摇了摇头，说："唉！现在的年轻人呀……"话说一半推了推那四百度的金边眼镜，晃到一边忙去了。

站在一边静听的张主任一双眼睛从眼镜上方贼溜溜地盯着前方，两只耳朵拉得长长的，一看就知道又是在偷听王芬的电话。同社的工作人员一见他这副滑稽的样子，忍不住想笑。

"……晚上你表哥在吗？我想邀请他一起吃顿饭！"陈道明开门见山地对王芬道。

王芬连忙说："在，他今天刚巧回信用社考查，现在就在楼上，我这就跟他说去……"

"好，今晚六点半在海滨酒楼，不见不散。"

"好的，再见！"

"喂，等一下！"王芬正想说什么，陈道明那头却已经挂了电话。

王芬失望地放下电话，发了一会儿呆，转身踏上了木梯，上了三楼接待室。

三楼接待室里，李行长正审阅张主任刚刚送来的报表。

"大哥！……"王芬冒冒失失地走进了接待室。

李行长看了她一眼，神情严肃道："下面没事务可做了？擅自离岗可不是件好事。"

"嘿嘿，大哥！小妹我有件事想找你商量。"王芬笑盈盈道，并亲自为李行长泡了一杯热茶，端到他跟前说，"天气凉啦，表哥先喝一杯热茶！"

李行长接过茶，轻轻喝了一口，似乎早已看穿她的心思，微笑道："有事快说吧！"

王芬问道，"大哥！晚上有其他应酬吧？"

李行长道："有，你们楼下那几个家伙刚才还闹着想让我请他们喝酒去呢，不过我还没答应。"说完继续看他的文件。

"晚上陈道明想请我们一起喝酒……"王芬边说边偷偷地观察李行长的脸色。

"陈道明想请客他不会自己给我打电话吗？还让你这鬼丫头当什么说客，不去。"李行长回绝道。他与陈道明有过一面之缘，只知道是个开工厂的，其他的了解不深。

"大哥！……去吧，就算给我个面子好不？"王芬急了。

李行长听后瞥了她一眼，说："他想请客不会自己给我电话……你充什么大头面？"

"大哥！你真是善解人意，我待会儿就叫道明给你电话。"王芬一听李行长松口了，高兴道。

"开口闭口都是道明……算了，既然你这丫头帮他出面，我多少也得给你留点儿面子，暂时不为难他了，不过……我还得考验考验他的诚心……"

"行，大哥！待会儿下班我们一起走吧，我先下去做事了！"王芬高兴得从沙发蹦了起来，一阵风似的离开了会客室。

望着王芬离去的背影，李行长无可奈何地摇了摇头："疯丫头……"

这天晚上，海滨酒楼里宾客满座，热闹非凡。

二楼的豪华包厢里，陈道明和王芬还有李行长三人几杯酒下肚后已是红光满面。

王芬身穿紫色的羊毛上衣，下搭蓝底粉红色格子的 A 字裙，显得格外清雅秀丽。

"李行长，上次拜托您的那件事，现在合同签下来了，您看能否……"陈道明趁热打铁道，并向坐在一边的王芬挤了挤眼，示意她配合。

李行长这才想起上次张主任领着陈道明到他家找他办事的事，笑道："你不说，我倒给忘了。"

"大哥！明哥的事就是我的事，你千万得挂在心上啊！"旁边的王芬道。

李行长听后眉头一皱，低声提醒道："芬仔，工作上的事你就别乱掺和，能帮的我自有主张。酒少喝点儿，要有淑女形象！"

"知道了……明哥，这你放心，俺哥都说了，这忙他是帮定了！"王芬故意提高声音道，"大哥！是不？"

这死丫头，尽给我添乱！李行长心里埋怨，嘴上却乐呵呵道："行，道明，我帮你争取看看，后天我就回县城了，你找时间去县里找我一趟，来时记得带上合同和营业执照，还有法人代表证和身份证。"

"太好了，太感谢您了，李行长！来……我再敬您一杯，呵呵……"陈道明没想到事情进展得比他想象中的还顺利。

一天傍晚，强仔皱着眉头对陈道明说："明哥，我肚子闹了一个下午，人都快虚脱掉了……我想去趟诊所！"说完弯着腰，捂着肚子。

"你这家伙，下午不在工厂吃饭，肯定又是在外面乱吃东西。我陪你去请教林医生！"陈道明丢下手中的笔，扯着强仔就要去林医生家。

"不要啦，你这还要工作，这点儿小病我自己去就行啦！"强仔道。

陈道明听后看了看强仔，见情况不是很糟，便对他道："那好，你小心点儿就是，看完病不用回工厂了，回家休息吧。"

没等他说完，强仔人早已溜出门了。

到了林医生诊所门口，强仔犹豫了，一想起关于美玉打针的传说，他心里就慌。"老天爷保佑，保佑我这次平安无事，我阿强家庭穷困，要真出事了，谁来帮我养老父老母呀？"他暗中对天祈祷道。

林医生诊所里。

林医生翻了翻强仔的眼皮，探了探温度，再检查他的口腔，然后问道："你今天都吃了什么东西？"

强仔说："早上吃了一碗地瓜粥，下午又吃了一碗地瓜粥，喔，对了，我还吃了两条鱼。"

"还吃了什么东西？什么时候开始排腹的，一共排了几次腹？"林医生问道。

强仔摇头道："那鱼是三天前的，早上到现在排了三次，吐了一次。"

林医生说："你是急性肠胃炎，今后要注意了，放了三天的鱼最好倒掉……"

"林医生，不用打针吧！"强仔说完提心吊胆地瞄了一眼正在帮病人取药的林美玉。

"照你目前的情况来看，不打针是好不了的。你先去找美玉打一针消炎针，再来找我拿药。"林医生声音平淡道。

一听美玉，强仔恳求林医生道："林医生，别让我打针了。我吃药就可以了。"

"不行，你现在都已经拉得脱水了，必须得打消炎针，再不行还是要打吊瓶的。"林医生神情严肃道。

强仔听后打算开溜出门，转身一看，身穿白大褂的美玉正灿灿地对着他笑，手里握着一根针筒。

"你……毕业了没有？"强仔惊魂未定道。

林美玉一听，忽然拉长了脸，神情严肃地瞪着他看。

强仔见状暗中叫苦道：老天爷，求你发发慈悲帮我把这女人从我身边带走吧！

"脱下裤子……"林美玉命令道。

强仔听后哭丧着脸，坐在高木凳上，身子向前俯，往后拉下了裤子，露出了个股沟。

要死！林美玉羞得回转过身子，怒道："叫你脱，不是叫你全脱，再往上拉……"

"那你得手下留情，别乱扎！"强仔趁机讨饶道。

林美玉听后气得脸都青了，威胁道："你不拉，我扎不着部位，到时候你后果自负……"

看来，在这"母夜叉"面前我要强不得，还是依了她算了！强仔自量斗不过此女，便乖乖把裤子往上一提。

林美玉边推掉针筒里的空气，边问强仔："准备好了？"

"准备好了！"强仔闭上眼睛回道。

林美玉一针扎进强仔的屁股上。

强仔"哎哟"的一声惨叫。

"别动，不然针头断在里面你可就要挨刀了。"林美玉边推针边道，然后一声，"好了！"

"好了？这么快？"强仔拉上裤子，站起身道，"要不要看看凳子？"说完俯身在凳子上找着是否有针头，气得林美玉满脸通红。

"要不要再来一针？"林美玉持针恐吓道。

"不是说先打一针吗？怎么又来第二针……"强仔神情恐慌道，转身一把抓起桌上那一小袋药，逃似的离开了林医生的诊所。

看着强仔一副憨样，林美玉不由得"哈哈"大笑起来……

厦门星际酒店前厅部。

"明珠！你到了吗？"电话里，前台汪达卫焦急万分道。

"到了，在食堂里吃早餐，怎么了？"张明珠边喝粥边问道。

汪达卫说："是这样的，805杨先生的房间里的床头柜上有被烟火烫焦的黑点，但客人拒赔费用，正跟Lisa闹得凶呢，你赶快来下来吧！"

张明珠说："行，你先请客人稍等会儿，好好安慰下他，就说我马上到！"

"好的，我知道了！"汪达卫挂了电话。

于是，张明珠先是去了趟805，查看了房间里的烟焦点，然后回到大堂。

大堂里。

杨先生站在总台前沿气急败坏地对Lisa怒吼道："胡说八道，凭什么找我索赔……"

Lisa说："先生您请稍等！我们大堂经理马上下来了，她一定会给您一个合理的说法！"

第二章　新官上任，智解难题

"先生，您好！"身穿黑蓝色制服的张明珠翩然而至。

"你就是这里的大堂经理？"已过不惑之年的杨先生绷着一张脸道，旁边站着一个中年男人。

"Lucia，这位是杨先生，另一位是杨先生的朋友李先生！"Lisa满脸通红地向张明珠介绍了两位客人。

"杨先生，您好！我叫张明珠，是这里的大堂经理！"张明珠礼貌地向客人递上了自己的名片。

杨先生接过名片，瞄也不瞄上一眼，啪一声扔在前台，满脸不快道："大堂经理你来得正好，你们服务员一口咬定是我用烟头烫坏了你们酒店客房里的床头柜。"

张明珠看了一眼神色慌张的 Lisa，对客人道："杨先生，不好意思，可能要耽误您一点儿宝贵时间了！"

"不行，我 10 点的飞机。"杨先生满脸刁蛮道。

"先生！"张明珠看了看手表对客人礼貌道，"现在是 8 点，一般情况下，我们这里的客人基本上都是提前一个小时出发到机场。现在距离起飞时间还有两个小时，完全来得及。"

"你这么不信任我吗？"杨先生瞪了她一眼，怒道，"难道你也认为那烟头是我扔的？"

"对不起，先生，我们也是接到客房电话才知道这事的。而且，我刚才去客房查看了下，柜子上确实有烟焦点。所以想麻烦您和我一起去看下到底是什么情况，好吗？"张明珠声音柔和，面带微笑。

"哎呀……走吧！"杨先生不耐烦地拉着他的朋友李先生一起随同张明珠乘电梯上了八楼的 805 房间。

805 客房里摆放着两张一米二的单人床。

张明珠领着客人仔细地查看摆在两张床之间的床头柜，只见床头柜中间有三处烟焦点，一个直径有 5 毫米左右，另两个直径大约 2 毫米。

"杨生生请看，这是烟焦点！"张明珠道。

"你怎么知道是我的丢的烟头，万一是上一个客人弄的呢？"

张明珠说："先生，我们酒店客房每天都做一次吸尘清洁工作，除了床底下压着的地毯和固定的橱桌外，我们都会移开来做清洁。所以，这床头柜底下的地毯每天都是干净的。"

张明珠说完让服务员帮忙移开床头柜，这时大家都注意到床头与柜子交接处的地毯上有烟头和洒落的烟灰，再看烟头上的标志"中华"，与柜子上烟灰缸里的烟头的牌子恰好一致。

"幸亏地毯没被烫到，不然引起火灾后果将不堪设想啊！"张明珠小心翼翼地取出烟头，然后指着床单上的烟灰和地毯上的烟灰对客人礼貌道，"杨先生，您请看！这烟头与柜上的烟头上的标志是一个牌子的，而且落在床底下的烟灰也是新迹。所以请您再回忆一下，昨晚是否还有别的朋友到您这来过呢？"

杨先生接过烟头，仔细一看："我昨晚上在外面住了，房间留给我身边的这位李先生。"说完，他回头对身边同行客人李先生道："小李，我知道你没有吸烟的习惯，昨晚上你有没有留其他的朋友在这里过夜？"

李先生听后沉吟了一会儿，然后呵呵笑道，"瞧我这糊涂的，昨晚上我女朋友来过，她有抽烟，这烟头确实是她扔的。"

杨先生一听，脸上那僵硬的表情缓和许多，顿时改变了对张明珠的态度，问道："这个要赔多少钱？你说！"

"酒店的索赔单上注明每个焦点须赔 50 元，杨先生，您是我们酒店的常客，酒店会在修补方面给您免了修补费用，您只要交个材料费就可以了！"张明珠详细地向客人解释道。

"那索赔费请记在我账上，我来支付！"杨先生脸色涨红道。

"好的。杨先生，李先生这边请！"明珠领着客人出了客房。

张明珠亲自到前台结账，整理好明细后对客人道："您好，杨先生！您的三天房费是 900 元，另有 150 元索赔费，但是，根据您公司协议上的规定，除了房费，其他的杂费是不能挂账的。不过，考虑到您是我们的常客，我可以帮您在索赔方面签免到 100 元。请问您这笔账是用现金支付，还是用信用卡支付？"

"用现金，不好意思，给你们添麻烦了！"杨先生递给张明珠一张名片说，"张经理，很荣幸认识你！我是山西 ××× 公司的总裁，如果你去那里旅游的话，请去我们那里做客！"

张明珠双手接过杨先生的名片："感谢您的邀请！去山西的话，我定会登门拜访您的！"然后小心翼翼地将杨先生的名片放进了随身携带的名片夹里。

杨先生满意地离开了星际酒店。

"Yes，张副理你真棒！"在一边的汪达卫佩服地朝张明珠竖起了大拇指赞叹道。

"明珠，这是昨晚茜茜下班前转交到总台交接班本！"前台主管 Lisa 把一本大堂副理交接班本交给张明珠。

"谢谢！"张明珠接过交接班本，踩着愉快的脚步回到大堂门口的岗上。

然而，当她打开交接班本时，脸上的笑容顿时如同秋风扫落叶般的一扫而逝。

"张明珠呀，张明珠！都说你厉害，这下我倒要看看你如何收拾这烂摊子？"站在总台里的 Lisa 心里扬扬得意道。

张明珠认真地浏览了一番交接班本上的交接事项，陷入了沉思。

大堂里播放着班得瑞的音乐，灯光柔和，与雅致的壁画相映，显得格外高雅。

前台。

收银员刘婷婷与前来接班的李丹丹做交接工作时，发现少了钱。"完了……我丢钱了……"刘婷婷边说边手忙脚乱地翻查起账单……

第三章　心急吃不了热豆腐

李丹丹瞥了急得焦头烂额的刘婷婷一眼，低声嘟哝道："都 8 点多了还不能做交接……押金也少了，你死定了……"

"对不起！"刘婷婷满脸愧疚道，抬头看到张明珠已在大堂副理岗，连忙给她打电话说："明珠，我少了 150 块现金，这下怎么办呀？"

"知道了，我刚才看到交接班本上的交接事项了。"张明珠脸色平静道。

"完了，这下我会不会被开除呀？"刘婷婷担忧道。

张明珠说："你先别急……我先处理好 1208 的事再查你的事。你先把前台的事汇报给 Maria。"

刘婷婷着急道："明珠，请不要把这事告诉 Maria，我心里好害怕……"

"你先别急，我会想办法的……"张明珠安慰道，"这样吧，你先自己查下这两天前台的所有押金记录和上一班的每一笔出入明细。"

"好的！"刘婷婷深深吸了口气，又埋头检查起账单来。

张明珠再次翻看着大堂副理交接的工作记录，到了前台交接事项那一栏，她的视线一下子定格在后面的交接事项：

一、前台大夜班的现金少了 150 元；

二、1208 客人投诉，其在昨天早上出门时，房间挂 DND/ 免打扰牌，HK/ 客房服务员未经客人允许擅自进入客房打扫卫生，侵犯到客人的个人隐私。

三、909 日本客人反映自己从日本带来的牙刷放于客房卫生间里的洗漱杯上，昨晚睡觉前发现牙刷不翼而飞。

张明珠再看后面的处理报告栏目，结果皆为空，便立即打电话到监控室，让保安队的主管王程远帮忙查 1208 和 909 客人昨晚的出入店记录。

半个小时后，王程远向张明珠反馈了酒店监控调查结果，说昨天晚上 909 客人并没有离开过酒店。但 1208 客人是在昨天早上 9 点半离店的，归店时间是晚上 10 点。而酒店大夜班的上班时间是从 22:30 至隔天凌晨的 7:30，当天晚上的值班经理是林茜茜。可是，昨天晚上林茜茜接到 909 客人和 1208 客人的投诉后并没有及时向客人反馈调查结果。

"Lisa，请帮婷婷检查一下账目！"张明珠拨通了前台内部电话。

"等一下，现在我没空……"前台 Lisa 慢条斯理道，随即"咔"的一声挂了电话，然后神情悠哉地点着早餐票。

　　Lisa 是个心胸狭窄、行事霸道的女子，凭着自己文凭高和熟谙前台操作及在系统方面就能独当一面的这些小成就，平时总是一副盛气凌人之貌。别说是张明珠，就连前厅经理 Maria 有时候也得让她三分，因此，在工作上她总是和张明珠作对，更不用说是配合了。

　　"不行，这些家伙老是这样下去，必将贻害无穷……看来，我得亲自跑一趟。"想到此，张明珠先是跑了趟总机，查询了酒店 909 和 1208 昨晚上到今天早上的所有通话记录，接着再跑了趟监控室，在王程远的陪同下查看了 909 客房和 1208 客房昨天早上到今天早上的监控记录，然后拨通了林茜茜的电话。

　　"你好！"在陈哲平怀里酣睡的林茜茜睡眼蒙眬地接通电话。

　　"茜茜，我是明珠，不好意思在你休息时间打扰你！"

　　"原来是明珠呀！"林茜茜假装糊涂道，"什么事呀？"

　　"茜茜，我早上看了交接班本，昨天晚上 1208 房与 909 房的事情你有没有去跟客人解释过？"张明珠问道。

　　"有呀……我打了好几次的电话，可是电话一直都没人接，一直到了晚上 12 点，客人还是没回来，我想太晚打电话给客人也不好，只好留到隔天让你帮忙解决啰。"林茜茜边说边打着哈欠。

　　"茜茜，我刚从监控室查过客人昨晚的回店记录了，1208 客人是在 10 点回客房的，然后向你打电话投诉，而 909 客人是整个晚上都在客房里。还有，昨晚上是你值的班，可是我查询了通话记录，你在接到客诉后一直都没有把结果反馈给客人。"

　　"……哎呀，那 909 住的是日本客人，我又不懂日语，跟客人讲英语他又听不懂，跟他说中文，他又跟鸭子听到打雷似的。至于 1208 嘛，我是怕半夜打电话吵了客人……"被张明珠识破谎言后的林茜茜极力掩饰，说，"明珠，这事是我没做好，你给个人情，不要往上面报啊！"

　　"你工作没做好，必须受到惩罚！"张明珠道，"还有，Maria 上次开会已经说过了，前厅如果遇上日本客人，随时打电话给我，我来跟客人沟通。"

　　"上次开会时 Maria 是有说过这话，只是我给忘记了……"林茜茜请求道，

"明珠，请不要向 Maria 汇报这事，如果你跟她说了，我会被开除的。"

张明珠想了想，说："行，这事我来帮你解决！不过我不能老是帮你擦屁股。你应该对自己的事负责，这是最后一次。再说，Maria 是个奖罚分明的人，咱们部门出了这事就算我不说，她要是看了交接班本也会查出来的，这事你应该比我更清楚才是！"张明珠直言不讳道。

"明珠……"林茜茜懒懒地瞟了一眼身边睡得正香的陈哲平，对着电话里佯装可怜道，"这事你得帮我想办法，不然我死定了。"其实，这是她昨晚与 Lisa 一起密谋的，只是张明珠还被蒙在鼓里。

"我尽量想办法帮你解脱，但是我不能保证 Maria 会放过你！"张明珠道，"你继续睡吧，我先挂了！"

"好的，拜！"挂了电话后，林茜茜心中却暗暗得意道："小龅牙，这次可有好戏看了！"

"什么事呀？大清早的！"陈哲平睁眼问道。

"没事……是张明珠打来的，说前厅遇到了小问题。"

"你又惹祸了吧？"

"嗯，小问题。"

"你呀……做事也不够细心，就这点让张明珠给比下去……我看你应该多向人家学习才是。"陈哲平爱怜地捏了捏她那玲珑可爱的鼻子。

林茜茜说："讨厌！连你也这么说……不过这次她可真是遇上难题了，我倒要看看她怎么处理。"说完噘着小嘴道："亏你是个总监，也不给俺设道安全防线……白跟你了。"

"宝贝，话可不能这么话，我这么做还不都是为你好！"陈哲平认真道，"孟子不是说过吗？'天将降大任与斯人也，必先苦其心志，劳其筋骨……'你想想看，有哪位成功人士不是经过艰苦的磨炼，哪有一步登天的？"

"又拿古人的话来压我，一边去……"林茜茜满脸不快道。

星际酒店大堂里。张明珠离开安保监控室后，来到了前台。

"怎么样？"刘婷婷着急道。

"心急吃不了热豆腐，等我调查后再说！"张明珠拨通了房务中心的电话，让领班帮忙查昨天进 1208 房及 909 打扫卫生的当班人员的记录，接着，她打开了前台的公安局治安系统，查看了昨天 1208 和 909 房的所有开锁记录，发出 909 和 1208 房都是当天的预退房。

张明珠抬头看了看时间，已是早上 9 点半。由于是周末，考虑到早上客人可能会晚起，张明珠拨通了餐厅服务部的电话，让他们协助总台，时刻关注909 与 1208 房客的用餐情况，并要求他们及时将客人的动向汇报给大堂副理或 Maria，然后再拨通客房经理电话，汇报了关于昨晚 1208 与 909 客人的投诉情况及自己的检查结果……

收线后，张明珠回到前台帮刘婷婷查账，结果发现电脑里多入了一笔 100元的押金和一笔酒水费 30 元以及一笔早餐费 20 元，常住客的早餐是免费的，总台人员错入成散客消费，三笔加起来的金额刚好是 150 元。

"谢谢你！"得知是操作失误后，刘婷婷乐不可支，"明珠，我爱死你了！"

"注意形象，客人看着呢！"Maria 走了过来轻声提醒道。

刘婷婷听后吐了舌头，转身与李丹丹继续做交接工作。

"明珠，今天有什么事？"Maria 走过来问道。

张明珠简单地将几件重要事件向她做了汇报。

"做得好！我会处罚昨天的值班人员，你先帮我转告各岗，今后每天早班人员务必在 8 点之前将自岗的交接班本及工作记录交到我这来。还有，从今天开始，大堂副理都必须做工作汇报，下班前整理好，然后打印两份，送一份到我办公室，另一份送到总经理办公室。从今天开始，明珠你上正常班，每天早上 8 点都必须和我一起参加总经理会议！"Maria 交代道。

"知道了，不过我今天早上可能参加不了早会了，手头上还有两个投诉没处理好……"张明珠边做电脑账目冲减边回道。

"没事，你专心处理问题，今天的早会我来跟上面说。"Maria 说完将 Lisa叫到一边，压声训道："Lisa，你是前台主管，处理前台账目和内部事务是你的分内工作。副理也只是协助你的工作，她还有很多事要做，不能整天围着前台转……"

"明白了！" Lisa 红着脸道。这后，Maria 扯开话题，和她轻声交谈着工作上的一些细节……

5 分钟后，客房部领班致电给张明珠，汇报了关于两间房客的投诉事件，说昨天晚上的两件投诉皆为客房部新来员工的操作失误所致，并告知 909 房间的牙刷已在当天被新来的实习生扔进垃圾桶……

"好，我知道了，谢谢！"张明珠道。

接着，西餐厅致电告知 909 客人和 1208 客人已经用完餐，现在人已回到客房。

于是，张明珠让服务员准备了两份水果，然后打电话给 909 客人，用日语交流道："早上好，山田先生！我是酒店的大堂副理 Lucia……"然后向客人解释了关于牙刷丢失事件，并向客人赔礼道歉。

山田先生是个豪爽的人，听了张明珠的道歉后，笑道："没关系！没关系！以后你们注意点就是，尽量不要再发生这样的错误！"

"谢谢！我向先生保证，今后不会再发生这样的事了，请先生放心……"张明珠安抚好 909 客人后，打电话给服务生，让他们给 909 客人和 1208 客人送去水果和道歉信，然后，直接上了十二楼。

"咚咚咚！"张明珠来到 1208 房前，轻轻扣响了门。

片刻之后，1208 房门开了。

"您好，陈先生！我是酒店的大堂副理 Lucia，昨天您房间挂着 DND 免打扰，服务员没经您同意，擅自进入房间做了清洁，很对不起！是我们酒店培训不到位，请陈先生原谅！"张明珠诚恳地向客人道歉。

"进来坐下谈吧，我正想找你们呢……"客人脸色严峻道。近似暴风骤雨来临时的前奏。

就在此时，客房服务生送来水果盘。

"好的，谢谢！"张明珠接过服务生手中的水果盘，眼睛一眨，示意他离开。

服务生会意，转身离去，张明珠把果盘轻轻放在茶几上，礼貌得体地坐在离客人一米五远的沙发上。

"你们这是什么服务？什么星级酒店，烂酒店……"张明珠刚坐下，台湾客人陈先生就开门见山地批评昨日服务员的失误，口沫横飞地用闽南语把张明珠骂了个狗血淋头。

张明珠没有生气，她认真听完后，向客人赔礼道："对不起，昨天的服务生是新来的实习生，他对工作还不太熟悉，所以给您造成了不愉快，我代表酒店向您赔礼道歉！"

"道歉顶个屁用？"人高马壮的台湾客人拍桌指着张明珠的鼻子，怒道，"这事我昨天晚上就跟你们大堂经理说了，你们不马上解决，放到现在才来处理，真不知道你们酒店是怎么培训员工的？虽然没有丢失什么东西，但是你们却侵犯到我的隐私！"

"对不起！这事确实是我们的失误，请陈先生原谅！"张明珠态度诚恳道。

陈先生吁了口气，说："气死人了，本来想来厦门散散心，没想到一进你们酒店就遇上这么不愉快的事。"

见客人脾气降了下来，张明珠诚恳地向客人道歉："真的很对不起！陈先生您大人有大量，请给我们一次改过的机会，我愿意代替酒店受罚！"

"这又不是你的错，罚你干吗？最让我生气的是昨天晚上那个值班经理，打电话向她投诉，她说要给我反馈，结果等了一个晚上连个电话也没有，明摆着是个混饭吃的！"客人怒道。

"陈先生！发生了这样不愉快的事是我们酒店的督导无方所导致的……"张明珠自我检讨道："为了表示诚意，酒店在此次您的住房房价上给予八折优惠，以弥补我们的过失。您看这样如何？"她态度诚恳道。

"为什么不打五折呢？"客人不屑道。

第四章　助理之位　花落谁家

"呵呵……行，打五折就打五折，只要您开心就好！"张明珠当即爽快地答应了客人，灵活地处理了客怨。

陈先生听后怒气顿消，眉头一展，说："不是优惠不优惠的问题，这是对我们消费者的一种尊重……希望你们酒店今后别再发生这样的事了。还有，我认为你们客房部应该加强对服务员的培训才是。"

"您说得是，非常感谢您的宝贵意见，我们将进一步改善！感谢您的宽容，谢谢！"张明珠知道客人接受了她的处理方法，起身跟客人握手道别。

"Yes！"走出 1208 客房后，张明珠高兴得差点蹦起来，终于又解决了一起棘手的客诉。"张明珠你别再因一点儿小挫折而灰心丧志了，加油！"她在心里自我安慰道。

12 月 5 日，虽然厦门的冬天没有北方那般天寒地冻，但是气温却忽高忽低，变化无常。

早上 9 点，林茜茜、张明珠、Lisa 三人穿着整齐的制服，踩着轻松的脚步来到了十三楼大型会议厅，参加酒店年度总结汇报工作及新一年的工作计划。

这一天是明珠挑战助理职位之日，也是陈道明面临贷款的重要日子。

星际酒店的十三楼大型会议厅里，酒店的领导们交头接耳，低声商量着如何从新一批主管储备人员中筛选出一位总经理筹备助理。

这次参加会议的有总经理黄卫东、总经理助理陈国政、销售总监陈哲平、前厅部经理 Maria、客房部经理郑天成、安保部经理李永定、工程部经理廖志强、餐饮部经理杨丽萍、餐饮部副经理叶文、财务部王勇。

经过短时间的筛选后，各个部门的领导都纷纷提出了自己的观点。

人事部助理张丽丽坐在听席上，龙飞凤舞地在笔记本上记录会议内容。

张明珠、林茜茜、Lisa 三人站在会议室门外。

林茜茜从门缝里察看会议室里的动静，然后与 Lisa 交头接耳，窃窃私语。

"里面什么情况？"Lisa 问。

林茜茜轻声对张明珠和 Lisa 道："老大们比咱们先到了，他们似乎已经开始在讨论重大事情，进，还是不进？"

Lisa 想了想，转身对张明珠说："张大副，你先进去看看。"

张明珠有节奏地敲了三下门，见里面没有反应，直接推门进去，Lisa 和林茜茜也随后进了会议室。

三位美女的出现似乎惊动了里面的人，领导们皆不约而同地皱起眉头。

三人见状连忙退出。

"那个张明珠冒冒失失的，哪像个当助理的料？"陈哲平对身边的陈国政低声道。

陈国政听后淡淡一笑，不吭声。

大约半个小时后，各部门经理分别把自己满意的人选名字写在字条上，投入放在桌上的笔筒里……

黄卫东对张丽丽道："小张，去打开门，通知大家可以进来开会了！"

张丽丽立即起身打开会议室的门，探出身子，对大家低声道："都进来开会吧……"

候在走廊里林茜茜及 Lisa 急不可待地进了会议室，张明珠和 18 位来自不同部门的年轻主管也紧跟着走进了会议室，悄然无声地在几位部门经理后面的椅子上坐了下来。

黄卫东喝了一口茶，清了清喉咙，说："今年对我们酒店来说是最重要的一年，根据早上财务部送来的《酒店营业统计报表》得知，酒店的客房营业额与去年相比较高，超过了原定指标的 15%。这是一个好消息。今天，看完财务部送来的报告后，我心里很开心。酒店之所以有这样的成绩，都是基于各部门的共同努力，感谢大家！”

话音刚落，全场一阵掌声。

“……接下来，请各个部门经理来汇报今年的工作总结与明年的工作计划，现在，先由财务部王经理开始！”说完黄卫东带头鼓掌。

“……今年酒店的总营业额为860万元：其中客房占60%，与去年同比高出了10%；餐饮占20%，与去年同比下降了0.58%；客户杂项收入占0.82%，与去年同比，下降了0.12%；客房布草占0.45%，比去年高出了0.15%；酒店停车费收入占0.15%，与去年同比下降了0.02%，汇报完毕！”财务部经理王勇向大家做了简单的总结。

“哲平，你来说下，最近市场上有什么变化？”黄卫东道。

“……最近的酒店市场竞争越来越强烈了，不拿其他酒店来讲，就拿近邻的华侨酒店和海景酒店来说，无论是地理位置，还是景观，这两家酒店都在我们之上。还有，最近这两家酒店已重新装修了，并评上了四星。照此看来，在硬件方面我们又给比下去了。不知道大家是否有感觉到我们酒店正面临危机？”话到此处，陈哲平用余光看了大家一眼，接着继续道，“不过……这里有个好消息，我来跟大家讲一下：根据早上旅游局发来的信息得知，在今年厦门的所有酒店业里，散客卖得最好的是我们星际酒店。大家想想，为什么一家硬件老化的三星酒店的住客回头率会是全市最高的，而且平时的散客都比其他酒店多？”陈哲平说到这里又顿了片刻，用余光扫了大家一觉，然后继续道，“毫无疑问，这些都基于大家的共同努力……因此，我希望各位同事再加把劲儿。明年，我们将继续提倡‘三星级的设施设备，五星级的服务’，以最优质的服务去赢得客人们的认可。”

接着，前厅部经理Maria简单地做了部门工作总结与工作计划汇报：“通过大家的不断努力，星际酒店前厅部今年的散客入住率在厦门的酒店行业里成绩有所突破。为此，前厅部的大堂副理和主管以及领班都做出了不懈的努力……明年前厅的工作计划是继续加强员工培训，实行岗位上互相监督，引领员工共同进步，争取在明年取得更大的突破！汇报完毕。”

"下面我来总结下今年餐饮部的业绩,"餐饮部杨丽萍道,"今年餐饮部的业绩有些不理想,但是,厨房里的主厨师父和员工们也都做出了努力,菜肴方面也在不断改进。眼看着将近年末,厨师长已经开始研究特色菜,准备迎接新一年的到来。这几天餐饮部已经开始计划相关的宣传工作……"

餐饮部汇报完年工作总结后,黄卫东对杨丽萍道:"杨经理,你一向是个努力的领导,而你手下的员工也都爱岗敬业,但是,这一年餐饮部的营业额确实很不景气,我们是不是应该找找看,问题到底出在哪儿?"

杨丽萍听后满脸惭愧道:"黄总言之有理,这些天我也在思考这问题。"

"嗯,是该认真自我审视了……想想看是我们的销售方法不对,还是我们的烹调技术问题?"黄卫东神情严肃道,"希望在新的一年里,餐饮部能有所进展。接下去安保部作汇报!"

"今年经历了一次市政府会议投诉,客人在咖啡厅里用餐时钱包被盗,15起客人酒后发生殴打事件……"安保部李永定汇报道。

"永定啊,今年发生的安全事件可不少啊……"黄卫东意味深长道,"……看来你们部门得加把劲儿才行。下午把几个应该更换的监控器数目打份报告上来,我好让采购部准备下。还有,黄金周前厅部比较忙,大堂保安一个人不够,最好安排个员工加班帮忙,加强安全管理。"

"明白,散会后我马上落实!"李永定道。

"1208、809、702房间故障问题频繁……"接下客房部经理郑天成总结了整年的客诉,说多数的客诉都是因为房间里的设施设备问题。

"这事我在上次的总经办会议上已经提过了……客房部的故障房间不能再拖了,散会后马上通知工程部的维修人员对几间问题房进行维修检测,并跟踪落实到位……"黄卫东说完让前厅部总结当年的客诉。

"明珠!"Maria侧头对坐在她身后的张明珠低声提醒道:"就按照你昨天给我看的那份报告念吧!"

旁边的林茜茜与Lisa听后满脸妒忌的表情。

"尊敬的……"张明珠清了清喉咙道,"各位酒店领导和同事们,大家好!"第一次面对这么多人汇报工作,张明珠会有些紧张。"昨天我整理了下今年的客诉,总共有六十多起。其中重大投诉共十八起:客房投诉有二十四起,其中投诉房间设施设备问题的二十起……"她认真而详细地向大家做了汇报。

黄卫东道:"很好!明珠你来酒店工作的时间还不到三个月吧?"

"报告总经理,不到三个月!"张明珠唯唯诺诺道。

"很好!你还有什么问题要补充吗?"黄卫东笑着问道。

"这个……"张明珠用余光看了看坐在前面的几位经理,鼓起勇气道,"……根据这段时间来的观察,我发现了几个问题:

第一,有个别的管理人员常出现早退、迟到的现象。我认为,作为一个合格的管理人员若要服众,就得先从自身做起,严于律己,以身作则,才能给部下树立起好的榜样。

第二,在日常工作中,我觉得我们还是要多留意一些细节上的问题,勤于发现问题,解决问题。

第三,经过这些天的观察,我发现很多住店客人都往外跑。我想,中餐厅能加强特色菜的研究,努力打出自己的牌子是很关键的。前些天,我找了几个常客做了相关的调查,很多客人都反映我们酒店的菜色过于单调,口味一般,没什么特色……所以,我建议中餐厅应该在菜肴方面多加把劲,努力创新,做出与众不同的特色招牌。

第四,客房部的工作人员如果能做到细而不漏,增加对客人的问候,让客人感到住酒店如同回到家里一般,这也是一种产品的销售手段。当班人员配合好工作,详细记录下每位回头客的爱好和需求,在下次客人再次入住前事先为客人备好必需用品,这样就能令客人产生一种温馨感!汇报完毕。"张明珠道。

"讲得好!明珠说的都是重点!"黄卫东字斟句酌道,"每次大家开会的时候,也提出不少的建议,这很好!但是,执行力要与其同步,并且跟踪落实到位,发现问题及时解决,并且做好相关的后补工作,这才是重点……还有,我希望你们今后给总经办的报告要像明珠汇报的那样详细,要勤于发现问题并解决问题，做到精而细……这是我们作为管理人员必须注意的事项。接下去我跟大家说下，明年集团给我们酒店定下的营业指标是 2000 万，并要求将净利润提升到 500 万。明年我们的压力不小呀，同志们！"

会议结束前，黄卫东对张丽丽道："小张，把今天的助理筛选结果公布一下！"

"大家好，紧张的时刻到了。通过这次的考核及几位部门经理筛选出来的结果来看，新一任的总经理助理筹备人选是……"

话到此处，全场一片肃静。

张丽丽抬头扫了大家一眼，笑容可掬道："新一任的总经理助理筹备人选是张明珠！"

话音刚落，全场顿时响起一片热烈的掌声。

"谢谢！"张明珠立起身来，向大家道谢道，"感谢各位领导对明珠的鼓励和支持！"

这后，张明珠在一片热烈的掌声中坐了下来。

片刻之后，她的手机震动了。

"明珠，出大事了，你快来前台下！"电话里前台收银员陈艾艾道。

酒店规定，遇到酒店突发事件和客诉，员工必须在第一时间赶到现场，于是，张明珠悄然离开了会议厅，赶往前厅接待处。

前厅接待处。张明珠问正在结账的陈艾艾问说："艾艾，什么事？"

"明珠……你终于来了！"陈艾艾如获救星似的松了口气说，"等我把手头上的账结了，达卫你帮我跟张明珠说。"陈艾艾对身边的汪达卫道，说完又埋头专心为客人结账。

"艾艾，你忙你的！"张明珠道，"达卫你来说说是怎么回事？"

"天啦，我们都快精神崩溃了！是这样的……"没等张明珠问完话，汪达卫惊惊慌慌道，圆润十足的娘娘腔，惹得在前台等待结账的客人忍不住窃笑。

"小声点！"张明珠微微皱起眉头，轻声提醒道，并将他叫到一旁，"到底发生了什么事?"

第五章　临危不乱

"是这样的，1801 的欧阳先生投诉说，喔，天啦……我该从何说起呢？客人在前台吵了一个早上，你们又在开会。喔，不行，我的状态还没缓过来，让我先整理一下脑子。"汪达卫急得挠头抓耳。

"没事，别急，慢慢来！"张明珠心平气和道。

汪达卫定了定神，往餐厅里看了一眼，说："1801 客人欧阳先生昨晚在我们酒店办理了入住，出去吃个晚饭回来后发现车标不见了，当即就打电话向林茜茜投诉，并要求酒店赔偿他 700 元，林茜茜没法解决一直拖到早上……现在客人火了，正人坐在餐厅里等着大堂副理出面处理这问题，说如果不解决问题就叫记者来现场拍照发布新闻。"

"我知道了，你去忙去吧，这事我来解决！"张明珠说完转身走进了前台，调出 1801 的手工入住单及电脑入住登记记录。结果发现 1801 房的手工入住登记时间是昨天傍晚 5 点 14 分，而电脑入住登记的时间是昨天傍晚 5 点 16 分。张明珠迅速浏览了一番上一班大堂副理的交接班本后，去了中餐厅。

这时候，中餐厅里的 4 号桌旁边坐着一男一女。

男的年龄大约三十出头，长得健壮而不乏文雅，三七开的短发，四方形的脸，细长的眼睛炯炯有神，显得精明而稳重。

女的年龄有二十五六岁，头发是染着红葡萄色的大波浪，身穿有桃红色花纹的白色底布上衣，下搭一件粉蓝色的喇叭牛仔短裙，脚蹬橘红色的高跟皮鞋。

"您好！我叫张明珠，是这里的大堂副理！"张明珠来到两位客人面前，彬彬有礼道，"请问先生，您是 1801 的欧阳先生吗？"

正在看报纸的欧阳先生眼睛从报纸上移开，抬眼打量了张明珠一番，淡淡道："没错，你就是那张经理？"

"是的，这是我的名片，请您多关照！"张明珠礼貌地递上了自己的名片。

男人礼貌地接过名片，认真地浏览了一番，然后掏出名片夹，将名片端端正正地放好。

"是这样的，张经理！"欧阳先生向明珠说起事情的经过，"我们昨天自驾车出游，从福州出发，下午抵达厦门，5 点 14 分入住你们的酒店。当时车标还在，晚上 10 点回来后我上了酒店的客房，后来想起把烟落在车上了，便下楼取烟，结果发现车标不见了。

"当时我就马上打电话跟你们的值班经理反映了，她说要帮我解决，但是我们到现在都没有得到回复。"

"请问先生您的车是什么牌子的？"张明珠问道。

"白色的宝马！"欧阳先生道。

"作为一家星级酒店，安全措施如此不靠谱，真不知道你们是怎么做事的！"旁边的女人不屑道。

"对不起，小姐！值班经理没有及时向您反馈车标丢失的事，我在此向您深表歉意！"张明珠解释道，"根据酒店的规定，查看监控得有保安主管的开机密码，但是，我们酒店晚上 10 点过后保安主管已经下班了，当值的副理无法调出监控，所以没能及时向您反馈相关信息，真的很抱歉！"

"昨晚上查不监控，现在总可以吧！"年轻女子道。

张明珠说："现在可以，我这就去查看监控，请二位稍等片刻！"

"快去吧，希望你尽快解决这件事！"年轻女子道。

"明白，不过……这事我还得花点儿时间调查，可能要耽误一下二位宝贵的时间。"张明珠解释道。

"可以！"年经女子满脸不屑道，"反正你们已经从昨天晚上查到现在了……不过，你得快点儿，我们赶时间……"

"我会尽快的，二位客人请稍候片刻！"张明珠挥手叫来服务生为两位客人送来热咖啡。

"这两杯咖啡是免费的,别向客人收钱!"临走前明珠低声嘱咐服务生后,边上电梯边打电话给保安王程远,"王主管,我是张明珠,请帮我调查下昨晚上大门口的监控记录!"

星际酒店监控室里。张明珠和王程远认真地查看昨天傍晚的监控记录。虽然事发当天下着蒙蒙细雨,但是屏幕上酒店大门口进出的车辆还是清晰可见。张明珠注意到 1801 客人的车子在入店时就已经没了车标。查看完后,她返回了大堂。

"对不起,让您们久等了!我刚才查看了酒店的监控记录,欧阳先生,您的车子昨天晚上有三次出入酒店记录。第一次驾车进入酒店是 5 点 14 分,当时是欧阳先生您自己驾车,而且当时您的车标已经不见了;第二次是晚上 7 点,是您身边的这位女士开的车;第三次是深夜 11 点半,您和这位女士一起回酒店的。"张明珠向两位客人认真描述了监控的每一次记录。

欧阳先生听后看了年轻女人一眼,年轻女子的脸一下涨红了。这一切张明珠都看在眼里。

"这么说你是否认我们车子在你们酒店丢失车标的事实了?"年轻女子圆睁着双眼。

"你这种不诚恳的态度怎么能解决问题?要知道我们可是 ×× 省报的记者。这次是受福建省 ××× 企业的老总的邀请才来厦门游玩,没想到刚入住你们店就发生了这种事。今天你们如果不给我赔偿,我就把你们酒店拍下来登报……"欧阳先生怒道。

张明珠听后心中暗想:坏了,客人如此一口咬定车标是在酒店丢的,难道是来找茬儿的?可是,自从客人开车进店的那一刻起就已经没了车标,总不能歪曲事实啊……登报就登报,谁怕谁!

想到这里,张明珠说:"对不起,欧阳先生,昨天晚上值班经理没及时向您反馈相关信息,这一点是我们怠慢了您,对此,我再次向您道歉!至于您车标丢失这件事,您是否再回忆一下,会不会是在别的地方丢的?"

"你凭什么一口咬定我的车标不是在你们酒店丢的？"年轻女人怒道。

"对不起，女士！我们酒店的监控系统保留着您车子进大门时的记录，请您再回忆下，会不会是您在途中不小心丢了呢？如果还有什么疑问的话，我建议您随我一同去查看监控！"张明珠心平气和地对客人道。

"我才不要去查什么监控，更不要你的什么理由，我们这车标就是在你们酒店丢失的，你们得赔偿我的损失……"年轻女人蛮不讲理道。

真是秀才遇到兵，有理说不清！张明珠忍住心中的怒火，试探道，"赔偿？女士您希望得到什么样的赔偿？"

"700 块人民币，这是市场行价，你不信可以去调查下。"年轻女人道。

"对不起，女士！如果您的车标是在我们酒店里丢失的，那我们定会做出相应的赔偿。但是，经过调查后您的车标不是在我们酒店丢失的，所以我们无法接受您的要求，很抱歉！"

"700 块钱而已，难道你愿意为了这 700 块钱而让你们酒店的名誉扫地吗？"年轻女子一副盛气凌人的样子。

"我能理解您的心情，但是，凡事在下结论之前都需有个根据。对不起！我们酒店没理由赔您这笔钱，如果您非要查个水落石出的话，我们酒店可以协助您报警，并将此事转交给警察来处理！"张明珠胸有成竹道。

欧阳先生听后脸色立马变得很难看。

"你……简直无法相信，星际酒店怎么会出现如此无能的值班经理！"年轻女子说完转身对欧阳先生娇声叫着："跟她讲了半天也不能解决问题。走吧，让他们总经理来处理问题！"

这时候欧阳先生的脸色渐缓，他向年轻女人使了个眼色，说："你先上楼去收拾东西，这事我来处理！"

"你……"

"快去吧，时间不早了！"欧阳先生劝道。

"好吧！"年轻女人很不情愿地提上背包，转身离去。

"不好意思，我女朋友性子直！"欧阳先生的态度突然一百八十度大转弯，满脸和气道，"本来我们是打算出来好好玩两天，没想到会发生这样不愉快的事，所以她说话难免冲了点儿，请你多谅解！"

"没事，换成我丢了东西也会着急，所以我能理解您女朋友的心情！"张明珠连忙附和道。

"哈哈哈……张经理果然气度不凡，这个报警我看就不必了，不就丢了个车标嘛，犯不着如此兴师动众的！这样吧，你打个电话让你们总经理下来处理问题，你看如何？"记者先生道。

"行，不过我得看看总经理是否有外出，您请稍等片刻！"张明珠说完走到总机，向 Maria 汇报了此事。

电话里，Maria 表示她的观点与张明珠一致，让她根据自己的判断处理问题。于是，张明珠拨通了行政部办公室的电话，向陈国政汇报了相关事宜。

片刻之后，陈国政代表黄卫东出面，在咖啡厅与欧阳先生单独会面："欧阳先生，不好意思，我们总经理一开完总结会就离开酒店了，这时候人已经在飞往上海的途中，请多谅解！"说完递上了自己的名片。

"原来是陈经理呀……陈经理这边请坐！"欧阳先生边说边礼貌地请陈国政入座，两人低声谈起了车标的事……

下午两点，欧阳先生来到大堂的前台结账。

张明珠和行李生在一旁静候着。

"张经理，车标的事是个误会，为此给你添麻烦了……很对不起！这是我的名片，望今后多联系！"临走前，欧阳先生掏出了自己的名片，递给了张明珠，说他很赞赏她的处事方法及落落大方的态度。然而，与他同行的女友却臭着脸。

其实，欧阳先生心里明白自己的车标不是在酒店里丢的，车子是从朋友那里借来的，丢了车标得自己赔钱，于是，他身边的女友给想了个办法，一口咬定车标是在星际酒店丢的，想向酒店索赔，以此来填补损失，不想遇上了精明能干的张明珠。张明珠表示要将此事转交给警察来处理时，欧阳先生心里慌了，因此，他给自己找了个台阶下，让张明珠打电话让总经理来处理问题。

"欧阳先生，您客气了，这是我们应该做的工作！……欢迎您常来！"张明珠忙微笑着上前接过客人名片，然后让总台收银给欧阳先生免了杂费。

欧阳先生连忙说："怎么好意思让你为难呢……不行，我来付！"说完就从钱包里掏钱。

张明珠说："没关系，这是我们酒店对昨天晚上没能及时向您反馈相关信息表示的歉意！"

"这样的话，那我就不客气了！"欧阳先生满意道。

"甭客气，希望能再次见到您！"张明珠和陈国政送欧阳先生至大堂外，并握手道别，目送宝马车离开酒店。

"明珠！"陈国政转身对张明珠道，"今天你这事处理得非常好呀！"

"哪里，哪里！我还有多方面的不足，希望今后能继续得到陈助理的指点！"张明珠嘿嘿笑道，露出了她的那颗可爱的小龅牙。

"呵呵……明珠你这么谦虚可不好啊……"陈国政笑道。

下午，前厅办公室里。

林茜茜被 Maria 叫去大骂了一顿："茜茜，昨天晚上 1801 的投诉是不是你接的？"

"是！"林茜茜自知大难临头，垂头看着眼前的地板。

"你有没有马上去调查？"

"当时王主管已经下班了，我查不了监控！"

"查不了监控，你有没有打电话安抚客人？"

"有，客房电话没人接……我想客人已经睡觉了，就想把这事放在今天早上再向您请示。可是，早上又忙着开早会，我都来不及报告这事就……"林茜茜道，"没想到张明珠就直接把这事捅到上面去了。"

"我的林大小姐，你是来混饭吃的吗，办事怎么老是要人跟在后面擦屁股呢？我看你不但擅长推卸责任，还擅长撒谎！"Maria 神情严肃道，"那，我告诉你，刚才我可是查过安保室的监控记录了，你昨天晚上根本就没有去过监控室，也没有打过电话安抚 1801 客人……你知道吗？你的粗心大意差点儿让酒店名誉扫地，还好早上明珠及时帮你处理了这件事，不然你就要面临被辞退的危险了。"

"Maria，我知道错了，请给我一次机会好吗？"话到此处，林茜茜眼眶一热，差点儿掉下眼泪。

"好了，这次给你个小教训！"Maria 把手上的单子推到林茜茜面前道，"这是陈国政刚送过来的处罚单，你看一下，顺便签上名！"

"什么？要处罚 100 元。"林茜茜满脸愁容道，"Maria，我知道错了……可以不罚钱吗？"

在平时，Maria 很少对部下发这么大的火，但是，对于眼前这个性格固执，做事总拖人后腿的女孩子，她若是再对其放纵，那等于是害了她。

"惨了……"林茜茜哭丧着脸，"这事要是捅到总经部去了，不知道会不会降我的职？"

"不会！"Maria 神情严肃道，"你被处罚也是我教导无方。如果你想让大家肯定你的工作，以后请脚踏实地做好每一件事，这样你的人生才会更加灿烂……好了，该说的话我都说了，回去给我写一份关于这次 1801 的案例分析，明天交到我这里来！"

"知道了，Maria！那我先回去了。"陈茜茜说完转身就想走。

"等等，明天记得上交案例分析！"Maria 再次提醒道，"顺便写上自己的感想。"

"好！"林茜茜应声离开了办公室。本来她心里正为落选助理之位烦恼，这次又被张明珠把错误捅到上面去，心里非常气愤，并暗中发誓，从此与其势不两立。

第六章　贷款

惠安莲城。

陈道明在黄行长的会客室里等得心焦。

一个时辰后，黄行长推门而入，陈道明忙起身打招呼。

"道明！"黄行长向他挥了挥那胖嘟嘟的手，说："坐，坐，等了很久了吧！让唐股长先跟你谈谈吧！"黄行长腰如水桶、胖乎乎的身材与莲城信用社的张主任相似。

"陈老板！"相貌端庄、体形丰满的股长唐美娜用手微微扶了扶眼镜，然后挪了挪屁股下的转椅，对陈道明说："你一下子要 300 万，可能无法完全满足你。我刚才与行里的几位领导商量了下，决定把其他乡镇没用完的指标全部给你，可最多也只有 100 多万，跟你的要求可是有一大截距离啊！"

陈道明心想：虚圆立业，执拗失机！虽然这次得批的贷款数额不达 300 万，但有了这 100 多万也可救近火，假如我还不满足的话，那就更难成就大事了。算了，还是先缓了一时之急为上策，其他的到时候再另做打算。想到此，陈道明连忙谢道："有了这 100 多万贷款，就可帮我解决目前的困难，真是谢谢啦！其他的我再另想办法。"

"那就这样定下来！"黄行长笑了笑道，"这次可是李行长极力协调下来的，连李行长都惊动了，你陈大老板的面子可真不小啊！"

"谢谢，谢谢几位领导的大力支持，实在是感激不尽！诸位今后如有到莲城，可一定要到我们工厂关心一下啊！"陈道明上前，又是点头，又是哈腰，热情地跟黄行长握手道。

"你放心好了！"黄行长拍了拍陈道明的肩膀，朗声笑道，"呵呵呵……你就是不请，我们也会自己找上门的。"

"陈老板!"在一边打印文件的唐美娜插话道,"你回去先找张主任把手续办好,尽快送过来!"

"好,我回去立即去办!"陈道明道。

"对了,唐股长,你跟张主任说清楚,这次可是定向贷款,让他别再打其他主意,渔业那方面的贷款可是要抓紧时间给我收上来……"黄行长认真道。

"知道了,我这手头上的事一办完,回办公室后马上给他打个电话。"唐美娜说完便埋头收拾好桌上打好的文件。

与黄行长稍坐片刻后,陈道明向黄行长与唐美娜两人抱了抱拳:"黄行长,那我就先告辞了!"

"去吧,手续抓紧点儿。"黄行长朝陈道明挥了挥手道。

"好的,黄行长再见!"

"再见!"

陈道明与手抱文件夹的唐美娜一起从会客室出来后,低声对唐美娜道:"唐股长,这次你可帮了大忙了,容小弟日后相报!"

唐美娜听后微微一笑,说:"陈老板客气了,我可做不了这么大的主,全是李行长的功劳,他见人就夸,说你年轻有为,还说如今像你样的人才呀,打着灯笼都找不到第二个,不扶持可惜了……"

"哈哈……李行长过奖了,像我这样的人才多了去了!"陈道明谦虚道,"不过,这次真的多亏李行长和几位领导的重视,我由衷感谢你们。"

"李行长一向是个爱才的人,他看中的人不会有错!"唐美娜盈盈笑道,"对了,回去记得跟李行长打个招呼!"

"好,我这就去跟李行长打个招呼,唐股长,再见!"陈道明说完朝着李行长的办公室走去。

县农行副行长办公室里,李副行长正对着电话跟张主任说着事,一见陈道明进来便对着电话道:"行了,咱话先说到这里,回去再联系!"说完挂下电话,侧头问陈道明道:"怎么样?都没问题吧!"

陈道明一屁股坐在沙发上，舒了口气道："OK啦！谢谢李哥！"陈道明改了个称呼道。

"你小子有心思！"李副行长笑道，"我知道这数额是少了点儿，要不暂时先这样，到时候再帮你看看能不能再追加点儿。"说完扔给陈道明一根烟，俩人你一言我一语地聊了起来。

出了农行后，陈道明首先到邮电局给自己买了个手机，然后打开随身带的通信记录小本，拨通了张明珠宿舍里的电话："你好！请问张明珠在吗？"

"不在，请问您是哪位？"刚回宿舍的林茜茜接起了电话，好奇地问道，关于张明珠的一切她都想知道。

"我是张明珠的男朋友，张明珠回来麻烦你告诉她一声，让她晚上给她男朋友打个电话，电话号码是139×××××××。"

"好的！"

"谢谢！"电话那头说完就匆匆挂了电话。

"没礼貌，挂电话也不打声招呼。"林茜茜嘀咕一声挂了电话，然后把刚才陈道明刚才报上的电话号码输入了自己的手机。

"茜茜！"这时候李丹丹从卫生间走了出来，边擦头发边问道，"刚才是谁打来的电话，是找我的吗？"

"不是。"林茜茜边说边爬上自己的床铺。

"喔，对了！"李丹丹突然想起什么，对林茜茜道，"刚才Maria来电话了，让你今天晚上你不用上中班了。她会替你上的。"

"什么？"林茜茜难以置信道，"Maria要替我上中班，我是不是听错了？"

"你没听错，是真的！"李丹丹态度认真道。

"不会吧！"林茜茜一头雾水道，"好端端的，突然打电话通知我不用上班，这太阳打西边出来了？"

李丹丹说："原来你没看食堂的员工通告呀？"

林茜茜说："没有，食堂员工通告上写什么了？"

"今晚我们酒店要开年末联欢会，各个部门除了几个值班的，大部分的员工都会去参加，Maria 说让你也去参加。"

"不去！不去！"林茜茜说完翻了个身，背朝外，她还在为早上受罚的事生着闷气呢，哪有心思去参加什么年末联欢会。

"这是好事，不去可惜了！"话到此处，李丹丹突然觉得气氛不对，便知趣地避开了。

十三楼人事部。

"国政，从现在开始你要好好带明珠……"办公室里，陈国政接到黄卫东从上海打来的电话。

"嗯……好……我明白了……对了黄总！那个林茜茜要怎么安排？"陈国政对着电话道。

"那个林茜茜……哲平也一直都在推荐她……这样吧！你来安排，暂时先让她……"

第七章　脚踏两条船

晚上 8 点，"望鹤楼"酒楼里的三楼金碧辉煌，灯光闪烁，气派华丽。

陈哲平与陈国政俩人一身笔挺的黑色西装出现在众人面前。陈哲平身边还带着个身穿象牙白礼服的年轻女子。

年轻女子是星云集团汪总裁的千金，长得花容月貌，身材苗条，气质优雅。陈哲平与她手挽着手出现在众人面前，所有的人都向他们投来羡慕和嫉妒的眼光，两人亲密的动作更令坐在一边听音乐品茶的林茜茜颇为震惊。

这天晚上，陈哲平与张明珠他们几个同桌，座席上已经满员。

林茜茜灵机一动，坐到了陈哲平隔壁桌的座位上。

"Linda，我能与你交换一下座位吗？我眼睛有点儿轻微的近视，刚好这里离歌舞台较近，所以想跟你交换下位置……"林茜茜瞄准了总台收银 Linda 的位置。

"没事，你坐吧！" Linda 大方地把自己的座位让给了林茜茜，说，"你们玩得开心点儿，我过去跟他们几个联络联络一下感情！"说完拿起酒杯朝着另一桌走去。

于是，林茜茜在陈哲平后面的位置坐了下来，两人相距不到一米。

"大家好！这位是我的未婚妻汪雪茵……"陈哲平向同桌的几个同事介绍道。

大伙听后都向两人投去惊讶和羡慕的眼光。

"平时问陈总有没有女朋友，他总是笑而不答。呵呵……今天才知道，原来早就金屋藏娇了，而且还是咱们集团汪总裁的千金……"陈国政与旁边的同事有说有笑道。

酒桌上，陈哲平与汪雪茵眉来眼去，谈笑风生，这令旁边的林茜茜痛苦万分，她做梦也没想到平日里对自己百依百顺的男朋友居然已经有了未婚妻……林茜茜越想越感到委屈，她端起桌上的酒，一口气喝个精光。却没想到，她这反常的举动引起了旁边一个人的注意。

这人是闽华酒店的助理张汉民。

张汉民不但长得英俊潇洒，玉树临风，而且才华横溢、精明能干，是闽华酒店刘总裁身边的红人。

见林茜茜一个人喝酒，张汉民过来搭讪道："林副理，你好！"

"你是谁？"林茜茜凤眼微微一瞟，警惕道，"我们见过面吗？"

"呵呵……"张汉民笑道，"林副理真是贵人多忘事呀……我们见过面……"

"我们有见过面吗？"林茜茜反问道，"你是不是认错人了呀？"话到此处，她突然感到这个面容英俊的男人有些面熟，似曾相识。

"星际酒店鼎鼎大名的林副理谁不认识呀！"张汉民向林茜茜伸出一只手道，"我叫张汉民，能见到林副理是我的荣幸！"说完向她递上自己的名片。

林茜茜漫不经心地接过名片，看了一眼："张汉民，闽华酒店的销售经理……你找我有事吗？"她警惕道。

"听说林副理在星际酒店是个人才，所以今晚特意慕名而来。"张汉民说着坐在林茜茜身边的空位上。

慕名而来？我又不是什么大人物！林茜茜心里自嘲道，嘴上却仍不作声，她的注意力还在陈哲平与汪总载的千金那里，哪有心思理张汉民。

张汉民看到林茜茜总是瞟坐在前排的陈哲平，脸上露出了诡秘的笑容。他默不作声地给自己盛了杯酒，然后再给林茜茜倒了杯酒，说："初次见面，来，我敬你一杯！"

林茜茜二话不说，仰头就咕噜喝了一大口酒。

"好酒量！"张汉民惊叹道，眉目传情。

"对了！我想起来了，你就是那个走路没长眼的家伙……"林茜茜终于想起，张汉民就是她那天在华宛酒店电梯门口撞上的那个男人。

"呵呵……你终于想起来了！"张汉民道，"你们酒店生意不错吧，听说去年的散客房卖得很好……"

"那当然！"

"那……你们酒店明年有什么新指标和最新计划呀？"张汉民进一步打探道。

这时候宴会上响起了悠扬的音乐，没人注意到林茜茜与张汉民之间的谈话。

"明年的销售指标是……计划是从提高对客人服务质量着手……"红酒后劲大，林茜茜完全失去了控制，张汉民问什么，她就答什么。

一曲终后，音乐转换为舞曲，眨眼间，大厅灯光转换成了闪闪发光的五色旋转灯。

随着振奋人心的音乐声响起，宴会上的男男女女相继双双步入舞池，跳起了交谊舞。

看着在舞池上双双起舞的陈哲平和汪雪茜，林茜茜醋意更浓了，她对张汉民道："来，咱们来划拳好不好？"

"非常乐意！"张汉民笑容可掬道。

一曲舞曲终后，林茜茜停下了猜拳动作，对张汉民道："等会儿再玩！你……等一下！"说完她端着一杯红酒，扭着水蛇腰走向陈哲平与汪雪茵。

"陈总监！"林茜茜举起酒杯，凤眼直逼陈哲平，"来，我敬你一杯！"

陈哲平一愣，林茜茜突然来这一招让他有点儿措手不及。

林茜茜瞥了旁边的江雪茵一眼，嘴角一勾，说，"怎么啦，难道陈总不肯赏脸？还是……"

"呵呵……小林同志的敬酒我怎能不喝！"陈哲平脸色平静地打断林茜茜的话，不慌不忙地举起酒杯来。没想到林茜茜突然脸色一变，一把将酒泼到他身上，全场顿时鸦雀无声。

隔壁桌的张汉民更是目瞪口呆，似乎明白了什么，起身离开座席，悄然离去。

"这下完了！"旁边不知情的张明珠顿时被林茜茜的举动吓愣了，"这林茜茜今天怎么啦，怎么跟陈总过不去？"她暗中为林茜茜捏了把汗。

陈哲平身边的汪雪茵更是一头雾水，她不解地看了看陈哲平和林茜茜两人，满脸疑惑。

"茜茜……"张明珠慌忙起身，疾步走到林茜茜面前，"都醉成这样了还喝！"她一把扶住林茜茜。这时候，她看到了林茜茜的眼里滚动着泪花。

"不会喝酒，就别逞强了，你瞧你站都站不稳，还把人家陈总洒了一身酒……"张明珠边说向陈哲平赔礼道歉道，"对不起，陈总，茜茜她晚上喝多了，你瞧她都醉糊涂了！"

"呵呵……"陈哲平豁达一笑说，"没事！没事！小张你先扶小林回宿舍休息吧！"

"那好，陈总，我们先走一步了！"张明珠扶着林茜茜，跌跌撞撞地离开了宴席。

汪雪茵看了一眼张明珠和林茜茜的背影，动作优雅地从包里取出了手帕，小心翼翼地帮陈哲平擦干身上的酒水。

到了楼下，林茜茜"哇！"的一声抱着驻明珠号啕大哭起来……

"茜茜！"张明珠回头看了一眼守在酒楼门口的两个保安大叔，低声劝道，"茜茜，别哭了，旁边人正看笑话呢，咱有话回宿舍再说吧！"说完扶着林茜茜朝着宿舍楼的方向走去。

第八章　扭转乾坤

原来，在认识林茜茜之前陈哲平一直是个玩世不恭的花花公子。江雪茵的父亲汪世强是集团的总裁，为了早日爬上集团总监的位置，野心勃勃的陈哲平与汪雪茵订了婚。然而，汪雪茵虽为商界名媛，却也牵不住陈哲平的心。

与汪雪茵订婚后，陈哲平经常背着她与别的女人约会，直到遇上风情万种的林茜茜后，他那颗飘浮不动的心才尘埃落定，对身边的鲜花粉蝶不再多瞟上一眼。但是，陈哲平又不想失去汪世强这个大靠山，继续与汪雪茵眉来眼去。因此，他以"酒店不允许恋人、夫妻共处一个单位"为借口，与林茜茜偷偷幽会。

问题就在此，出身于经商世家的陈哲平虽然是个情圣，却是个爱美人更爱权利的男人，所以，为了保住他背后那坚强的后盾，他把汪雪茵放在第一位，才不顾林茜茜的感受公然带着她在酒会上露面。

回到宿舍后，林茜茜跌跌撞撞地走进了卫生间，蹲在马桶边呕吐起来。

这天晚上，陈艾艾和刘婷婷都上大夜班，李丹丹也回她姑家过夜，因此，整个宿舍里只剩下张明珠和林茜茜两人。

卫生间里满是酒臭味，张明珠忍着刺鼻的异味守着林茜茜，又是捶背，又是递水。

这天晚上，林茜茜伤心欲绝，本以为自己所爱的人是个感情专一的好男人，不想摊上了个风流多情的"花心大萝卜"，因此，回到宿舍后她一直哭，把自己折腾得像泪人儿似的。

"茜茜，别哭了！旁边宿舍里全是人，我看你还是忍一忍，别让人听了说三道四……"张明珠边帮她捶背边安慰道。

"我肚子疼行不行呀……呜呜呜……"

"行！肚子疼！"张明珠自己又不曾失过恋，一下不知道怎么安慰她是好，只好顺着她说，"肚子疼你就大声哭吧，哭出来舒服些！"

不想，林茜茜听后哭得更加厉害了："你个大笨蛋，你就看不明白是陈哲平那王八蛋欺负我吗？"

"啊……"张明珠眼前突然像放电影般的闪过林茜茜泼陈哲平酒时旁边汪雪茵那紧张的表情。"原来你跟他……"她恍然大悟道。

"呜……"林茜茜哭得天昏地暗……

"茜茜，好了！茜茜别哭了，这种男人不值得你爱，你就当是自己不小心摔了个跟头吧，忘掉他，向前看，你会遇到好男人的。"说完这些，张明珠再也找不到更好的词句来安慰眼前这位可怜的室友，只能静静地坐在她的身边，聆听她的哭诉。

子夜前，林茜茜身上裹着张明珠为她披上的大衣，坐在床上，佝偻着身子，两肘撑着膝盖，泪眼蒙眬道："张明珠，今天我的失态会不会让大家看笑话？"

"不会的，大家都知道你喝多了……我喝多了还想砍人呢！"张明珠笑道。

"什么？"林茜茜听后难以置信地看着张明珠说，"看不出来呀……平时你是个性情温顺的人，怎么会？"

"其实我也就醉过一次……"说到这里，张明珠忍不住想笑，说，"我16岁那年的冬天，我表哥结婚了。结婚的那天，我跟我爸妈一起去他家喝喜酒。当时有个比我大三岁的男孩叫我'小龅牙'，你猜你当时是怎么反应的？"张明珠边说边拧了块热毛巾，帮林茜茜擦脸。

"你……"林茜茜睁着两只哭得通红的眼睛望着张明珠，"该不会是狠狠地揍了他一顿吧？"很显然，张明珠这句话已经转移了她的注意力。

"不是，我一把抓起了我表哥家门边的那把斧头，狠狠地在他面前挥了下，说'闭嘴，再这么叫我把你的整排牙齿全敲掉……'"张明珠边说边抡起粉拳，向林茜茜做了个瞋目切牙之状。

"哈哈哈……"林茜茜被逗得忍不住笑起来，"后来那人怎么样了？"

"那个男孩见后吓得转身就跑。从此以后，他一看到我都远远地躲着。"张明珠得意道。

这时候林茜茜又想到了伤心处，内心难于平静。"明珠，你去睡觉吧，我没事了，明天你还得上早班呢！"她神情疲惫道。

"好吧，那我先睡了！你也早点儿休息吧！"张明珠起身扶着林茜茜躺下，并为她盖上被子，然后朝卫生间走去。

"明珠……今天晚上的事请帮我保密，不能让其他人知道！"林茜茜道。

"你傻呀！"张明珠回头对她嫣然一笑道，"我怎么可能拿你的事去到处张扬呢！"

林茜茜听后又担忧道："糟糕，我当场把酒泼到陈总身上，不用你说，大家肯定怀疑我们之间有暧昧关系！"

张明珠说："不会的，我当时跟大家说你喝醉酒了，再说你也没有透露什么，他们不会想到别处去的。"

"希望事情真如你说的那样！"林茜茜若有所思道。

"事情没你想的那样复杂，你别再胡思乱想了，睡觉吧！"张明珠转身为自己倒了杯开水。

望着张明珠的背影，林茜茜扪心自问道：明珠对我如此真诚，我以前真不该与她作对！想到此，她心里很是愧疚。

张明珠洗完澡后，钻进了暖暖的被窝里，望着天花板，思绪不定，难以入眠。

到了半夜里，外面突然狂风咆哮，风刮过玻璃窗时，发出了一阵凄厉的叫声，令人禁不住浑身毛骨悚然，张明珠害怕得将自己的头缩进了被窝里……

第二天早上，铁灰色的天空中飘着蒙蒙细雨。

张明珠走进了总经理办公室，整理着桌面上的文件。

"明珠，昨天晚上林茜茜没事吧？"陈国政走了进来关心道。

"没事，只是喝多了！喔对了，你们喝到几点才回去呀？"张明珠寒暄道。

"折腾啊……陈哲平那家伙昨晚上也喝得烂醉如泥，不省人事，后面还是我跟小刘一起扶着他回家的……"陈国政叹道，然后递给她一份储备干部人员名单，说，"这是培训计划单，你看一下！"

"这个……我从入职到现在还不到半年的时间，人事操作这方面我还不熟，恐怕……"张明珠推辞道。

"明天开始，由你来协助我进行培训。培训项目是'应变能力培训'与'销售意识培训'……还有，现在打算让 Lisa 来接替你的工作，升她为大堂副理。"

张明珠听后很是震惊："你的意思是说，从明天开始，Lisa 接替我的 AM 工作，把我调到人事部上班？"

"没错！"陈国政态度认真道，"因为你的表现优秀，工作认真，所以上面想好好栽培你！"

"这……太突然了，我恐怕难以胜任！"张明珠嗫嚅道。

"跟着我，我教你！"陈国政安慰道，"天下无难事，只怕有心人！只要你愿意努力，没有什么可以难得倒你的。Lisa 毕竟是老员工，系统操作方面她比任何人都熟，所以形成了她傲慢的性格，不过她本性善良，你们之间需要经常沟通。记住，现在你是她的顶头上司，你若想让她服你，必须得用方法。明白？"

"我明白了！"张明珠道。

陈国政道："这些天，你多留意 Lisa 的进展，随时向我汇报。至于林茜茜，暂时由你来协助 Maria 带她，OK？"

"OK！"张明珠接过名单，胸有成竹道："放心吧！我一定努力做好！"

陈国政说："我相信你！加油！"说完转身离去。

立春的那天早上，十三楼会议厅里一片静寂，里面整整齐齐坐着四排衣装整齐的部门经理和部门管理人员。

这是一场紧张的早会。早上黄卫东下达了紧急通知，召集各部门经理及助理围在一起研讨"如何提升企业核心竞争力"。多数人认为酒店应从硬件设备方面着手。黄卫东说："酒店开业到现在已有五年的时间了，经过大家的努力奋斗，酒店每年都在不断地进步。但是，随着旅游业的发展，厦门的酒店越来越多了，市场上的竞争也就越来越激烈……刚才，大家都提出关于酒店设施设备的更新问题，这点我也有考虑，也曾向集团的相关管理机构申报过几次，但是每次都被驳回……明珠，你散会后帮我打一份《酒店楼层重装的申请报告》。"

"这太冒险了，酒店五年一装，光财资方面的开支就得花上一大笔钱。"张明珠道。

"别插嘴！"坐在她身边的陈哲平轻声提醒道。

"没事，明珠你继续往下说！"黄卫东鼓励道，眼睛熠熠有光，连眼镜片边沿上也闪着一抹流光，天生具有一种领导的特殊气派。

张明珠继续道："前几天我对酒店里的每一间客房都一一做了详细的检查，结果发现，咱们酒店的家具保养得很好，几乎没有什么维修问题，这说明酒店工程部的保养工作落实到位。在电器方面，几间豪华客房刚刚更新不久，其他普通的散客房也是两年前更新的。

"至于客房里的墙壁和地板，也都完好无损。所以，我认为酒店不必急着翻修，而应先着手提升细节方面的问题，就如上次陈总说的，继续提倡三星级的设施设备，五星级的服务，以最优质的服务质量来博取客人们的欢迎。只是，自从前面那栋商业楼建起后，咱酒店的全湖景房被遮去了一半，现在只能看到半湖景了……所以，我建议大家在给客人推广房间的时候尽量避开湖景房的介绍。

"如果是客人主动问起，我们可如实告诉客人，说酒店的全景房因前面建起了新的商业大楼，目前没有全景房了，只能看到半湖景。还有，销售员在向客人介绍的时候，可以顺便建议客人饭后到楼下湖边散步，那样即可看到湖景，又可呼吸新鲜空气。这样说的话，我相信多数的客人会接受的。"

"嗯！明珠你这建议很好，还有问题吗？"黄卫东点了点头继续问道。

"还有几个问题，我想在这里跟大家汇报一下。"

"请继续说下去！"

"一、总机的电话系统需更新，建议用最新的隔音系统。

"二、酒店每周都有四五天的满房，特别是在黄金周，前台仅用三台电脑来应付一百来个房间是不够的。所以，要是总台再增添一两台电脑，既可以解决每天紧张的接待结账问题，又不耽误客人的时间。

"三、眼看新年就要来临了，餐饮部应尽快推出富有特色的新菜肴，尽快打出酒店的招牌……"

旁边餐饮部经理杨丽萍打断明珠的话说："这么短的时间，你来做看看！"

"杨经理，明珠只是提个建议，你应该先听她把话说完才是……"陈国政道。

"杨经理也有杨经理的难处，但我相信，只要大家努力合作，什么难题都会解决的！"张明珠道，"接着我来提下客房的问题。最近客房部经常出现查房出错的现象。前两天我跟客房部经理探讨了下，客房最近的操作出错多数是人手不够的原因。"

黄卫东问客房部经理郑天成："老牛，那两个老员工离职到现在都快半个月了，你到现在还没有招到合适的人员？"

郑天成说："我跟小张跑了两趟的人才市场，刚开始都有来应聘的，结果大家一听工资都跑了。"

"每月800元底薪还嫌少？"黄卫东笑道。

"是呀，最近物价全涨了，而且其他酒店员工的工资都在往上调，所以都往他们那边跑了。"郑天成道。

"这确实是个问题！"黄卫东若有所思道，"这事我会在下次集团会议上提议。人员招聘这事你尽快落实到位。目前如果人手不够，你可暂时让餐饮部的服务生和行李生报名加班，毕竟酒店的每一位员工在上岗前都有参加过各个部门的培训课。"

"明珠，你继续说下去！"黄卫东道。

张明珠说："最近在合佳酒店曾发生过一起外国人驾车至该酒店以换外币为由迷惑员工，并当场抢劫钱财的事件。为了安全，我建议安保部门加强监督工作，保护好酒店和客人的生命财产。

"特别是黄金周这段时间，人流量较大，保安要随时关注监控，留意客人的进出动向，做好安保工作。最后就是关于执行力问题，我想……不管是管理基层还是普通员工都必须加强执行力和团结意识，做好互相监督工作，利人利己，共同进步。"

一番话说得在座的 Maria 露出了满意的微笑，她第一眼就看中张明珠的原因正是她的果敢和对上司的忠诚。

黄卫东也听后也连连点头表示赞同。

"怎样才能为客人提供优质的服务？明珠，能不能请你简单地描述下！"陈哲平问道。

"这个问题嘛……"张明珠知道这是陈哲平明知故问，不慌不忙道，"据我所知，现在有几家四星级酒店都在执行'宾客问卷调查'，我觉得这种方法很不错。可以通过客人对酒店的意见来了解到客人的需求，同时还可以监督到各个部门的工作是否到位。

"我上次在网上就看到上海的一家酒店，他们在服务方面做得很好。比如客人自洗的衣物没地方晒，服务员们会帮客人拿到楼顶去晒；到了下雨天，客人们的鞋子湿了，服务员会帮他们把鞋拿去烘干……

"还有，服务员们会留意每一个在住客人的喜好与需求，并一一记录下来，在客人第二次入住后，他们会将客人的需求品送至客房。我觉得这些都是值得我们学习的。为客人提供细节化的服务一向是我们酒店的服务宗旨，要是我们酒店在服务方面再细一点儿，相信回头率就不止是现在的 30% 了。"

"很好！"陈哲平脱口而出，他本想考考张明珠，没想到她却对答如流，而且说的全是重点，使他不得不对这个思想新颖、说服力强的女孩刮目相看。他说："继续说下去！"

"前台反应，多数客人都认为中餐厅的菜看很平淡，没什么特色。还有一点，最近很多客人反映菜的温度不够，有些肠胃不好的客人都怕吃出问题，都到外面的餐馆用餐。眼看春节将近，我建议餐饮部加强管理和创新，着重新菜肴的推广工作，这样才能提高回头率。"

"不错！明珠你等会将你手中的提议稿复印一份让行李生送到我办公室来！"黄卫东赞赏道，说完问大家还有什么意见。

杨丽萍说："在这么短的时间里，推出新菜看恐怕有点儿困难！"

黄卫东说："杨经理，你怎么老慢人一拍？要学会跟时间赛跑，关于新菜看的策划报告，你这周周末就给我，别再拖了！"

"好的，黄总，我会抓紧时间落实！"杨丽萍回道。

黄卫东继续道："厦门的旅游业越来越受海内外人士的欢迎了，接下去即将新起几家高星级的酒店。比如湖里的国际大酒店，喜莱登大酒店，所以大家还是用心工作，我们的设施设备的确是赶不上人家，但在人为方面的服务，我相信只要大家肯努力，没有做不到的事……今天在会议上讲的，希望大家好好记住，回去按计划进行，各部门加强内部员工培训，加强执行力度和监督工作……"

散会后，张明珠来到大堂，看到林茜茜正好在大堂巡视，突然想起散会后陈国政交代的话，便走过去问道："茜茜，现在有空吗？我有事跟你商量！"

林茜茜说："行，我刚好有事找你呢……"

于是，张明珠和林茜茜一起走进中餐厅，两人找了个位置坐了下来。

"茜茜，昨晚上你是不是跟闽华酒店的张汉民说什么了？"张明珠问道。

"我想想！"林茜茜回忆道，"当时他问了一些关于咱们酒店的最新指标和工作计划！"

"你说了？"张明珠皱起眉头问道。

"我，我当时多喝了几杯……"林茜茜嗫嚅道，"好像有跟他说了酒店的最新销售指标……"

"就这些？"

"嗯……好像还说了房价的事……"

"房价就相当于酒店的商业机密。对于其他同行酒店只能透露散客价……这事要是让老大们知道了，谁敢把事情丢给你做呀！"

"今后我会注意的，明珠，这事请你帮我保密！"林茜茜恳求道。

"放心吧！这事只有陈助理知道！"张明珠语气沉重道，"他让我给你提个醒，张汉民那人很精明，今后他若再问起，你要灵活应付，明白吗？"

"我知道了……"林茜茜紧张道。

"对了，你有没有向他透露过咱们酒店的新房价调整？"张明珠继续问道。

林茜茜说没有。

"幸亏那些重要信息没有透露，不过……你以后凡事要多长点儿心眼，说话别直来直去的……"

"我知道了！"

"人无完人，每个人都会有犯错的时候，所以你也别太自责了！"张明珠拍了拍林茜茜的肩膀，鼓励道，"对了，上面让你这段时间跟我，你还是很受重视的，加油！"

"真的吗？我是不是在做梦呀？"林茜茜喜出望外道。

张明珠说："当然是真的，到时候陈助理会给你岗前考核！"

"这是个好消息，可是……我一看到那'黑面将军'手脚就发抖。"林茜茜神色担忧道。

"陈国政是个严肃的人，不过他人不错，不说别的，就说这次你跟张汉民的事，他只是让我提醒下你，并没有报到上面去。"

"平时'黑面将军'对每个人都绷着一张脸，只有见到你的时候才有了笑容……"林茜茜苦着脸道，"……看来我得去复印一张他的照片，扩大后放在床头，然后每天睡前睡后对着他的照片说话，练练胆量！"

"林大副……这边有客人找！"说话间，前台陈艾艾打来电话。

"知道了，你请客人稍等会儿，我这就来！"林茜茜挂了电话，侧头对张明珠说，"对了，明珠，我差点儿忘记告诉你一件事了。"

"什么事？"

"昨天下午，有个男的打电话到宿舍找你，刚好你不在，这是他留下的手机号码，让你打个电话给他。"林茜茜塞给张明珠一张纸条，转身朝着前台走去。

张明珠打开纸条一看，是个陌生电话。

"明珠！"正想着，Maria悄然出现在她身边。

"这段时间要让你辛苦了，前台人员有所调整，我有些忙不过来……"Maria道。

"没事，刚好也给了我一个锻炼的好机会！"张明珠与Maria边商讨着人员培训问题，边朝着办公室走去……

十三楼总经理办公室里。

黄卫东满脸愁容地抽着烟，最近集团密切关注酒店餐饮部的销售问题，搞不好这将影响到他的前途。

第九章　一棋定局

惠安莲岛。

这些天来，工厂紧张有序地运行着。陈道明落实完贷款手续及增员问题后就委托王芬帮忙盯着，只要信用社那边一有款入账，王芬就会马上通知陈道明去领取。

接着，陈道明跑了趟市区，找到了去年在市政府牵头举办的中心雕刻节上认识的美院教授洪川明先生。

在那届雕刻节上，洪教授是市政府邀请的评委之一。

当时，洪教授对陈道明的作品很满意，赞赏有加，这也是陈道明的作品得奖的一大因素之一。两人一来一往竟成了忘年之交。

陈道明叫了一部出租车，花了不到30分钟就到了美院的宿舍楼下。陈道明从车里提出两盒包装精美的上等铁观音茶叶。

说起铁观音，那可是洪教授最喜欢喝的名茶。去年陈道明在洪教授家做客时，洪教授曾与在座的几位友人畅谈茶道。

到了洪教授家门口，陈道明按响了门铃。

"进来吧！门开着。"屋里传来洪教授沙哑的声音。

陈道明听后轻轻推开虚掩的门，只见洪教授正于宽大长案上挥毫泼墨。

洪教授见到陈道明，头一抬说："你先坐！"说完，凝神提气，一挥而就。

陈道明放下手中的茶叶，走到洪教授身后探头一看，只见宣纸上写着四个龙飞凤舞、苍劲有力的大字："龙在天涯"。

"小子，这四个大字就送给你啦。"洪教授头也不抬道。

"真的？谢谢洪教授！"陈道明受宠若惊道。

"几次从你小子那捡来了好茶，老夫说什么也得表示表示吧！"洪教授哈哈笑道。

两人落座后，洪教授边泡茶边对他说道："有一段时间没见你小子影子了，今天突然出现，无事不登三宝殿吧？"

陈道明摸了摸自己的后脑勺儿，嘿嘿笑道："还是瞒不过您的慧眼啊！"当下把这单生意一五一十地向洪教授摊开来。

"就是这一共800张4平方米的图案让我如芒刺在背，这不求您老人家来了嘛！"洪教授一言不发地听陈道明说完话。

"明白了，你小子又在打我班上那些学生的主意了！"洪教授平时经常帮一些家境比较困难的学生找一些跟专业相关的活做，让他们挣些钱来填补他们生活上的开支和学习费用。

"什么时候要？"洪教授问道。

"不急，只要一个月的时间就足够了。"陈道明大喜过望道。

洪教授一听，似笑非笑地盯着陈道明说："你小子把我这儿当印刷厂了？"

陈道明忙改口道："要不……一个月里先给我 200 幅吧，余下的分两个月完成，这样总该没问题吧？"

洪教授听后转移话题道："中午这顿饭是你请？还是我请？"

一听这话，陈道明知道事情已经办妥了，心里顿时如释重负，嘴巴上却依然装傻，"您请，您请！这是您的地盘嘛，哪有当客人的掏腰包请主人的。"

"就两斤破茶叶，又想办事，又想吃饭，你小子这算盘倒是打得蛮精的。对了，我好像听谁说过，你当初上学时，数学不是常得鸭蛋吗？怎么，长进了？"洪教授打趣道。

"跟您老在一起不学着点儿哪行，老是请客掏钱的，不就给您老丢脸吗？"陈道明风趣道。

两人谈笑风生，你来我往地闹着……

谈笑间，陈道明突然想起什么来，从挎包里掏出了一部昨天特意从镇里邮电局里买来的手机，递给了洪教授说："这是给您的小见面礼，里面已装好卡了，今天厂里还有事，这顿饭算你欠我的，下次再补吧！"

洪教授接过手机玩弄了一会儿，毫不客气地往口袋里一塞："这还差不多，你小子越来越聪明了！"

辞别洪教授后，陈道明走出了市美院。

此时的太阳已经爬上了正空，比起早上那寒气逼人的天气暖和多了。

上了出租车后，陈道明给张明珠打了个电话。

张明珠正在宿舍里午休。陈道明电话里说："明珠，那天下午我打电话找你，你不在，我给你室友留下手机号码了。"

张明珠说："我不知道是你的手机号码，也就没打。"

"你们那个室友也太马虎了，都告诉她说我是你的男朋友，她竟然不跟你说清楚。"陈道明气道。

"呵呵，她那人就这样，做事老是丢三落四的，你别在意。对了……这几天你那些货的进展得如何？"接到陈道明电话，张明珠困意全消，高兴得从床上坐了起来。

旁边正休息的李丹丹和陈艾艾一听张明珠打电话，眉头皱成了一条线。

陈艾艾嘀咕道："完了，有人正被爱情冲晕了头脑，看来咱这个午觉是睡不成了！"说完和李丹丹蒙头而睡。

陈道明说："前一段时间忙着贷款，虽然不足 300 万，但可缓一下……"这时候他是多么地渴望张明珠能陪在自己的身边。

"别急，你与他们签的合同上不是写着……按每期出货的数量汇款吗？这货款一到，你的流动资金不就灵活了。"张明珠提醒道。

"是呀，我也是这么想的！"陈道明若有所思道，"主要是担心那笔资金不够，万一途中又突然冒出一些繁杂的事来……"

"做大事业临时遇到资金周转不过是正常的事。你先拿那定金和贷款应急一下，然后多跟其他客户催催货款，这样你还愁什么呢！"张明珠微笑着安慰道。

陈道明笑道："也是，想不到你这丫头还真有点儿经商头脑！"

"那当然，多学习，多看点儿这方面的书，再累积点儿工作经验……喂！我现在在厦大学习经济管理学呢，上个月刚刚报的名。"

"很好！这以后也帮得上我。要不这样，干脆你现在就辞了那份工作，回来我这上班好不？我这正缺人手呢！"陈道明趁机劝道。

"才不呢！"张明珠看了看房间里的两个同事，轻声道，"我喜欢这份工作，而且，我这个月升职啦！"

"升什么职？"陈道明好奇道。

"总经理助理！"张明珠用手捂住话筒细声道。

陈道明听后脑子顿时"嗡"地敲起了警钟："你才上班多久，那总经理助理位置是你坐的吗？万一那总经理想以升职引诱你……"

"你在胡说什么？"被陈道明这么一说，张明珠气得"咔"的一声挂下电话，自己可是受了多少的委屈和磨难才爬上这理想中的位置，却让陈道明的三两句话给否定了。

"明珠……"陈道明话没说就听到"嘟……嘟……"断线的声音。这丫头脾气可真大，不过我刚才确实是过分了点儿，再打个电话过去！他转念又想：不行，这会儿打电话过去准会挨骂，我得想个办法才行！

回莲城的路上。

车窗是开着的，风迎面吹来，坐在出租车后座上的陈道明一阵怅然若失……

厦门星际酒店宿舍楼。

"铃！铃！铃！"这时候，张明珠宿舍的电话又响了起来。

"哎呀，明珠，你能不能让你那朋友打你手机呀，俺晚上还要上大夜班呢……"陈艾艾睡眼惺忪道。

"对不起！"张明珠忙接起电话，压低声音道："道明，五分钟后再打我手机，大家都在休息呢……我刚刚买了部手机，电话号码是138×××××××。"说完拎起包，转身离开了宿舍。

"好了，我的大小姐，别生气了。我刚才是言重了，但那都是为你好！"那边陈道明在电话里解释道。

张明珠边往酒店赶，边默不作声地听着陈道明电话。

"……明珠，你还在生我气啊？"陈道明道，可是电话那边还是没有回应，"喂……张明珠，你说话呀……你现在都已经是个领导了，怎么还这么小气啊？"那边陈道明急了。

"我才没那么小气呢……好了，我要上班了，上班时间别给我电话。我现在上的是正常班。每周一三五晚上要去学校上课，我先挂了啊！"张明珠说完挂了电话。

第十章　方料事件

惠安莲城。

"明哥，蓝大国又把石头方料偷偷卖给陈全了。"强仔在矿区气呼呼地给陈道明打来电话。

"不是让你盯着吗？怎么又让他给转手了？"陈道明气道。

强仔说："我昨晚睡觉前点了数，大概 80 方，谁知这一觉醒来再细数一下，只剩下 56 方了。他奶奶的，那蓝大国也太可恨了。"

陈道明听后头疼了，这批货赶时间，若是方料出了问题，将会影响到出货期。再说，这两年的石矿变化无常，开采出来的石头有 40% 以上都有裂痕，不能作为半成品，为了保证方料的质量不出差错，陈道明连夜派强仔上矿区盯着，以免出误。

然而，蓝大国为了那一立方多赚几百元，偷偷把他之前亲自去矿区的半成品方料卖给了邻村陈全的工厂当作墓碑材料用。

"妈的，那蓝大国一次又一次地偷卖咱们方料，这明摆着是想让咱们为难呀……明哥，要不我叫几个兄弟好好修理他？"电话那边直性子的强仔更是暴跳如雷，恨不得揍那蓝大国几拳。

"强仔，这是个讲法律的社会，你先冷静下，别做傻事！"

"不教训他，难道任由他去？明哥你生意不做了，是吧？"

"不，我另有办法，你先忍一忍，别冲动。"陈道明劝道，强仔自小就牛脾气一个，动不动就杀杀打打的，这点让他很不放心。

"不行，他奶奶的狗杂种，对付这种小人就得狠点儿。明哥，你放心，我不会给你惹事，只要你给我一份复印好的合同，马上传真给我，兄弟我立即帮你摆平。"强仔胸有成竹道。

"好，我给你，但你不能随便跟那姓蓝的动粗，你只要提醒他得按合同执行就行了，后面的事我会当面跟他挑明，如果他再继续偷卖方料，我便通过法律手段来解决……"

"行，明哥我听你的，你说怎么办就怎么办！"强仔道。

"你等下，10分钟后我把合同传真给你！"陈道明说完急忙从柜子里翻出之前与蓝大国签订的合同，再次审阅合同上的条例，里面有一条协议：……在甲方支付给乙方15%的订金后，乙方不得在未完全交货之前私下对外贩卖石头方料，而在经甲方验收过的石头方料乙方不得另行转卖，如有违约，将按合同上的约定赔偿甲方的损失……

陈道明看完合同后，立即复印一份传真到矿区给强仔。

坐在蓝大国办公室的强仔一收到传真马上离开办公室，往外走去……

两个小时后，强仔带着一伙人来到蓝大国办公室外面，坐在石头上不吭声。

蓝大国一看形势不妙，悄悄溜到强仔身边低声道："兄弟，你一下子带这么多人来干啥呀？"

"昨晚上那二十几方石头跑哪去了？"强仔满脸戾气道。

"这个……咱们去办公室好商量嘛！"蓝大国满脸堆笑道。

强仔默不作声地跟着他进了办公室："说，那些方料跑哪儿去了？"他满脸戾气道。

"那些方料呀……"蓝大国赔笑道，"嘿嘿……我有个远房亲戚急用，求我来了，所以就拉了几车给他应急一下！"

"你看看你与陈老板的那份合同。"强仔绷着一张关公脸，说，"蓝大国，我可是告诉你，从今天开始，我的几位兄弟会在这里日夜轮流监督着，如果你敢在这已经检验画押过的石头上再动念头，后果自负。"

"呵呵……这怎么会？兄弟我就算怠慢了其他客户，也不能怠慢了你们陈总呀！全力以赴，全力以赴。"蓝大国心头打着战，嘴上却强颜欢笑地招呼强仔喝茶。

"这个就不必了！"强仔拍了拍蓝大国那矮小的肩膀说，"刚才我明哥已经在电话里交代过了，不能乱用蓝老板的东西，替你省点儿钱。再说我们兄弟几个都自带水，吃饭也都在外面吃。只是几位兄弟晚上没地方睡，所以得麻烦你安排两张床来招待招待。"

蓝大国听后连忙说："这个好说，我立即就去办！"

"谢啦！"强仔说完转身走出蓝大国的办公室，去与那几位兄弟谈话。

强仔出去后，蓝大国哆哆嗦嗦地掏出手帕，擦了擦额头上的冷汗。

"头儿，要不要再发货给陈全？"矿区的二头目金勇在旁提醒道。

"发，发，发你个头，也不看看形势。"蓝大国跺脚道。

金勇一听这势头不对，走到窗口往外探头一看："妈呀，啥时候来了那么多人？想不到那陈道明那么斯文的一个人会跟那些社会仔串通到一块。"

"报警吧！"办公室里的出纳林老伯提议道。

"报警……怎么报呀？"蓝大国懊恼道，"人家又不跟你动粗，而且是我们先转卖了他们方料，理亏在先。那些人合情合理地以验货为由，再说强仔那小子现在又有合同在手。行了，你们少给我惹麻烦了。"说完拿起桌上的电话，拨通了陈全工厂的电话："喂……陈全在吗？不在呀……麻烦转你告他一下，说蓝大国有事找他。"

等蓝大国挂了电话，金勇在旁边提醒道："要不把陈全要的那批货给断了吧。"

"别急，先把这批货装车让他们运走，该卖的我们还是要卖的，哼……"蓝大国冷笑道。

第二天，蓝大国矿区的石头陆陆续续地运进厂。

在同一天里，陈道明的150万贷款也都到账了，再加上那20万美元的订金，工厂的账上一下子有了300多万的款项，胆气也壮了，早已打过招呼的十几台风钻机也进场没日没夜地轰鸣起来。

没几天，40段中间掏空的圆柱已见雏形。陈道明叫来自己的师兄陈国汉，把洪教授寄来的图案交给他说："老大，你把手下的工人分成几个组，从中挑几位组长，把责任落实到人。这几个组由你来负责，你帮我盯紧点儿。"

陈道明的师兄陈国汉为人老实本分，技艺精湛，极有人缘，比陈道明早两年出师，出师后就一直待在师傅的身边没离开过，这次陈道明好说歹说把他硬请了过来，把生产质量这一关交给他，这才安下心来。

"我这就去安排。"陈国汉应道，"车床厂的那边你叫人催紧点儿，还有，那些掏出来的石料可要想办法清理个场所堆放起来。这批八百块方料全部到位后，光是掏出来的就有一百六十几立方石料，不提前清理场所的话，恐怕到时候我们连站脚的地方也没有。"

"行，我知道了……这批圆柱从中间掏空后，还要到转移到车床厂加工，把表面加工成中空的圆柱形，再运回来咱厂里，雕刻图案后再拼装。"陈道明说完掏出手机，打了个电话给车床厂："李厂长，我是陈道明……你好！你好！你厂里的那几台大车床可不能再上料了……对，对，我下午就运过去，你老兄可要抓紧啊！行……你放心，我这边没问题，源源不断的……行，行，再见！"

为了这批货能如期完成，陈道明这段时间干脆把家安在工厂里，半步也不敢离开。

望着厂里一片忙碌的景象，陈道明长长地舒了口气：想想当时不管不顾地把师兄陈国汉从师傅身边挖来，无疑是十分明智的决定，有了师兄在厂里帮忙管理，等于把他的担子分走了一大半。

陈国汉接手了陈道明交代的事务后，把生产打理得井井有条，八十个工人被分成了四个组，每一组的二十个人再分成两班制，每天加班加点地赶货。这样一来，生产进度也照样跟得上，既可保证产品的质量与数量，也不影响工人们的休息时间。

陈国汉来时，自己带领了五位技术顶尖的工人，对各班完成后的产品进行最后细节上的修改雕琢。一星期后，高高的脚手架搭起来了，两根 20 米高，共 40 段的雕刻精美的样品也进入了拼装阶段。

一天下中午，陈道明疲惫地闭着眼睛，仰面靠在宽大的沙发上。

陈振华拿着一张刚从马来西亚传真过来的文件走了进来。

见陈道明嘴角正淌着口水，睡得正香，陈振华一时竟不知该不该叫醒他。他看了看手中的传真，再看了看陈道明，最后决定还是叫醒他：

"道明！道明！"

"唔！"已经有两天两夜没睡上安稳觉的陈道明迷迷糊糊地应道。

陈振华说："马来西亚的普惠大师那边来传真了。"

"噢！"陈道明用手揉了揉眼睛，倦容满面地问道，"上面写什么？"

"……程工会乘坐下周一中午12点40分的航班过来，说必须把产品拼装完成，让他验收。"陈振华提高声音道。

陈道明一听，"霍"地坐直了身子，睁大了眼睛问道，"今天星期几了？"

"都星期二了。"陈振华加重语气道。

陈道明起身走到办公室外的大门边，边用清水洗脸，边问道："吊车联系好了没有？"

"刚才我跟他们联系过了，说是在工业区那里为一家新建的工厂吊装屋架，明天早上就过来。"

"行！马上叫几个杂工把拼装产品的场地清理出来，凹凸不平的地方用水泥补垫一下，就说我急着用。"

"好！我这就去……"陈振华说完就转身往成品房走去。

周二，程工程师来到陈道明工厂时，四根10米的大石柱早已拼装得整整齐齐。

"道明师傅，订单里的石柱你完成了几根啊？"程工神情疑惑道。

陈道明说："程工，已做出来了两根，但一根拼装起来是20米高，因为吊车的高度不够，我把它分成两段拼装，这样会比较安全，验收起来也较容易点……"

听完陈道明的介绍后，程工满意地点了点头，随着陈道明上了脚手架。只见每一段圆柱都严丝合缝，人物的雕刻动态逼真，栩栩如生。

"道明师傅，住持当时把这活给你，果真没看错人啊！"程工赞叹道。

"程工，您和大师都这么信得过我，我可不敢怠慢……"陈道明满脸谦虚道："您再看看有没有不足的地方，请多多指教！"

"说实话，相当好，无可挑剔，这已经超出了我当时的想象了，这些雕刻手法以及整个布局都相当完美！"程工满意地连连点头，"我拍些照片带回去给住持看看！"

两人下了脚手架后，陈道明告诉程工说："这些图案是市美院的洪川明教授带领学生绘出来的。动工后，洪教授还曾多次来工厂指导……"

程工听后更是笑逐颜开，他拍着陈道明的肩膀说："原来背后是有高人啊！道明师傅真是年轻有为，很不简单，很不简单，这下住持可以睡安稳觉啦！"

"谢谢程工谬赞！"

用完午餐后，陈道明亲自把程工送到厦门下榻的宾馆，匆匆道别。回来的路上陈道明突然想去找张明珠一趟，但因心中又挂念着石方料，便让出租车司机调过头，直奔蓝大国的矿山。

通往蓝大国矿山的山路只容得下一辆运送石方料的大卡车和一部小汽车，路上全是泥水，坑坑洼洼。

15分钟后，陈道明的出租车颠簸着来到了蓝大国的那间用石条搭建的临时办公室。

看见陈道明下了车，强仔连忙迎了上来："明哥，你怎么突然来了？"

"没事，我送程工去厦门，顺便过来看看，怎么？又跟谁斗气了？"陈道明问道。

强仔一听火又上来了："他妈的，蓝大国又在捣鬼，表面上说得好听，你看看这几天都开采出来什么破料。不是长度不够，就是缺个角，根本就不符合我们的尺寸要求，你看这都一个礼拜了，才验收不到50块料，这不，我刚和他吵完架出来。"

陈道明神色平静道："你先带我去堆场看看再说。"拉着强仔就朝着堆场走去。

两人在堆场里转了一圈，陈道明便明白了事情的缘由，心里不禁暗暗骂蓝大国不是东西。

到了蓝大国的办公室，正在悠闲泡茶的蓝大国一见陈道明来访，笑容可掬地迎了上来："哟……陈老板你怎么不声不响地突然袭击了？"慌忙掏出烟递了过来。

陈道明接过烟，面无表情道："不错嘛，蓝大老板最近抽起中华烟了！发财了吧？"

"哪里，哪里，这可是专门为你陈老板准备的，平时我哪抽得起中华烟啊……"蓝大国皮笑肉不笑道。

陈道明暗示强仔回避，然后问蓝大国说："蓝老板，咱们明人可不说暗话，这几天的货是咋回事啊？"

"陈老板，我这不正着急呢么……"蓝大国神色为难道："唉！矿山上这两天开采出来的石头不是有裂缝，就是有黑斑，好好的一大层原矿，你看都开成不成样子的杂料了。"

陈道明在蓝大国对面的藤椅上坐了下来，接过蓝大国为他递过来的那根已经点燃的中华烟，猛吸了一口，不动声色道："是吗？那些杂料都哪儿去了？"

"我担心堆在这里占地方，就亏本卖给人家了，虽然是杂料，但多少也能弥补点工人的工钱吧！"蓝大国见陈道明问起他那些卖掉的料，心里不禁发虚。

陈道明深深地吸了口烟，眯着两眼，吞云吐雾道："蓝老板，咱们不多说，我可是有15万定金在你这边的，你每一车石料一到厂，我都跟你结算得一清二楚，能帮的我都尽量帮你，但我不希望你跟我打马虎眼，若是耽误了我这批货，对你可没有好处。"

陈道明将手中将燃尽的烟头往烟灰缸随意一放，站起了身子说："我走了，蓝老板，凡事都有个轻重，你自己看着办！"陈道明话中有话，软中带硬，说完转身就走出了蓝大国办公室，留下蓝大国一人站在那里发呆。

强仔送陈道明到了车前。

陈道明对强仔耳语了一番。

"明白！"强仔听后笑着对他竖起了大拇指，"明哥，你这招高明！"

第十一章　烫手的山芋

周六辰时，天气阴沉，寒风凛冽。杨丽萍的丈夫姚江辉正在厨房里忙着蒸包子。

"亲爱的！"杨丽萍轻轻走到姚江辉身后，双手环抱着姚江辉的腰，若有所思。

"怎么了？"姚江辉侧头问道。

杨丽萍的头紧贴着姚江辉的后背，没有作声。

"看你一早上就心神不宁的，是不是有事瞒着我？"姚江辉放下手中的活，双手往围裙上擦了擦，问道，"说吧，有什么事你老公来帮你解决！"

"我们酒店那个新上任的张助理老是给我出难题。"杨丽萍嘟哝道。

"呵呵，看来又是关于那个叫什么张明珠来着的……怎么啦，那黄毛丫头是不是又给你惹麻烦了？"姚江辉问道。

杨丽萍说："都说这新官上任三把火，我看她是故意为难人，老是看这部门不顺眼，看那部门不顺眼的，专揪着人家的缺点。"

姚江辉说："这就是你不对了，做管理这一行就得认真点儿！"

杨丽萍说："这人到底都不是完美的，可那个张明珠总是盯紧人家的缺点，揪得人心里难受，而且动不动就打小报告。还有那个黄总呀，老是护着她……你把她开除了吧！"

"这怎么行？"姚江辉神情严肃道，"公归公，私归私，工作上的事岂能要小孩子脾气！"

杨丽萍酸酸道："那你说怎么办呀？"

"听说那丫头不简单呀！"姚江辉意味深长道，"至于卫东……他可是老大，遇到可造之才他当然是要呵护了，不然一些问题老被蒙在鼓里，做不好工作，搞不好连自己头顶上的那顶乌纱帽都难保……这可是我亲身感受过的。"

"连你也替那张明珠说话了！"杨丽萍一把松开姚江辉，转身出了厨房。

姚江辉一把拉住她说："好了，别生气了，来……你跟我说说那张明珠是怎么欺负你的？"

杨丽萍一听，"哇"的一声哭了。

"我说丽萍呀，你别哭好不好？"姚江辉一把揽住杨丽萍的肩膀，半认真半开玩笑道，"都多大的人了，还像个小孩子似的动不动就哭……那张明珠也真是个不知天高地厚的人，连你这总裁夫人也敢得罪。"

杨丽萍沉吟了片刻，把会议上被黄卫东批评的经过对姚江辉说了一遍。

"丽萍，你受委屈了！"姚江辉道，"卫东说话是直了点儿，但他那样做也是为了工作，你身为领导应该知道他的苦衷……至于这张明珠这样的新人，我看也是以酒店利益为出发点，想想也没什么针对你的。"

"照你这么说，是我没气度，好跟新人计较了？"杨丽萍嘟哝道。

"哈哈……这可是你自己说的，我可没说这话！"姚江辉调皮道。

"本想跟你诉苦，你没一句安慰话，却反说我的不是。"杨丽萍满脸委屈道。

"你呀……"姚江辉一脸正色道，"这总经办会议就是让大家提出问题，共同探讨，共同解决的，肯定会有意见不合的，你要再这么耍性子，迟早还要挨批评的。对了，新菜看探讨出来了没有？要尽快，不然下次开会你又要被点名批评了。"

"还没！"

姚江辉说："总而言之，你是总裁夫人，在员工面前就得严于律己，以身作则，看着你整天忧心忡忡的，我都心疼了。好了，别再胡思乱想了，过来帮我一下！"

真不愧是领导，这姚江辉三言两语就把杨丽萍哄住了，转眼间就把工作上不愉快的事给丢到脑后，手忙脚乱地在一旁忙活着。

湖滨北路周转房 201 房。

这是一栋两层楼高的楼房，面临大海，天风海涛，张明珠见这里风景优美，房租便宜，离酒店又只有两里路远，便在二楼租了一套单身公寓。

这天早上，张明珠醒来后静静地坐在床沿边，听着"嘀嗒，嘀嗒"钟声，想着工作上的事。

再过五天就是元旦了，可餐饮部的新菜肴迟迟未出，黄卫东那边越是催得紧，杨丽萍越是往后推。

上次的总经办会议后，Maria 暗示过她，说杨丽萍个性要强，又固执，老公又是集团里的副总裁姚江辉，让她说话委婉点儿，别老是往枪口上撞。

张明珠认为自己也是为了把工作做好，有些话还是直白些好，也就没把 Maria 的提醒放心上。

但是，自从那次会议后，杨丽萍就处处挑张明珠的毛病。

张明珠看在眼里，记在心里，在工作上处处小心谨慎，根本没有什么毛病可抓，只是偶尔会迟到。于是，杨丽萍就每天盯着张明珠的打卡记录，一次也不落下。

而张明珠是个公私分明、爱岗敬业的人，每次迟到都自己上报，并给自己开处罚单。后来，她给自己买了个闹钟，摆在床头柜上，定时叫醒，就再也没有迟到过。然而杨丽萍仍不肯罢休，还是处处刁难她。

这天早上，张明珠一直思考着如何解开自己与杨丽萍之间的隔阂，可是，她绞尽脑汁苦思冥想也想不出什么好办法来。"那杨经理到底是个什么样的人？好难缠呀！"她盯着墙壁上的挂钟，看杨丽萍长得慈眉善目的，没想到是块烫手的山芋。

晚上酉时，张明珠身着制服来到了餐饮部办公室，向杨丽萍打招呼道："杨经理，晚上好！"

　　这天晚上本非张明珠值班，但因酒店规定员工不得穿便服出入酒店，因此，她想找杨丽萍谈话就得循规蹈矩地换上制服。

　　"原来是小张呀，快请坐！"正在审阅文件的杨丽萍一看到张明珠马上满脸堆笑，心里却在琢磨：今晚不是她值班，她突然出现在这里，到底是什么动机？

　　"明珠，晚上是你值班？"杨丽萍明知故问道。

　　"不是！"张明珠冲她淡淡一笑，"后天就是元旦了，我特意来看看厨房的新菜肴出来了没有？"

第十二章　急中献策

　　"你来得正好，晚上酒店里有几桌宴请，曾大厨已经给客人们推上新菜肴了，走，咱们看看去！"杨丽萍挽着张明珠的手臂一起朝着厨房走去。

　　酒店厨房里热气腾腾、烟雾袅袅，厨师们全神贯注地忙活着，整个厨房里全是勺子与锅打架的声音。

　　张明珠和杨丽萍在厨房里查看了一会儿，然后和曾厨师长一起出了厨房，进了旁边的会客室，三人边沏茶，边商讨着关于新菜肴的落实情况。

　　"曾师傅，关于特色菜肴更新问题，这两天有何进展？"张明珠道。

　　曾厨师说："这事我们厨房一直在配合杨经理跟进，最近又试了几道新菜肴，效果还不错！"

　　"目前我们只有'金凤朝阳'和'明虾吐云'两道特色菜！"杨丽萍在旁接了一句，"在这方面……明珠你的看法如何？"

　　张明珠说："这个……"

　　"大家都在探讨什么？"明珠话音未落，黄卫东和陈国政还有陈哲平三人走了进来。三人是来赴集团王总的生日宴会的，宴请结束后顺便来厨房巡视。

"黄总好！陈助理，陈总监好！"三人一见领导来访，连忙起身让座。

"哟……明珠，你也来了！"陈哲平打招呼道。

"各位领导好，我们正在谈新菜肴的事情呢！"张明珠盈盈笑道。

黄卫东说："丽萍呀，后天就是元旦了，这特色菜的问题还没有解决，这事真急人呀！"

杨丽萍听后把刚才客人对新菜肴反应的问题一一做出了汇报，说"金凤朝阳"和"明虾吐云"很受客人的欢迎。

三位领导听后都表示晚上试过这两道菜后，口味很好。

张明珠却说："这两道菜是宴席上常用到的，平时客人注重的是既经济又好吃的菜肴。所以我想……酒店的招牌菜最好是从当地的农家菜改良为厦门风味的特色菜，这样效果会更加理想。"

"从农家菜改良为具有厦门风味的特色菜……明珠这个提议很好！"黄卫东赞不绝口。旁边的陈哲平和陈国政听后也都表示赞同。

"这个主意是不错！"杨丽萍道，"但也不是每位客人都喜欢厦门当地的农家菜，就比如港澳台客人，他们的口味与我们一样，菜却做得比厦门风味好吃，如果我们做出来的菜没有突破，恐怕难以挑起他们的食欲。"

"杨经理说得很有道理！"张明珠道，"目前厦门最有名的风味小吃是'黄则和'，国内的很多客人都喜欢去那里消费，但是外国客人就少了。再说我们二楼的西餐做得很一般，所以我想，是不是把当地有名的农家菜融入西式的自助餐中，做出自己的品牌。"

"关于菜肴的改良方法……你能否举个例子说明下？"陈哲平对张明珠的提议感到非常好奇。

张明珠说："首先，我们可在蘸料方面加点别的口味，如果客人喜欢辛辣的，我们就调制辣味酱；如果遇上口味清淡的客人，我们就为他们提供不含辣的蘸料；至于料理方面，我们就以当地的农家菜和海鲜为主，做到色香味俱全，并定时更新菜色。"

杨丽萍说："这样做恐怕不好控制成本。"

"前天我咨询了采购部，请他们根据我列出的菜单拟了自助餐的材料成本单。"张明珠递给杨丽萍一份自助餐成本控制计算单，继续道，"本来采购部经理建议用普通菜，海鲜主要以成本低的明虾和花蛤为主，以此控制成本。我当时就想，客人们出门旅游肯定不仅只是冲着景点来的，他们更关心是衣、食、住、行，而我们作为一家三星级的酒店，客人要求的档次肯定比外面小吃店高，所以我认为，要想得到客人的认可，我们应该在材料方面用功才是。"

"有质才有量，明珠说得好！"黄卫东道，"丽萍，对此你有什么不同的意见？"

杨丽萍说："考虑到季节的不同，海鲜方面的材料恐怕不好操控，所以菜色方面我们还得考虑定时变更。"

"'金秋十月蟹黄香'，从十月到正月这段时间里，我们可用螃蟹和虾蛄来提高菜色，春天和夏天是虾壳类海鲜盛产的季节，我们就以虾和贝壳类海鲜为主。另外，采购部每天采购的生菜、海鲜及肉品的鲜度都要用顶级的，这样才能做好我们的品牌，又让客人吃得放心。"

黄卫东听后满意道："行，我看今年元旦的新招牌菜就照明珠说的，把厦门当地的农家菜融入到西式的自助餐中，改良为酒店餐饮部的招牌菜，大家意见如何？"

"张助理这建议非常好！"曾大厨师满意道，旁边的陈国政和陈哲平也都点头表示赞同。

"丽萍，你看呢？"黄卫东问道。

"嗯，我也认为这个提议很好！"杨丽萍道。

"OK，就这么定下来。明珠，明早你给企划部发个文件，通知他们部门经理与杨经理联系，尽快在元旦之前把酒店招牌菜与自助餐的广告做好。"黄卫东说完又侧头问身边的陈国政，"国政，你认为还有什么更好的方法来推广这招牌菜？"

陈国政说："可以利用销售渠道和我们酒店网络订房的广告来发布相关信息。"

"嗯，这件事你明早一上班就跟进落实。"黄卫东对陈哲平道，"哲平，你这两天配合杨经理，争取尽快把咱酒店的最新招牌菜推广出去。"

陈哲平说："好，只是这招牌菜及自助餐的价位还没定好，希望杨经理明天早上给我价格表……"

"OK！明天早上上班后，我会召开部门研讨会，尽快把价格表交上去。"杨丽萍满意道。

新菜看终于尘埃落定了，大家不由地松了口气。

第二天早上，Lisa和前台值班人员站在柜台里低声谈论着张明珠。

那天，张明珠与陈道明打电话时说的话全被同宿舍的李丹丹和陈艾艾听到了，很快地，张明珠有男朋友的消息就在酒店里传开来。

心机深沉的Lisa本来就妒忌张明珠，以前总是拉拢林茜茜和林薇暗中对付张明珠，现在张明珠又被提升为助理，她心里更不是滋味，不敢明着跟张明珠对着干，只能暗中挑唆林茜茜与张明珠作对，不想林茜茜此时已站在张明珠这边，这对她来说是个打击，但她还有一招，那就是前台的账目及系统操作方面她都比张明珠强，只要她稍做手脚，张明珠可就有的忙了。

在管理界有这么一句话："级别越高，压力就越大！"自从张明珠当上总经理助理后，除了节假日外，她每天都忙得不可开交，酒店里的大小事务都得经她过目。至于Lisa和林薇的刁难，她每次都是虚心接受，并认真修正。她知道自己前台补账这一块不熟练，经常利用空闲时间翻看酒店前台的账目操作，如有不懂的地方就问同事，然后用笔记录在小本子上，睡觉前就捧着小本子，默记，这样反复做了几次，也就把小本子里的内容记得滚瓜烂熟了。

YUE YOU
YIN QING YUAN QUE

DI SI JUAN

第四卷

第一章　锋芒渐露

这天下午，大堂副理岗。

林茜茜坐在客服咨询台里认真翻阅着大堂副理报告书。

"茜茜！我说你该不会这么快就招架不住乱了马脚了吧？"Lisa 走到林茜茜身边挑拨离间道，"我跟你实话实说啊，做管理这一行可不能太心软了，你一心软，别人就往你头上爬。更何况你的条件比 Lucia 优越，平时也很受上面的重视，有了这机会你就得好好把握，不然就会永远被人踩在脚下，无法翻身啰！"

"不会的……"林茜茜放下手中的报告书，神色淡然道，"其实明珠她人不错，并非你想象中的那样坏……"

"噢，她给你点儿好处就是个大好人了呀！"Lisa 傲睨自若道，"人心不可测，你现在不提高警惕，小心后悔莫及……行了！该说的我都说了，你自己想想，我先回去了！"说完转身走出了大堂。

她们上辈子是仇人吗？怎么一提张明珠，Lisa 就像只吃人的母老虎？林茜茜望着 Lisa 离去的背影，陷入沉思。

这时候，黄卫东和陈哲平一行人从楼上下来，出现在大堂。

林茜茜慌忙起身上前招呼道："黄总、陈总，晚上好！"

自从那次的员工聚会后，林茜茜对陈哲平要么视若无睹，要么就冷眼相对，除了工作上的问题，她没跟陈哲平多讲过一句话。而陈哲平也是个聪明人，对两人之间的事只字不提。

常言道："枪打出头鸟。"在这种情况下，聪明的人会审时度势，注意策略，藏起锋芒。张明珠非常明白这个道理，她总是很注重聆听和观察，钩深致远，探赜索隐，必要时再扬鞭迎刃。

这天早上，张明珠满脸倦容地坐在十三楼的办公室。

"明珠，前几天黄总让你写的'绿色饭店'申请书写好了没有？"陈国政走过来问道。

"万事俱备，只欠东风……"张明珠没精打采道。

"绿色饭店必备的三大标准——安全：消防安全、治安安全和食品安全；健康：提供给消费者有益于健康的服务和享受；环保：减少和避免浪费，实现资源利用的最大化……"陈国政顺手拿起稿件看了一会儿，说，"明珠，你看起来精神很不好，昨晚上是不是熬夜了？"

"昨晚我总值，半夜里遇到了个客诉，处理到凌晨三点半才睡觉。"张明珠满脸疲惫道。

"难怪你成了熊猫眼……要不要我帮忙？"陈国政微笑道。

"真的！"一听这话，张明珠倦容顿失，"陈助理你人真好，那这后面的内容就麻烦你帮我补充上去！"

"行！"陈国政道。

"谢谢！那这事就拜托你了，我去一下前台。"张明珠顺水推舟道。然而，她人还没出办公室，陈国政突然没头没脑地问了句，"晚上有空吗？"

"什么？"张明珠以为自己听错了，转身怔怔地看着陈国政。

"晚上……"陈国政涨红着脸，鼓起勇气道，"我晚上想请你一起吃饭，你能赏个脸吗？"

"今天晚上我有课，下次再说吧！"张明珠说完疾步走出了办公室。

望着张明珠离去的背影，陈国政的脸上露出了笑容。

这时候，刘明辉走了进来，见陈国政一个人站在那里发笑，顿时愣了眼：这陈国政今天是不是发烧了，没事一个人傻笑啥？他越想越觉得不对劲，走到陈国政面前，在他面前挥了挥手。

陈国政推了他一下："喂，你干什么？"

刘明辉说："你没事吧？"

"没事!"陈国政瞪了他一眼,转身回到自己的座位上,若无其事地在电脑上打起字来。

前台收银员林薇和 Lisa 在一边交头接耳地议论着什么。

"我们做得要死要活的,磨了三年也只是个领班和主管……那个张明珠也不知道找了什么后台,没几个月就当上助理,唉,这老天爷真是不公平呀……"林薇叹道。

Lisa 满脸不屑道:"听说她男朋友是开工厂的大老板,看来是被人金屋藏娇了,平时一个人闲着无聊,忍不住跑出来混。你瞧她那颗小龅牙,多恶心……也不知道那男人到底看上她哪一点了?"

"何止这样呢……我们那黄总简直把她宝贝一样呵护,一见面就'明珠'长'明珠'短的,真是受不了!"林薇道。

Lisa 突然想起什么,说:"喂,今天有好戏看啦!"

"什么好戏?"

"昨晚上 907 客人林先生投诉总台收银说把他的账挂到他隔壁房朋友的账上去了,张明珠昨天晚上正好值班……"Lisa 得意道。

"真有这事?"林薇问道。

Lisa 说:"千真万确,我刚刚查过入账记录!"

"天赐良机,这下咱们有好戏看了……"林薇喜形于色道。

说话间,张明珠人已到前台。

"张明珠,你昨晚 907 客房的账目处理好了没?"Lisa 幸灾乐祸道。

"处理好了,是丹丹给人家挂错账了,我已将账目转到 907 客人的协议公司总账上。"张明珠波澜不惊道。

Lisa 听后一惊,忙翻看 907 的账单,并调出电脑系统查看,发现张明珠早已把账目处理得一清二楚,也就无话可说了。

"Lisa,我有事找你,到前厅办公室找我一下。顺便把前台 10 月份和 11 月份的押金交接本带上来。"张明珠说完转身离开了前台。

"好大的口气……"林薇满脸怒气,就算是 Maria 也不敢这么命令 Lisa,

这张明珠找谁借的胆？"Lisa，张明珠这口气很不对劲儿，你是不是落下什么把柄了？"

"怎么可能？"Lisa满脸自信道，"都说'新官上任三火！'她张明珠就算要烧火，没了燃火源也寸步难行。"

前厅办公室里一片沉寂，空气中似乎凝聚着一股紧张的气氛。

张明珠和Lisa面对面谈着关于800元押金丢失之事。

"Lisa！"张明珠把前台收银交接班本翻到最后的交接日期，推到Lisa面前："……这丢失的800元押金一共有两笔，一笔是马来西亚的王先生的600元未结押金，另200元是香港的李先生的未结押金。我查了下，600元押金的最后交接人是你，而200元押金的最后交接人是已经离职的Annes。

"王先生的600元押金是从去年的1月29日交接下来的，一直到去年的9月3日那天，你接班后就一直没交接下来；而香港李先生的200元押金是从去年的5月份交接下来的，但是，到今年的1月20日Annes接班后就没再交接下去。

"刚才我问过前台，前台收银目前除了3万元备用金外，没有多出一分一毛。也就是说，王先生和李先生的押金一直下落不明。现在请你告诉我，那800元押金去哪儿了？"张明珠一针见血地指出Lisa账目上的漏洞。

Lisa听后脸都青了，糟糕，她是怎么查出来的？"我，当时我弄丢了钱，没及时报上去，后来也给忘记了……明珠，求求你了，千万别将此事向上汇报，我不能丢了这工作呀……"她神情紧张道。

"这事我可帮不了你！"张明珠神情淡定道。

"我妈妈生病了，这两年一直躺在床上，家里还有两个在念高中的弟弟，家里的生活都是依靠我和我爸爸来维持的……明珠你得想办法帮我，求求你了……"Lisa本来以为张明珠不熟悉总台收银操作系统，想把这账算在她头上，却想不到张明珠一下子就找到她的漏洞。

"本来未结的账都是跟客房资料放在一起装抽屉里的，而且未结的账还得在电脑系统里备注，但是，刚才我查看了下电脑里王先生和李先生的未结账单，里面根本没有备注……Lisa你都做了三年的总台了，又是个主管，怎么会犯这种低级的错误？若是 Maria 问起这事，你怎么向她交代？"张明珠道。

"明珠……我知道错了，请你给我一次机会，别把这事告诉 Maria，行吗？"Lisa 恳求道。

张明珠说："你赶紧把自己丢的钱补回来再说。"

"好，我这就去办！"

张明珠说："这件事你心里比谁都清楚，希望以后不要再犯！"

Lisa 说："不会的，明珠，我向你保证今后不会再出现这样的事！"

"好了，先去上班，尽快把王先生和李先生的押金补上……"张明珠提醒道。

"好的，明珠你不会说出去吧？"Lisa 神色担忧道。

"你先把押金补上再说！"张明珠拿起桌上的文件转身离开了办公室，留下Lisa 一人在那里发呆。

惠安莲城。

辰时，深远莫测的薄雾笼罩着大地，给这座沿海小城镇披上了一层白色的轻纱。

莲城滨海小路两旁，野花点缀着灌木丛，散发着醉人的青草香。海门深处的大树下，一对对情侣搂搂抱抱，耳鬓厮磨。

这天早上，刚从厦门回来的张明珠与陈道明手牵着手，沿着海边树林里的鹅卵石路亦步亦趋，卿卿我我。

薄雾慢慢散去，缕缕晨光穿过树叶，透出绚丽的光彩。

陈道明和张明珠爬上了一块有一人高的岩石上面，面朝着大海的方向坐了下来。

远处"哗哗"的浪涛声与轻轻掠过耳边的微风奏成了一曲欢快而动人的乐曲，听起来既遥远又清晰。

张明珠偎依在陈道明的身边，头枕着他那宽厚的肩膀，静静地感受他的心跳和呼吸。

"明珠，这段时间我一直在忙工厂里的事，没能去厦门看你，你在那工作顺利吗？"陈道明低声问道。

"嗯，马马虎虎，还可以！"张明珠喃喃道。

"这样就好，这样我就放心了！"陈道明说完把她搂得更紧了。

两人聊了一会儿，张明珠的手机响了，打开一看，来电显示是Lisa。"Lisa，什么事？"她接起电话问道。

"明珠，我丢押金的事昨天按你说的方法汇报给Maria了，并给自己开了800元的处罚单……Maria知道后帮我减免了400元。"

"这样就好！"张明珠淡淡道。

"明珠，这事多亏你提醒得早，谢谢你！"

"不用谢我，你还是谢谢Maria吧！她没有把这事报到上面去，是你的运气！"

"我知道，这次多亏你和Maria的宽容大量，帮我隐瞒了事情，谢谢你们！"

"你错了！"张明珠神情严肃道，"这次我和Maria是同情你家庭困难，不想让你丢了工作才没有向上汇报。下次若是再出现这样的情况，总经办必定开除处理。"

"我知道了，谢谢！"Lisa电话那头回道。

"好了，不说了，以后注意点儿就是，再见！"

"再见！"Lisa嘴上这么说，挂了电话之后却咬牙切齿地骂了一句，"张明珠你这狐狸精！"

其实张明珠早就盯上这两笔押金了，只不过当时她还在实习中，操作还不是很熟练，心里没有把握。再者，那时候Lisa是Maria的得意手下，Lisa也是她一手带出来的，这事一旦捅到总经办，Maria脸上也没有光彩。因此，张明珠让Lisa自己向Maria汇报此事，也顺便给Lisa提一个醒，让她明白她这个助理也不是吃素的。

"怎么了？"张明珠挂了电话后，陈道明关心道，"酒店有事？"

"没事！"张明珠道，"刚才是同事挂电话跟我汇报工作情况。"

"没事就好！"陈道明松了口气。

"道明！"张明珠扯开话题问道，"咱们好久不见了，说说你最近怎么样了？"

"最近呀……"陈道明凑近她的耳朵，细声道，"最近我经常梦见美女！"

"梦到美女？"张明珠用手指轻轻顶了下他的胸脯，笑道，"不错呀！"

"你不怕我被人抢了？这么心不在焉的。"陈道明道。

张明珠说："别臭美了，除了我，谁会要你呀？"

"哈哈……"陈道明调皮道，"你想我这风流倜傥玉树临风的男人会没人要吗？"

张明珠瞪了他一眼，"还玉树临风呢……我看你这是老树枯藤吧！"

第二章　回家

"哈，你就这么形容我，看招……"陈道明"呼"的一声从石头上站了起来，先是一招金鸡独立，然后耍弄了几招猴拳，形态逼真，惹得张明珠笑弯了腰。

过了一会儿，张明珠终于止住了笑，定了定神说："行了，别逗了……说说你工厂的事吧！"

"还好，进展得不错，只是那矿山的石头方料有点儿麻烦，最近那矿山的头儿蓝大国总是背着我偷偷把石料转卖给其他工厂。他妈的……再继续这样下去，这批货的进度怕会受影响……"一说到那蓝大国陈道明就来气。

张明珠说："也不能总让他这么瞎搞下去，会误事的。"

"嗯，我另有办法，到时候他会来求我的……"陈道明胸有成竹道，"走，一起去工厂看看！"

"好啊！不过我下午要回厦门了，恐怕不能待太长时间！"张明珠凝眸望着陈道明，眼中流露出依恋的神色。

"刚见面又要分手，你就不能多待两天吗？"陈道明拥着张明珠依依不舍道。

张明珠说："走吧！先去你工厂看看！"

工厂里机器的声音与石头的撞击声交汇在一起，震耳欲聋。工人进进出出地忙碌着。

"这些石头的加工我不懂……只是安全方面一定要加强。"张明珠站在大切机前面对陈道明眯眯笑道。

"你说什么？"机器的声音吵得陈道明听不见张明珠说的话。

"这里很吵，咱们出去说吧！"张明珠指着厂房外面对陈道明道。

出了厂房后，陈道明问道："明珠，你刚才发现什么问题了？"

"我看大切机和水磨机在转动时，水四处喷出。旁边工人们的小电机也都随意摆放着，有的甚至就放在大切机和水磨机旁边，这样一来机器很容易漏电，造成安全事故那可就麻烦了！"张明珠指着面前的机器对陈道明说道，"还有，在生产期间最好是让工人与这两台大型机台隔离开来。要让工人们养成一个好习惯，在操作停止后及时收放好工具，提高安全意识，这样就万事大吉了。"

"咦……我怎么越来越觉得你这外行人比我还专业。"陈道明笑道，"以前我怎么就没注意到这些呢！"

"俗话说'当局者迷，旁观者清'，要是我一忙起来也会疏漏了一些细节上的问题。"张明珠笑道。

陈道明爱怜地凝视着张明珠，目中传情，然后附在她耳旁耳语了一番。

张明珠顿时脸都羞红了，瞅了他一眼，说："众目睽睽之下，你敢？"

陈道明对她坏坏地一笑，说："有啥不敢的！"随即飞快地在她脸上亲了一口。

工厂里立即响起了响亮的口哨声，之后便是众人的阵阵笑语声……

陈道明拉着张明珠进了办公室，然后摊开这批订单的图纸，认真做起样板来。

张明珠看着他认真工作的样子，心里有种说不出的喜悦和幸福感。

到了太阳爬上正空的时候，张明珠看了看手表，说："我该走了，道明，你先忙吧！"

"怎么？"陈道明撂下手里的活儿，依依不舍道，"这么快就走了，不多待会儿？"

"不了，已经正午了，我还没回家见我爸妈呢！"张明珠再次叮咛道，"道明，万事开头难，除了抓产品质量外，内部你也要多留意管理上的一些细节，特别工厂里的一些开支账目及物料进出明细账，平时有空多看看。"

"知道，我会的。你这一走，什么时候再回来？"陈道明用手拂了拂明珠额头前低垂的刘海，恋恋不舍。

"再看吧！酒店在节假日都特别忙……很难说。"张明珠深情地凝望着陈道明，两人依依不舍地相拥而立。

刚从银行回来的出纳钱丽萍刚好看到了这情景，便轻咳了两声，两人这才匆匆分开……

回到家里，张德盛上一碗热腾腾的鸡汤端给张明珠，说："女儿，在那酒店工作开心吗？"看到张明珠这次回来比往日消瘦了，张德心疼得不知该如何形容。

"嗯！开心，开心。"饥肠辘辘的张明珠往嘴里塞鸡肉。

"孩子，你瘦了！"张德怜爱地看着她，"那工作很辛苦吧？"

"现在呀，厦门正流行减肥呢……我不节食怎么行，难道您希望自己的女儿长得像牛一样呀！"张明珠笑道。

"你这孩子，节食怎么行，这样身体很容易生病的……"陈玉华认真道。

"知道了！"张明珠从包里掏出钱递给母亲玉华说，"妈，这是 5000 块钱，你先拿去花。"

"我和你爸都不缺钱花!"陈玉华关心道,"你每个月的工资也不多,先放在身边用吧。"

"我现在升职了,一个月3000元,哪里花得了这么多钱,妈你就拿着吧!"张明珠边说边把钱往母亲手里塞。

"升职了?"张德听后一愣,"你现在是什么职位?"

张明珠说:"是的,女儿我现在已经是总经理助理了。"

"你才去几个月呀……这么快就当上总经理助理了?"张德难以置信道。

张明珠一听这话,放下手中的筷子说:"怎么,难道父亲也怀疑女儿的能力?"

"听说这总经理助理不安全,多数是什么情人来着的,孩子你年纪轻,今后的路还长着,千万别被人给迷惑了呀!"张德严肃地审视着自己的女儿。

"爸……"张明珠抿了抿嘴,郁闷道,"您别老是听人乱说话好不好?"

"人活在这世上不图荣华富贵,只图清清白白地做人。孩子呀……咱们家里是穷了点儿,但咱人穷志不穷,你要千万别为了一个月多出那千把来块钱去做傻事啊……"张德心里七上八下的。

"爸!"张明珠气得从座位站起来,"女儿我可是凭着自己的努力,经过单位领导们考核选出来的,您别胡思乱想好不好!"

"孩子,你爸这么说也是为你好,生怕你年轻不懂事掉进人家设的圈套里……"陈玉华在旁接茬儿道。

"行了,别人不了解我,你们也不了解我吗?"张明珠不快道,"好了,女儿我晚上还要上课,得回去了。"

张德说:"几个月不见人都瘦了一圈,不多留几天好好养身子?"

张明珠说:"我人好好的,养什么身子!"说完背上行李,向两位老人说,"爸!妈!我走了!"

陈玉华道说:"好,记得常往家里打电话,别让我们老是等不着电话啊!"

"知道了!"张明珠应声出了家门。

张德送张明珠到门口，再三叮咛道："好好认真工作，有事记得打电话回家……"

"好的，爸……这是我的手机号，我走了！"张明珠把名片给了张德后，转身朝着车站的方向赶去。

张德望着女儿离去的背影对老伴喃喃道："老伴，这孩子长大了，聪明了，也独立了，但是脾气也越来越怪了。不行，我得找个时间去趟厦门，看看她那的工作环境……"

陈玉华白了他一眼，说："想去就去，又没人拦着你，就你话多……"

第三章　智斗蓝大国

石头方料矿区。

蓝大国最初确实也没打算把陈道明定好的石头方料偷卖给别的厂家。当时接过十五万元定金时，蓝大国原是准备用这笔款用作流动资金，增添些设备。他在签订这份合同时，就详细计算过了，完成了陈道明这单生意后，他最起码有一百五六十万落入自己的腰包。他不敢彻底地得罪陈道明，白白放弃即将到手的钞票。但是，就在他招兵买马大张旗鼓开采后，一车车的原石运出山来，村民们可就不干了。二三十户人家，那些被拖欠土地赔偿款的村民一下子呼啦啦地围上来，天天包围在他的矿区，大有不拿到款就不善罢甘休的架势。

眼看矿里又要停产了，蓝大国迫不得已，咬咬牙拿出了八万元先付给这些村民们，求爷爷，告奶奶的好话说尽，才暂时安抚了这些村民。但是，村民们在离开前，扬言蓝大国如不在三个月内把款还清，他们还会找上门来的，并威胁说，到时候要是要不到后面拖欠的赔偿款，他们将收回这些矿山，自己请人来开采。

蓝大国付完这八万元后，剩下的七万元用来雇挖掘机，付完柴油费及工人们的工资后，已所剩无几。他知道如不按合同上把首批定的这100多立方方料运到陈道明的手中，陈道明断然不会再给他付款了。

后来，金勇打听到陈全的工厂接下了一家日本客商的大量墓碑订单，正四处购买654方料，才有了以每立方米2500元的价格与陈全签订了150立方米的合同，并预收了陈全十万元订金。

依今天陈道明的神情来看，蓝大国知道事情已经露馅了，他现在是骑虎难下了，若是断了陈全那头，他一下子拿不出这么多钱来给陈全，到时候要是陈全与他较起劲来，加上违约金，那可就不止是十万元这个数目了。

蓝大国不敢再拖下去，如今唯一的办法只能是先两头兼顾。本想把陈全这边较急的货先发，陈道明这边的交货期较长一些，只要不断货，估计不会有多大麻烦。可今天陈道明的到来，让他一下子方寸大乱，一时不知如何解决是好，急得在屋子里团团转。

这时候，金勇进来了，四处看了看，强仔不在，便悄声问蓝大国道："头，矿里还有20立方米给陈全的货，发不发？"

蓝大国一听更是愁眉苦脸，有气无力地朝金勇挥了挥手道："让我再想想。"

金勇靠近他悄声道："要不，还是半夜再发车？那些小子在半夜里总睡得跟猪一样沉，雷打都不醒……"

一听金勇的话，蓝大国愁眉顿展，计从心来道："这样吧，你晚上带阿强那帮小子去镇上……"边说边左环右顾了一眼，对金勇耳语了一番……

"妙计！还是头你想得周到啊！"金勇一听，喜上眉梢，拍手连声叫好，"我这就去跟强仔那小子打招呼……"

"别急着走，过来！"蓝大国对刚出门外的金勇招手道："见面时别提到我！"

"头，这个你放心，我知道怎么说。"金勇抬脚就往外走。

不一会儿工夫，金勇慌慌张张地跑回来，上气接不了下气道："头……阿强那愣头青已经叫上五部车堵在路口了，人却不知去向。这，这下子可怎么办是好？"

"那个夭寿仔，沉海的……"蓝大国气得心里一急，也就口沫四溅地把一连串当地骂人的话都搬了出来。他边骂边走到窗口，往外探头一看，不禁傻了眼，对金勇道："快，快，快去给我找人啊……"

"头，我找遍了整个矿区也不见个人影。刚才听一个工人讲，他们几个人连同司机都已经下山去了，说是把车子留在这里，等我们的石料开采出来，他们立马装车就走。"金勇道。

"那还等什么，你赶紧骑摩托车去镇里找呀，多带几个人去，分头找，这王八蛋……"蓝大国气得七窍生烟，跺脚大骂。

惠安莲岛。

陈道明在办公室里接到了强仔从他的一个叫张宾的朋友家打来的电话。

"明哥，我们已经把车全部开上蓝大国那矿区的路口了，现在正与几个朋友在张宾家喝酒呢！"强仔在电话里兴高采烈道。

"做得好！"陈道明夸道。

"明哥，哥们儿几个刚刚谈起你，佩服得不行，换成他们早已经动手了。说还是明哥你厉害，遇事沉着，略施小计就让蓝大国他们几个在那里跳脚……"强仔在电话里赞不绝口道。

"好了，你先听我说！"陈道明打断强仔的喋喋不休，低声交代道，"你先待在那，哪里也别去，等我的电话……我也是没办法才走这一步，都是蓝大国这小子逼的……"

收线后，陈道明立即拨通了陈全的电话，约好见面的时间，然后动手把桌上那些散开的图纸收拢整齐，动身去陈全的工厂。

陈全的工厂在陈道明邻村的一个工业区里。

这几年，石材的势头发展得不错，产品市场从原先的东南亚一带，拓展到日本、欧美等国家，甚至还进入了以石材著称的意大利等国。随着石材业的繁荣昌盛，莲城镇周边的几个村里都建起了工业区，把原先零散的工厂集中起来，统一规划。这样一来，原来一直被村民们诟病的噪声、污染等的环保方面的问题，也得到了很大的改善。

陈道明刚停好车，陈全就从车间里迎了出来，他边拍打着身上的石灰，边对陈道明道："今天是什么风把你这个大忙人给吹来了？"

陈道明与陈全虽说都是在做石材这一行，但两人走的不是同一条路线。陈道明工厂以雕刻为主，走的是传统行业这条路线，接的订单也大都是些寺庙和园林。陈全则是以机械加工品为主，产品主要是销往日本的磨光类，如墓碑这些产品。两人平时偶有走动，相互取长补短，目前暂时没有一般人口中的"同行冤家"这一说。

"老早就想来拜访老兄了！"陈道明接过陈全的话头，"这几天晚上路过，见你工厂都是灯火通明的，怎么？被日本客户逼坏了吧？"

"唉……甭提了，来，到里面说去！"陈全把陈道明迎进办公室，一边张罗着烧水泡茶，一边大倒苦水，"还是你道明兄轻松啊，你看我这做的是什么生意！你看，这星期二早上刚下了一个货柜的单，就让我赶在星期五出货，还注明是什么'大至急'。"

陈道明听后笑道："这'大至急'不就是十万火急吗？不过你的设备、人马都挺完善的，应该还应付得过去吧？"

"设备跟人马是没问题，按理说加加班是能应付过去，可人算不如天算呀，光石料这一关就让我头大。一天几十个电话催蓝大国那王八蛋，到今天为止才发这么点石料来应付我……对了，你不也在向蓝大国买方料吗？今天找我不会也是为这事来的吧？"说到这里，陈全满脸疑惑的神情，心里估摸着陈道明的来意。

陈道明绕了半天，终于绕到了蓝大国身上，说到正题，这陈全也是个精明人。

"没错，我正是为这件事来的！"陈道明趁机开门见山道，"我刚才看了你的产品，都是十寸角、九寸角的墓石，需要的方料规格不是很大。我来是想与你探讨一下，转让一些方料给你，怎样？"

"你说什么？"陈全以为是自己听错了，睁大眼睛问道，"道明，你把刚才说的话再说一遍！"

"你甭急，听我说下去！"陈道明态度认真道："我转让给你的石料是我从圆柱里掏出来的，都是 1 米 ×1.4 米 ×1.4 米规格的，用来做墓石绰绰有余，还有，我那些方料质量可是一等一，你看行吗？"

"你那是什么价格？"

"价格方面你大可放心，保证比矿区优惠三分之一的价钱。"

"太好了！"陈全听后激动得从椅子上站了起来，双手握住陈道明的手说，"兄弟，你这可是雪中送炭啊！为了这些石料我这几天可是急得头发都白了……我这就派人去你那量体积，拉货！有多少我全要了，我这就叫出纳带钱一起去你那。"陈全急不可待道。

陈道明喝了一口茶后，不慌不忙道："都给你留着，钱方面，不急！不急！量完了咱们再算也不迟，不过……蓝大国那头希望你配合一下。"

陈全说："行，你说！"

陈道明对陈全俯耳说道……

陈全一听，拍拍胸脯道："没问题，听你老兄的！蓝大国这王八蛋太不像话了，早该收拾他一下。"

陈道明道："吓唬他一下就行啦，真正闹僵了对谁都没好处，这事就这样定了。咱亲兄弟明算账，一立方米你就按 2000 块算给我，你看如何？"陈道明知道陈全向蓝大国买的不止这个价，他不是不想占这个便宜，但这事还需陈全的配合。再说他卖给陈全的等于是自己用剩的边角料，这已经是另赚了一笔钱。况且今后工厂需要陈全这边的帮助肯定是免不了的，路留长远一点儿，这是他一贯的处世方式。

"行！就这么定了！"陈全爽快道。

"那好，我回去了！"说完陈道明便起身告辞。

陈全站起来，一把拉住他的手，笑容可掬道："兄弟，感激话就不多说了，日后要是有需要我的地方，你尽管吱声。今天，兄弟我请你喝酒略表心意！"

陈道明见事情果然如自己所料的那样顺利，顿觉心情无比舒畅："行，我也忙了好些天，是该找时间放松一下了！"

正当陈道明与陈全在酒店开怀畅饮时，蓝大国那边却如热锅里的蚂蚁一样急得团团转。派出去的几路人也已陆陆续续回来了，却还是找不到强仔与那几位司机，而陈全这边几十个电话催得他心急如焚，坐立不安。

陈全在最后一个电话里说："蓝老板，我明天再见不到你运来的方料，你就不必再运来了，咱们到时法庭上见。"说完"咔"的一声挂了电话。

陈全的这个电话把蓝大国给唬住了，顿时如同泄气的皮球似的瘫软在藤椅上，半天说不出话来。

"怕什么？"在一边旁听的金勇恶声道，"咱先找几个人给他点儿颜色瞧瞧，看他还敢不敢……"

"你瞎闹什么？事情没你想象的那么简单，人家要是真跟你较起劲来，你还能进得了他家的大门吗？别胡捣乱，一边去……"蓝大国说完站起身来，急得在办公桌前来回踱步。之后，一把抓起桌上的那一大壶水，"咕噜咕噜"地猛喝了几大口，然后回头向在一边不动声色的林伯问道："林伯，你有何高见？"

林伯若有所思道："照目前这情况来看我们很被动，看来只有找陈道明了。"

"那陈道明正对我们一肚子气呢，找他不刚好撞上枪口，到时候不用三言两语就被他给顶回来了。"金勇在一边插嘴道。

"不管怎么说，这事是我们先做过头的，确实说不过去，现在就是求人家也得求啊，不然你怎么收场？我看还是先打个电话去……"林伯劝道。

听闻此话，蓝大国又一屁股坐在藤椅上，无可奈何地抄起桌上的电话，拨通了陈道明的电话。

惠安莲城。

陈道明突然感觉到口袋里的手机在震动，掏出来一看是蓝大国的来电，便对在一边的陈全说："是蓝大国这小子。"

陈全忙示意一边的服务生把音量关掉，然后打发服务员出包厢。

陈道明这才慢条斯理地接起电话："喂，是蓝老板啊，这么晚了还没休息？"

"陈老板，是我不仗义，对不住了！"电话那头的蓝大国低声下气道，"麻烦你先叫强仔把车开走吧，让我把陈全的那20立方方料先运走，回头会全力以赴地赶你的货，行吧？"

陈道明一听，佯装糊涂道："强仔不是在你那边等货吗？"

蓝大国把整个经过和盘托出，说到了陈全的最后通牒，最后说："兄弟，我实在是被逼得没办法才想到卖些方料救急……我也知道这样不地道，可要不是真的走投无路，也不会……"

"蓝老板，当时我可是跟你讲得一清二楚的，你只要按时把货给我拉来，别跟我装神弄鬼的，有什么困难我能帮得上忙的还是会尽力而为的……"陈道明字斟句酌道。

"你想多挣些钱，多拉几个客户，这点我能理解，你把不够规格的方料卖掉，这也是应该的。可你他妈的不该背着我将已验收好的货给卖掉，把原本可以成规格的原石层故意开成不合我订单尺寸的料……"陈道明越说越气，"你现在也知道着急的滋味了吧？"

"对不起，陈老板，是我糊涂了！"蓝大国在电话那头低声下气道。

陈道明平静了一下，回道："我问问看吧，强仔没有手机，不大好找。那车子晚上就先放在那，明天再说。先这样了！"

一听陈道明要挂电话，蓝大国急得话都说不囵囵了："你先别挂，先别挂，等到明天陈全那我就不好交代了，我……"

"陈全那头我帮你说看看。"陈道明"啪"的一声挂掉了电话，笑着对身边的陈全道，"蓝大国那小子一听说你要跟他打官司，吓得屁滚尿流的。"

陈全听后哈哈大笑，端起酒杯说："不给他点儿颜色，那混蛋真不知马王爷长了几只眼了。来，干杯！"两人高举酒杯，一饮而尽。

正当陈道明和陈全喝得脸红耳热之际，陈道明放在桌上的手机又震动了，拿起一看是王芬打来的。

第四章　剪不断理还乱

"明哥，我有事找你！现在正在你办公室。"

"出了什么事？"陈道明不知道王芬为何这么晚还跑到他办公室。

"有件事想跟你说……算了，还是等你回来再讲吧！"电话那头王芬吞吞吐吐道。

"好吧，你先坐一会儿，我待会就到！"陈道明道说完挂了电话，对陈全说，"兄弟，我厂里还有点事，先告辞啦！"

"我也差不多了，走，客户那批货我得亲自盯着比较安心。"陈全赶紧买完单与陈道明走出了酒店……

两人走到陈全刚买不久的桑塔那轿车边，陈全说："我送你回去。"

陈道明不想让人碰见王芬，忙推脱说："不用，不用，我骑了摩托车来。"

"你陈老板还在骑摩托车，留着钱想捐献给国家啊。"陈全调侃道。

陈道明笑道："我可不比你老兄家大业大，我如今可还是在负债经营呢！"

陈全笑着摇摇头，上了车。

"兄弟，还有一件事！"陈道明俯在车窗，向里面的陈全道，"明天一大早，那蓝大国肯定还会打电话来，到时你就说这次看在我陈道明的面子上，先不提打官司的事了。你那边订金就让我从他蓝大国那边的货款里扣掉，后面的事我来摆平！"

"行，兄弟你放心，这事我们一定得配合好，别让那王八蛋把我们当猴耍……你就先去忙吧，我走了！"说完发动车子离开了。

陈道明工厂里。

一进办公室，陈道明就看到王芬神情落寞地坐在沙发上，有一搭没一搭地把手中的报纸翻个不停。

"阿芬，让你久等了，不好意思！"陈道明在她对面的沙发上坐了下来。

一见到陈道明，王芬满面的愁容一扫而光。

"明哥！"王芬起身给陈道明倒了一杯清茶，说，"我被调到县城里的总行去了。"说完，她在陈道明身边的沙发上坐了下来，含情脉脉地凝视着他，希望能得到他的挽留。

陈道明说："原来是工作调动啊……这是好事，你怎么苦着一张脸？"一听到王芬要调到县城里，陈道明心里替她欢喜，并亲自动手为她沏茶。

王芬接过陈道明递过来的茶，轻轻地抿了一口，然后缓缓放下茶杯，突然拉住他的一只手，撒娇道："可，可是人家不想离开莲城，更不想离开你。明哥！你这里不正缺人手吗，你看我来你这帮忙行吗？"

陈道明一听，颇为震惊，知道这丫头对自己一腔深情，可万万想不到她竟然会为自己想放弃多少人梦寐以求的职位……

"好不好嘛？你说话呀……"王芬急眼道。

"我！"陈道明神色慌张地缩回手，面对这个痴心爱着自己的女人，陈道明的内心充满自责和愧疚，他真后悔那天晚上不该喝了那么多的酒。

"傻丫头，你能来我当然是求之不得了！"陈道明改口道，"但是，你又不是不知道，我的工厂才刚刚步入轨道，以后会怎样还不知道。再说，县银行那位置你表哥可是花了不少心思，不知有多少人盯着，你可别意气用事啊……"

"可人家去了县银行，想你了怎么办，又不像在这里，想你了就能跑来见你。"王芬娇滴滴地把头靠在陈道明的肩上。

陈道明轻轻拍拍她的背，酝酿良久还是不忍心说出想说的那句话。

"明哥！"王芬趁机贴上身子，把头埋进他的怀里，含情脉脉道，"抱紧我！"

这时候，王芬身上散发着女性的那种诱人的体香，丰满的胸脯紧贴着陈道明的胸肌。

陈道明全身像触电般的猛然一震，随即，一股暖流像蜘蛛网般向全身扩散……

"芬子！"陈道明"噫"地从沙发上站起身来，"时间不早了，我送你回去！太迟了伯母又该唠叨了。"他取下挂在墙上的头盔，帮王芬戴上。

月色如银，银灿灿的月光洒满莲城的每一个角落。岑静中，突地响起了一阵"轰轰"的摩托声，划破了寂静的寒夜，吓得躲在树上的鸟儿"啪嗒啪嗒"纷纷拍翅而飞。

坐在陈道明身后的王芬双手紧紧揽住他的腰，身体紧贴着他的背，头靠着他那宽厚的肩膀，心里洋溢着一种久违的幸福感。"明哥！你是我的，谁也无法将你从我的身边夺走！"她在心里暗想。

厦门宏都酒店里，陈哲平与林茜茜重温旧情……陈哲平坐在床头点燃了一根烟，看着已进入了酣睡状态的林茜茜陷入了沉思……

自那次酒店的年末聚会后，林茜茜总是刻意地回避着他。一开始连电话也不接，在酒店也不愿多看他一眼，下班后常与那闽华酒店的张汉民往咖啡厅跑，弄得他醋意连连，却又无可奈何，毕竟他在众人面前拉不下这张脸。

这段时间里，陈哲平为了再次博得佳人欢心，焦心劳思，工作起来总是丢三落四的。昨晚上，他酒后转悠到酒店的员工宿舍楼下时，忍不住打电话给林茜茜，胡搅蛮缠地逼她下楼。

林茜茜不愿下楼，陈哲平就仗着酒劲扬言要睡在宿舍楼下。没想到这一招还真把林茜茜给吓得不轻：好歹你陈哲平也是个酒店的销售总监，这么一闹以往后在员工面前还能抬得起头吗？还有，这事要是闹到上面去，你这么多年来的努力不就前功尽弃了？"你别瞎闹，我这就下来！"

下楼一看，陈哲平果然半躺在对面楼下马路边的石椅上。

"宝贝……你怎么可以不理我呢？"见到林茜茜赶来，陈哲平垂着头，含混不清地责备道，伸手就要拉林茜茜的手。

"放开我！"林茜茜愤怒地甩开陈哲平的手，"你身边不是有总裁千金陪着，还要我做啥？"

"总裁千金算个屁……我就喜欢林茜茜你一人，茜茜……你嫁给我不？我陈哲平全天下的女人都不要，就娶你一人……"

"不嫁……就算是嫁鸡嫁狗也不嫁给你这没良心的……"林茜茜恨恨道。

"你不嫁给我嫁给哪个王八蛋呀？是不是张汉民？为了和那家伙约会，你竟然挑战我的底线。"陈哲平气急败坏地站起来，一把抓住林茜茜的领子，愤声怒吼道，"那张汉民是什么狗屁东西呀，值得你跟我翻脸……"

"你又哪根筋烧坏了？我和张汉民只是一般的朋友！"林茜茜再次甩开陈哲平的手。

"对不起！"陈哲平一把将林茜茜揽进怀里，生怕她飞走似的紧紧搂着，任她怎么挣也挣不脱。

林茜茜鼻子一酸，眼泪如泉涌，她爱恨交加地挥着粉拳捶打着陈哲平的胸部，真希望他说这话的时候是在他清醒的时候。

"好了，别哭了！"陈哲平拉住她的手劝道，"茜茜，别再理那个张汉民好不好？"

"好！"林茜茜停止了抽泣，不管怎样，她知道一个男人在酒醉的时候，心里想的就是自己最心爱的女人。凭着这一点，她心软了，剪不断，理还乱，最终还是经不起陈哲平的甜言蜜语，搀扶着他上了出租车。

几天后，星际酒店的员工更衣室里，大家都在议论着林茜茜与陈哲平的事。张明珠正好在更衣室换衣服，一听大家都在议论林茜茜，感到非常震惊。

"……平时看陈哲平一副斯斯文文的，没想到个泡女人的能手……"

"是啊，吃着碗里，看着锅里，简直是个花心大萝卜……"

"那林茜茜也真不要脸，抢人家的未婚夫……"

"唉！也不知道那总裁千金知道不，真可怜……"

"这有什么大惊小怪的，现在就算结婚了，感情不合也可以离婚的，更何况人家陈总监至今还未婚。在没结婚前，双方都有选择的机会……"对陈哲平的"劈腿"事件，众说纷纭。

恰在此时，林茜茜出现在更衣室里。

"茜茜！"张明珠连忙上前把她拉到更衣室外面，低声问道，"怎么回事？又跟陈总一起啦？"

"我……"林茜茜涨红着脸说，"我丢不下他……"

"那怎么搞得大家都知道这事了？现在都在议论你们的事呢。"

"是吗？"林茜茜往更衣室里看了看，神色慌张道，"打那次跟他闹翻后，我一直没理他，直到几天前他喝醉酒找我，才又开始跟他在一起……这些人的消息是从哪来的？"

"天知道！"张明珠对她耸了耸肩，说，"我也不明白是谁把这消息传出去的。"

林茜茜说："糟糕！该不会是那天晚上陈哲平找我时在宿舍楼下被人撞到了吧？"

自从元旦餐饮部推出新菜看后，中餐厅和西餐厅总是人来人往，几天来一直客源不断，因此，黄卫东心情特别好，一见到明珠，他便笑容满面道："明珠！咱们酒店这几天的餐饮有了很大的突破，这其中你的功劳不小呀！"

坐在电脑前埋头检查营业报表的张明珠头听后，抬头回答道："这是我应该做的，谢谢黄总的表扬！"然后又继续忙起来。

"回了家一趟，家里还好吧？"黄卫东走到张明珠身边关心道。

"嗯，我出来工作几个月没回去，我爸妈看到我，可高兴了……"张明珠双手继续不停地敲打着键盘。

"这样就好！对了，Maria她父亲生病了，请假一周回家，前台本来就缺人手，她走的这段时间你可要好好替她盯着……"

张明珠听后，停下手上的工作，苦着脸道："黄总，能不能让其他人代替呢？再说国政他刚调走不久，我手头上的这些资料没人打理。"

黄卫东说："不行，前厅是第一线，又是酒店对外的窗口，这事交给其他人我放心不下……"

"可是……"

张明珠话音未落，陈哲平正好拿着几份文件进来。

"你别再推了！"黄卫东向张明珠挥了挥手，"这事就这么定了，待会儿你找 Maria 交接一下手头上的工作。另外，这边的工作你也不能松懈，你自己找个可信任、会做事的人做帮手。"说完转身和陈哲平走进了总经理办公室。

"黄总，明珠马上就要去前厅替班了，这里的秘书工作由谁来负责？"陈哲平想借此机会把林茜茜提到办公室来。

黄卫东边看财务报表边平静地回道："我刚不是说了，让她自己找帮手，主要的心思还是要放在这边，你有什么想法？"

"我觉得林茜茜不错……"陈哲平边说边偷偷观察着黄卫东的反应。

"呵呵，你小子可真是用心良苦啊！"黄卫东放下手中的文件，似笑非笑地望着陈哲平道。

看他这表情，莫非是听到什么风声？陈哲平表面上装得不动声色，但内心却七上八下。

"依我看，过段时间你可以把她调到你身边当助手，但我奉劝你一句，兔子不吃窝边草，有些事不用我多说，你自己心里应该清楚。"黄卫东话中有话。

"我明白，我明白，谢谢黄总……这些是最近新签订的酒店客房销售合同，你看一下……"陈哲平一脸尴尬地递上手中的文件。

陈哲平离开后，黄卫东望着窗外陷入沉思。自从女友离世后的这三年里，他除了忙工作，其他的时间几乎都是在怀念中度过。

黄卫东的女友许希芸是他大学时候的同学，两人从大一就开始热恋了，毕业后在同一个单位上班。

许希芸人美丽温顺，通情达理，而黄卫东也英俊潇洒，一表人才。两人在众人的心目中不仅是最佳搭档，也是集团里的顶尖人物。

然而，在黄卫东被提拔为星际酒店老总的那天晚上，这对恋人在回家的路上出了车祸。

当时，黄卫东只是轻微的脚骨折，而许希芸却永远地离他而去。

一直未能从悲痛中摆脱出来的黄卫东从此全身心地投入工作，平时对身边的鲜花粉蝶也无暇旁顾，直到三个月前，一个貌似许希芸的年轻女子出现后，他那颗沉睡已久的心才再度荡起了涟漪。

第五章　突发事件

这天早上，张明珠把林茜茜、刘海、刘婷婷以及两位新上任的大堂副Jane、Lisa等一帮手下召集到前厅办公室开会，做好酒店的新人事安排。

"Maria有事回家几天，我将暂时代替她监督前厅的工作。在这几天里，我希望大家多用心做好自己的本职工作……茜茜，你和Lisa两人主要协助我把关前台收银的出入账目……晚上大夜班一定要有个领班在岗，带好新员工。婷婷暂时为你们俩的助手。

"……大后天省旅游局的人会来我们酒店暗访，Lisa和茜茜在这两天内会比较忙，不但要抓工作，还要忙着培训新员工，尽快让新员工在这两天内掌握好厦门的各大旅游景点及相关信息。汪达卫，你散会后记得做好交接班本，让行李生随时关注酒店进出的客人，有什么情况及时汇报给保安部门和值班经理，他们会配合你们的工作……Maria不在时，大家相互间要多交流，共同树立起团结和谐的新团队形象，创造优秀的团队。大家有没有信心？"

"有！"众人异口同声道。

"很好！"望着这帮平日里钩心斗角的同事，张明珠放缓语调道："在我看来，口头上的承诺比不上行动上的实践，所以我们的执行力也要跟上。"

"可是，新来的彬彬记性不是很好，总出错！"Lisa道。

张明珠说："作为管理员不但要敢于担当，办事情还得有耐心。想当初我们也是从普通员工一路走来的……多考核她几次，增强她的记忆力，自然就熟了。"

散会后，刘婷婷低声对张明珠道："明珠！之前Lisa和林薇总喜欢针对你，你不怕她们这次又从中使诈？"她满脸担扰道。

"你放心，这事我心里有底，你目前的任务是协助她们的工作，一有事情及时向我汇报……"张明珠胸有成竹道。

话音刚落，汪达卫从前台打来电话："不好了，不好了……彬彬又重复排房了，把'阳光之旅'的导游王先生安排到刚办入住不久的1208张小姐的房间。王先生进房时，张女士正在沐浴……这下事大了，茜茜和Lisa都应付不了……"

"好，我马上去客房！"

张明珠赶到1208时，事态正在扩大中："谁让你进来的……你个不知廉耻的……"张女士指着王先生的鼻子破口大骂道，肥嘟嘟的身子裹着一件白色的浴袍。

守在一旁的林茜茜和Lisa劝也劝不住，两人急得直挠耳。

一见张明珠进了客房，林茜茜如获救星地跑到她身边低声提醒道："明珠，那张小姐脾气不好，你小心点儿……"

"这事我来处理，你先到大堂看着！"张明珠脸色平静道。

"说，你到底看到什么了？"旁边的张女士向前一步得理不饶人道。

"都跟你道过几次歉了，还这么大的火……有什么好看的，又不是没见过女人。"王先生边说边往后退。

"好你个杀千刀的……"一听王先生那话，张女士气得睁大瞳孔，尖声叫道，"俺让你占了便宜，你他妈的龟孙子还站在那里说风凉话……"张女士双手叉腰，气急败坏地用手指顶了顶王先生的胸部，直到把王先生逼出客房。

"对不起！二位！"张明珠塞给Lisa一张房卡，然后对张女士说，"张女士，请借一步说话！"说完引着张女士到房间里的茶桌旁坐下。

"王先生！"客房外面的 Lisa 悄声对王先生说道："我们已经帮您重新排好房了，房号是 9 楼的 908，王先生这边请！"说完领着王先生朝着 908 客房走去。

1208 客房里。

待客人语气稍放缓后，张明珠向客人道歉道："对不起！早上酒店的电脑突然出现故障，房态更新不及时，因此导致前台排房错误，以致王先生进错房间，造成了误会。发生这样的事是酒店的责任，不能怪王先生……实在是对不起！"在张明珠赶往 1208 客房处理客诉前，汪达卫就跟她提过，客人已扬言要将此事投诉到旅游局，因此，为了酒店的利益张明珠只能向客人解释说是电脑系统更新，导致前台排房失误。

"虽说是酒店电脑出的故障，但你听他刚才都说什么话了……"张女士气得一屁股往沙发一坐，拍腿怒道，"不行，这事他必须亲自向我道歉，不然我就投诉到旅游局那去。"

"张小姐，对发生这样的事我们很抱歉，非常对不起！"张明珠耐心道。

"我被人这么羞辱，难道你没看到吗？一句道歉就想抹掉这事啊……"张女士满脸通红道。

"张女士，请您消消气！"张明珠双手递过茶，向张女士耐心解释道，"您是我们协议公司的贵宾。酒店昨天接到贵公司的通知后，就一直关注您的住店情况，希望您能开心度假，没想到在您刚下榻酒店不久就发生这样的事。这样吧！您认为我们应该怎样配合您，才能让您消气？"她耐心道。

"把那男的叫过来……我要他当面向我道歉……"张女士愤愤地喝了一口茶。

"对不起，这事都怪我们操作上的失误……这样吧！我代替那位先生向您赔礼道歉，张女士您看这样如何？"张明珠知道现在让王先生来道歉是不可能的事，只能说服张女士。

张女士没作答，起身拿起放在床头柜上的烟，燃上一根猛抽着……

张明珠扯开话题道:"张女士,您是第一次来厦门旅游的吧?"

"本来是怀着喜悦的心情来厦门旅游的,没想到第一次来就受了这么大的气……"张女士缓了缓气道,顺手把那还未吸完的半截烟头扔进烟灰缸。

"我能理解!发生这事,真的很抱歉!要不……我给您免一天房费作为赔偿,您看如何?"

"不是钱的问题,本来好好的心情,现在被搞得一团糟,哪里还有心情玩。"张女士泄气道,口气缓了许多。

"我理解!"张明珠看到客人气已消了大半,趁机扯开话题道,"张女士,您第一次来厦门,对厦门的几个名景点还不大了解吧?"

"嗯,在网上有看过鼓浪屿的介绍……除了那,你们厦门还有什么名景点?"张女士一下来了兴趣。

"我们这呀……多着呢!"张明珠说,"有湖里山炮台,厦门大学的嘉庚学楼、南普陀寺和植物园,还有海湾公园和白鹭州公园、金榜公园、观音山……张女士,您这次来没请导游吧?"

"没有,俺正头疼着呢,张经理,你们酒店里面有厦门旅游地图吗?"张女士问道。

"有,我们酒店的每间客房里的床头柜上都放有厦门旅游地图。不过,我们前厅有个员工以前做过导游,如果您需要的话,我给她放假一天带您去游玩。导游费您不用付,就当是我们酒店免费为您提供的服务,您看这样如何?"张明珠一下子想到了厦门土生土长的彬彬。

"太好了,张经理,你人真好!"张女士的脸上露出了满意的笑容。

张明珠见后知道张女士已大致接受了她的道歉,笑道:"那好,就这么定了。"

半个小时后,张明珠从 1208 客房出来,然后打通前台电话:"达卫,让彬彬马上到办公室找我。"

第六章　对症下药

作为企业管理员，张明珠注重的是心与心的交流，拉近与员工之间的距离，贴近员工们的生活，给人机会改过自新，这也就是为什么她会一而再再而三地原谅 Lisa 的原因。在她看来，Lisa 是一匹烈性良马，她得耐心摸着这匹马的性子，才知道如何应对。

到了前厅办公室后，张明珠把彬彬叫了进去，低声问道："彬彬，1208 究竟是怎么回事？你现在如实跟我说清楚，不许推卸责任。"

"我……当时很忙，有问过 Lisa1208 有没有排房，Lisa 说 1208 是空房，所以我就排了 1208 给王先生。"彬彬惶惶不安道，不知道酒店会不会因此开除她。

"你来酒店有多长时间了？……Sandy，请帮我呼叫 Lisa！"张明珠边问彬彬，边让隔壁总机房的领班 Sandy 打电话让 Lisa 进来。

"三个月多了……"彬彬道。

"你来的时间也不短了，怎么还这么糊涂。培训时没人告诉你在排房前必须先刷新房态再排房吗？"张明珠神情严肃道。

"有，只是，只是我给忘记了，对不起，我错了！"彬彬满脸委屈道，这事明明是 Lisa 误报，她也有责任啊。

张明珠说："不要轻易给自己找借口……你这坏习惯必须改掉，今后多对着电脑实习系统练习，自然就熟了，不然以后还是会出问题的！"

"知道了，张助理！"

"这次 1208 的女士没再追究，不然与那男客人打起来就麻烦了。"

"谢谢张助理，彬彬记下了，保证下次不会再犯了。"

"不能再有下次了，必须要牢牢记住这次教训。对了，明天你不用上班，让林薇替你上，改天你再还给她。"

"为什么不用上班？"彬彬神情紧张地问道。

"今天你排房出误，导致产生了客诉，为了弥补酒店的过错，明天由你陪1208 的客人去厦门各个景区游玩！"张明珠道。

"噢，能不去吗？"

"不行！"张明珠说，"你犯下的错误，差点儿给酒店造成损失，就当是对你的处罚，你也正好借此机会将功补过……后面的事我会公平处理的。"

"好的。"彬彬不停地转动着手中的圆珠笔，暗中庆幸逃过这一劫。

"好了，你出去做事吧！"张明珠说完走进总机房，查看当天 1208 房张女士及王先生办理入住的时间。根据细查，她发现两个房间的入住时间记录相距有 18 分钟。

彬彬离开后不久，Lisa 推门而入。

"Lisa，今天前台很忙吧？"张明珠头也不抬地问道。

"忙死了，光早上就有 100 多间退房，80 间入住接待。"Lisa 在一旁抱怨道。

"关于 1208 的排房你有什么看法？"张明珠试探道。

"这……其实这也是我的失误，当时我一听林薇说是空房就报给了彬彬……"

"你已经是工作五年的老员工了，做事怎么还这么不小心？还有，我们前台平时不都要经常刷新电脑房态吗？"

"房态刷新这一程序，我们前台一直都在做呀！再说我们酒店从开业到现在已经有十年的时间了，出现这问题的原因主要是设施设备的老化，不信你可以问工程部，最近酒店里的电脑系统问题特别频繁。类似今天 1208 这样的投诉已经不是一次两次了。"

张明珠又问："新员工培训是谁在负责的？"

"是我……对不起！是我的错，这事不能全怪彬彬和林薇……"Lisa 道，现场的气氛显得有点儿沉闷。

"你认为自己为部下扛了责任就是呵护？"张明珠神情严肃道。

Lisa 说："她们都是新员工，操作方面还生疏，不能全怪她们。"

张明珠说："1208 的事不能以酒店电脑老化或者故障问题频发为借口！如果操作人员心够细的话，定时刷新，根本不会发生这样的情况，如果每个员工都做到随时刷新房态的习惯，就不会出今天 1208 的客诉了。还有，认真带动员工做好工作要有原则，如果你再继续这样袒护员工的话，问题还是会不断地出现……"

"我知道！"

"我听陈国政说，1208 的客人是集团里面的一位同事介绍入住的，今天这事已经引起了集团的注意了。还好今天处理得及时，不然这次黄总和 Maria 又要因此被扣分了。最近 Maria 回家了，她不在时，我们更要细心地做好每一个步骤，明白吗？"

"明白了！"Lisa 接着问道，"那 1208 的事情如何解决的？"

张明珠说："我为 1208 客人免了一天房费，原因是我们业务上的操作失误，这 350 元房费由我们自己来承担。出了这问题你我都负有一定的连带责任，我来承担 150 元的处罚金，你 100 元，彬彬和林薇各处罚 50 元。"

"能不能用别的方法？"一听到罚款，视财如命的 Lisa 皱起了眉头。

"员工出的错就是我们领导无方，所以身为部门主管，我们更要以身作则，敢于承担责任。"张明珠没有给 Lisa 找借口的机会，说，"好了，我该说的都说了，今天这处罚单就由你来开。"

"我……张助理，这罚单你能不能帮我开？"Lisa 问道，她实在是不想当这个坏人。

"不行！"张明珠一眼就看出她的心思，说，"身为管理员，光埋头苦干是不行的，你不但要学会管理，更要学会处理问题。"

"好吧！"Lisa 满面愁容道。

离开前，张明珠把一本《没有任何借口》推到她面前，说："这书不错，你拿去与前台人员一起轮流看。如果我有什么地方不足的话，也请大家提出……我们一起互相学习，共同进步，好不好？"

Lisa 接过书："那彬彬她们……"

"我已经跟彬彬说了，你直接给她开处罚单，林薇那边你来传达……你已经做了五年的前台主管了，凡事要学会勇敢面对，严于律己，不然只能一直停留在这个阶段。还有，你回去拟个口头警告，下次如果再出现同样的错误，赔偿金就由员工自己来付，这次的处理方法属于例外，让大家在工作上细心点儿。行了，你去忙吧，我还有事要办！"

"我知道了，谢谢张助理！"Lisa 诚恳道。酒店的规章制度规定，员工在一年内被书面警告过，那么，这位员工在这一年里就无法被评为先进员工，特别是对想升职的 Lisa 来说，这将会令她失去被提升的机会，这次张明珠不但没有给她书面警告，反而合理地处理了此次客诉和员工的处罚，这令她感动不已。

第七章　一石二鸟

三月初春的晚上，张明珠与黄卫东双双出现在上岛咖啡厅。

咖啡厅里播放着悠扬动听的轻音乐，灯光柔和。黄卫东问明珠道："明珠，最近培训工作进展如何？"

"嗯，还好。"明珠轻轻抿了一口热腾腾、香喷喷的咖啡道，"有茜茜和 Lisa 帮忙，进展得还不错，新员工们也都陆陆续续地通过了考核。"

"前几天我出差，酒店的事让你操心了……"黄卫东歉意道。

"这是我应该做的工作，黄总您客气了！"

黄卫东端详了明珠一会儿，微笑道："明珠喜欢剪短发？"

"嗯，以前每天上学前都必须花半个小时来打理头发，常因此迟到，后来觉得麻烦就剪了，从那以后就再也没有留过长发。"

"看过你之前的照片，那两条辫子显得有点儿老土！"黄卫东打趣道。他想起几天前无意中在明珠抽屉里看到的旧照片，那一副傻样实在是可爱，如今坐在他面前的是个全身充满青春活力的年轻女子，她的一言一笑总是牵触着他的每一根神经。

与些同时，林薇、李丹丹、陈艾艾、婷婷、刘海及餐饮部的几位员工们也聚在咖啡厅的另一角落里，看到了黄卫东和张明珠。

"不会吧，咱们黄总该不会是看上张明珠了？"刘海简直不敢相信自己的眼睛。

在一边的刘婷婷心里很是迷惑不解，心想：那张明珠不是跟老家的陈道明恋爱了吗？怎么背地里又跟黄总谈上了？

"是呀……难怪总经理平时这么器重她，原来是另有目的呀……"林薇酸酸道。

"听说黄总的女友三年前出车祸，打那以后，他就没有再谈过女朋友……"

"原来那张明珠暗施美人计，难怪在三个月里能坐上助理之位……"

"哎，现在的人，为了达到目的总是不择手段……"

几个人叽叽喳喳地轻声议论着……

坐在一边的刘婷婷听得心里很不是滋味，她心里最清楚张明珠不是那种把美貌作为资本女人，岂容其他人评头论足、胡言乱语，"拜托……上级请下级喝一次咖啡就生出这么多话来，你们思想也太不纯洁了。"说完愤然离开坐席，转身离去。

"不好意思，失陪了！"刘海忙追了出去。

"明珠，你在哪儿？"正当明珠与黄卫东谈话之际，张德从家里打来电话。

"爸……我在外面和同事一起吃饭！"明珠说完忙捂住电话对黄卫东道："对不起，我去外面接个电话！"说完三步并作两往外走。

"爸……我在外面跟同事吃饭。"

"这么迟才吃饭，都九点了……对了，明天星期六，我一早就去厦门看你，6 点半的车，大概 9 点半到。"

"老爸，您要来看我?"明珠喜出望外道，"太好了！我明天早上去车站接你。"

"那好，先这样，明天见面再说！"张德说完不等明珠回话就"咔"的一声挂了电话。

第二天早上，张德一大早就从莲城赶到厦门。

"……嗯，这种工作环境不错！"张德参观完酒店后，满意道，"想当年你老爸我年年都被单位评为优秀干部，女儿你可要争气点儿，别给你老爸我脸上抹黑啊……"看到自己的女儿变得如此独立和坚强，张德心里感到很自豪。

"当然了，我怎会舍得给老爸大人您脸上抹黑呢！不过……爸，您也太低估你女儿的智商吧！"明珠嘟着嘴佯装不快道。

"女儿呀，我这都是为你好……别生气！别生气！"张德见爱女不高兴，心急了。

"好啦，爸，您说错话就不许人家说句气话……"明珠嘟哝道。

正说着，黄卫东的车从外面回来，司机老林为黄卫东打开车门，黄卫东看到明珠与张德在大堂外面说话，便迎上来说："哟，来客人了，明珠，这位老先生是——"

"这是我爸，爸，这是我们黄总。"明珠介绍道。

"伯父，您好！"黄卫东热情地与张德握手。

"你好！你好！"张德边与黄卫东握手，边乐哈哈道，"总经理，我这闺女呀，人老实，勤学好问，有个缺点就是固执，要是工作上有不周到的地方，还望总经理多多包涵！"

"爸！"明珠怕张德一不小心把她的底全盘托出，连忙轻声制止父亲。

"老人家难得来一趟，请进酒店喝杯茶吧！"黄卫东热情道。

张德连忙说："不用客气啦，我回去了，不影响你们的工作！"

"伯父，您这才来就走……"黄卫东为难道。

生怕自己影响到女儿的工作，张德说："你们专心做你们的工作，我待不住啦，走了……"

明珠一听父亲要回家，急道："爸，多待几天吧，我带你去转转。"

"我要转自己去，不用你带。想当年我在厦门也工作了两年，这路比你还熟呢。去，去，去，别分心，专心工作去……这离车站不远，我自己走路去就行了，就当是边散步边欣赏风景。"说完就向外走。

"不行，这里离车站路远，我让人送你一趟。"黄卫东说完马上嘱咐司机老林。

张德见有人送，也就半推半就地上了车。

"爸，您回到家后记得给我来个电话，免得我担心！"明珠凑近车身，俯下身来，叮嘱车里的张德。

"放心，别把你爸我当小孩……快去上班！"

这一天，陈哲平看完财务发来的关于 2 月份的销售报告后，得知这个月的总营业额超过了原定指标的 20%，对着电脑满意地笑了。

"陈总，今天中了头彩呀？这么高兴！"明珠抱着文件夹走了进来。

"是呀，明珠，这个月我们的营业额又上升了一个数！"陈哲平眉飞色舞道。

"呵呵……"明珠走到陈哲平身边，俯身看了看电脑，说，"一看你那兴奋的样子就知道肯定又是达标了，怎么样？晚上请客！"

由于电脑屏幕朝门，坐在电脑前的陈哲平背向着门，以这个角度从门外看进来两人像是勾肩搭背。

林茜茜刚好路过，一见两人如此亲热，顿时像打翻醋瓶子般地娇咳了一声。

林茜茜臭着脸，快步走了过来，将手中的文件塞到了明珠的怀里："张助理，这是你要的资料。"说完愤然转身走出了办公室，弄得陈哲平和明珠一头雾水，不知所以。

第八章　小冤家相亲记

　　1999 年 7 月下旬，蓝大国矿区的石方料也根据陈道明要求的数量规格一块也不少地供应完毕。

　　陈道明把自己的那些从圆柱掏出来的多余的石头卖给了陈全，并从中赚到了约 100 万。这后，他提前将银行的那笔贷款还掉，并买了部黑色的奔驰小轿车。

　　陈道明的产品运送到马来西亚后，那些被组装起来的成品，形态逼真，栩栩如生，深受佛教界人士及众游客的赞赏。前些日子，普惠大师致电给陈道明，建议他把眼光放远，瞄准国外的寺庙筹建项目，逐步对外推广产品。并于六月底再次与陈道明签订第二份合同。

　　陈道明办公室里。

　　"按照目前的进展来看，马来西亚的那批货也已到了尾声，这批在合同期前提前完成是毫无问题！"陈国汉对陈道明道。

　　"赶归赶，质量问题还是要严抓……"陈道明神色严肃道，"国汉，你把那前天从马来西亚传真来的新图纸拿出来，看看还有什么需要改进的地方。"

　　正当陈道明与陈国汉研究新样品的设计方案时，强仔没精打采地走了进来，坐在沙发上，心事重重，长吁短叹。

　　陈道明瞟了强仔一眼，说道："你小子没事干，去看看那些货的收尾怎样了。"接着又埋头与陈国汉谈工作的事。

　　强仔悻悻然地走出了办公室。

　　"……国汉，马来西亚的这批货尽快提前在 8 月底赶完，接下去就要专心做第二批新订单的货，尽快先拟定几件样品出来……"

　　"这几个月我们没日没夜地赶货，让大家先松一下吧！"陈国汉喝了一口茶道。

"平时都是分成三班制，也没影响到大家的休息时间……这事早一天完成，早放心。这样一来我们就可以抓紧时间赶下一批货……这时间可就是金钱呀！"陈道明意味深长道。

成品制造厂里。

强仔坐在石头上发愁，令他感到困扰的是，自从他从矿区回来后，父母亲天天催他上林美玉家相亲。这不，一回到家就又听到母亲的唠叨："阿强，那林美玉是个不错的女孩儿，你看林医生家的门槛都快被踩烂了，那美玉连瞧都瞧不上一眼，人家闺女就中意你一人。再说我们这家境，人家美玉能看上你已经是万幸了，你就别再磨磨蹭蹭了……晚上跟我一起上林医生家一趟。"

天不怕地不怕的强仔一听"美玉"两字就一筹莫展，暗地里悔恨自己那次的肠胃炎来得真不是时候。

原来，自那次强仔找美玉打针后，这美玉便一眼看上这愣头青。打那天起，她天天缠着林医师找人上强仔家提亲。虽说这美玉非红粉青蛾之容，亦非沉鱼落雁之貌，但好歹也是个颇有姿色的女子。因此，林医生家总是媒人不断，可这美玉连瞧也不瞧人一眼，将来提亲的媒人一一拒之门外。

俗话说："男大当婚，女大当嫁。"眼看芳龄已近二十四，林医生不由得为女儿的终身大事操起心来。可这美玉却鬼迷心窍地，这天上飞的不要，偏要这地上爬的蛤蟆愣头青。这不是活生生的一朵鲜花插在牛粪上吗？看着美玉整天魂不守舍，林医生无奈，只好依了美玉，托人前去提亲……

强仔受不了母亲紧锣密鼓似的催促，当天晚上就和母亲提上两条"中华"香烟和两瓶洋酒到美玉家。

这一晚，皓月当空，万物被沉寂笼罩着。

美玉倚窗而立，魂不守舍地望着远处的山峦发呆。

突闻一阵"铃铃"的门铃声响起。

"谁呀……"美玉母亲忙下楼去开门。

美玉走到窗前往外探头一看，见是强仔，忙坐到梳妆桌前，手忙脚乱地打扮了起来。

美玉对着镜子反复地做着各种不同的表情与动作，自我满意地捋了一下额头前垂下的遮眉刘海，下了楼。

"美玉……"美玉母亲在楼下提高嗓子催促道。

"来了！"美玉应声翩翩来到了强仔母子面前。

"伯母好！阿强……"美玉打招呼道。

强仔视而不见，装作不在意似的抬目环顾四周。

"哟，这闺女长得可真伶俐……"强仔母亲拉着美玉的一只手，赞不绝口。

与落落大方的美玉比较起来，强仔显得拘谨多了，勉强地向她点头微笑。

美玉看着强仔一双眼睛笑得像月亮似的。这段时间里，一想起上次打针时他那紧张的样子，她就忍不住发笑。

林医生夫妻一看美玉发呆，心里暗地里着急道：这丫头在做什么？再这样发痴下去怕会被人笑话。

"美玉，去烧些水。"林医生支开美玉道。

"我这就去！"美玉应道，端起一套茶具，走出大厅。

强仔母亲见儿子仍一副发呆之状，心中一急，扯了一下他的衣角，细声道："你傻了？"说完向强仔使了个眼神，示意他跟着美玉到院子里。强仔这才不情愿地抽脚往院子里走。

林医生夫妻和强仔母亲也知趣地上楼小谈去了。

院子里，月色如银，柔和的月光洒在院子里。

强仔如一尊雕像般一动不动地坐在大理石桌旁，与美玉面面相对。

月色下，美玉一身粉红色的连衣裙，胸前绣有只展翅欲飞的蝴蝶，更显楚楚动人，与白天的那手持针筒、满脸严肃的美玉简直判若两人。

面对美色，就算是神仙也会为之动容，更何况是强仔的这样一个凡夫俗子，他出神地盯着美玉如花似玉的脸蛋，呵呵地傻笑。

"阿强，你最近有没有再闹肚子？"面对眼前傻笑的强仔，美玉找不到话题，只好拿他肚子说事。

强仔拍了拍自己的肚子，故作深沉道："俺现在身体的免疫力可是急速上升到最高指数，百病不侵，健康得很，这横财你就甭想了……"

美玉笑而不语，起身走进屋，取了笔纸，嗖嗖地写了张纸条给强仔："这是治闹肚子的药，你带在身上，出门时救急用。"

强仔接过来翻来覆去地看。

"拿反了！"美玉提醒道。

"噢！"强仔转过来一看，说，"这哪是字？你当我文盲呀……"

美玉听后哭笑不得，说："这字是写给内行人看的，外行人当然看不懂！你拿去药店，人家一看就明白了。"

"喔，可别再药倒俺……"

"不治别人，这药就专治你这疑难杂症……"美玉朗声笑道，露出了一排雪白的牙齿。

两人就这么你一句我一句地越打越火热……

第九章　捕风捉影

这一天中午，星际酒店的员工食堂里沸腾了。

林薇正与几位员工议论着刚从集团听来的关于陈哲平调动之事。

"……喂，你们知道吗？听说代替陈哲平职位的是集团里的欧阳丽娜，听说这女人厉害着呢……"

林薇神情激动地对大家道："那张明珠呀……平时对我们这么苛刻，这助理的位置是该换人了……"

众者听罢，面面相觑。

"这么牛的上司不一定近人心，还是明珠好呀……"

"是呀，明珠虽然严肃了点儿，但是做事一向都很公道……我可不想再面对一个新上司，这得再投入多少感情呀！"餐饮部林妹妹道。

"张明珠平日对你们又是施加压力，又是处罚，又是写案例分析的，你们都鬼迷心窍了？还帮她说话，难道她对你们还不够狠吗？"

"林薇，你这吃里扒外的，别总是昧着良心说话。"旁边的汪达卫站起身指责道，"平时明珠是怎样对你的？你想想你出过几次错，要不是明珠帮你背黑锅，你早已经被请出去了。现在你不但不感激她，还恩将仇报地在背后议论她的是非，你还是人不？"

"去，你这娘娘腔，张明珠给你啥好处啦？尽为她说话。"林薇站起来，一把推开了汪达卫，双手叉腰，盛气凌人地直逼得汪达卫步步后退。

"你……你这种人简直不可理喻，懒得理你。"汪达卫气得满脸通红，转身离开了。

"唉……咱们犯错被处罚也是应该的，这规章制度还是得遵守，不然就乱了套……"餐饮部林妹妹道。

"是呀……其实张明珠人不错，她总会给人机会……林薇，你这样评价她是不是过分了些？"有人道。

"我们支持汪达卫的说法！"大家异口同声道，然后全都起身离开了食堂，留下林薇一人在那儿发呆。

过了一会儿，林薇转过身去，望了望坐在贵宾厅里用餐的杨丽萍，泄气地对她摇了摇头，表示无可奈何。

下午，林茜茜跌跌撞撞地闯进了办公室："明珠，有两个消息，你是先听好消息，还是坏消息？"

明珠正专心审阅财务刚送进来的客房及餐饮销售报告。一听林茜茜的话，她放下手中的活，问道："有什么事你直说就是，我的性格你是知道的。"

"好消息就是陈国政下个月将被调到集团当销售总监，不过这对我来说是件坏消息……"林茜茜坐在明珠面前，双手托腮，苦着脸。

"那你就说说坏消息吧！"明珠镇定自若地问道。

"'关公脸'要走了，代替他的是集团里鼎鼎有名的四川辣妹子欧阳丽娜。听说这女人表面上一副慈眉笑脸的，背地里却阴险狡诈、手段狠辣，而且还扬言说要挑战你的总经理助理职位……你可千万不要怯场呀！"林茜茜焦虑道。

"我知道了！"明珠淡淡道，"还有事吗？"

"没有了！"林茜茜道，"你真的不担心？"

"我担心什么？……你们不给我惹麻烦就好了！"明珠道，"只要努力做好自己的本分工作就行了……至于那欧阳丽娜，不管她有什么动机，首先我们还是得好好配合她的工作。"

"听说那女人很厉害的，你就不怕她给你小鞋穿？"

"各自做好自己份内的工作就行了，怕什么？"

"你怎能不担心呀？人家都挑明要挑战你了……"林茜茜嘟着嘴巴不解道。

"呵呵……你呀！"明珠嫣然一笑，"你什么时候也学汪达卫那样一惊一乍了，要知道这黄总的眼睛可是雪亮的，再厉害的妖怪也逃不过他那火眼金睛。行了，说说你家陈总，他与汪雪茵解除婚约了没？"

"唉……甭提了，一提到他与那汪雪茵的事俺就万箭穿心。那家伙似乎就没有真正想与汪雪茵解除婚约。"

"你没跟他说明白？"

"怎么说呢，难道我要架把刀子在他脖子上逼他娶我呀？"林茜茜满脸愁容道，"说真的，对他我可不敢再指望了。"

明珠看了她一眼，笑道："什么时候你也会妥协了？"

"唉……不妥协又能怎么样？"林茜茜长吁短叹道，"可是，我就不明白那汪雪茵有那么大气，遇上我和陈哲平在一起竟然不介意，还主动过来和我打招呼……"

"你以为别人都像你一样醋瓶子一个呀？汪雪茵可是见过大世面的女人，就算心里不舒服，多少也得顾及陈总的面子，怎么可能当场扯下脸皮。"明珠道，"你们两个呀……就跟小孩子似的，一会儿离，一会儿聚，藕断丝连的也不是个办法！"

"我也很苦恼!"林茜茜苦笑道,"不知道怎么办才好。"

"顺其自然吧!"张明珠道,"行了,你去做事吧,顺便帮我把这份财务报告拿给财务部经理。"

林茜茜走后,明珠陷入了沉思。

傍晚,明珠下班后,刚走出酒店电话就响了。"喂,明珠!"陈道明打来电话说,"帮我看看你们那附近有没有别墅在卖?"

明珠说:"咋了?突然这么着急买房?"

"哈哈……咱农民想进城不行呀?"陈道明打趣道。

"行!可是,这附近的别墅一平方米就要好几万……"

"傻丫头,就马来西亚的第一批货就已让我赚到了一千来万!"陈道明安慰道。

"这么多?"张明珠满脸惊讶道。

"嗯!"陈道明道,"除了买别墅,我还打算去厦门开公司呢,听说那里的贸易市场不错,想去碰碰运气……"

"你真要买呀?"

"嗯,我决定好了!"

"如果资金备足的话……楼房这方面你就不用操心了,刚好前几天筼筜湖边有一幢别墅外面挂有一张转让的告示,最低价316万,楼房面朝湖,具体的情况等你来时再说……"

"明珠,我想你了!"陈道明道。

明珠笑了笑,沉默不语。

"你难道就连句想跟我说的话都没有吗?"那边陈道明在电话里急道。

明珠继续不语,内心却窃窃自喜。

陈道明说:"明天就去见你,行不?"

"不行,明天没空!"明珠故作深沉道。

"都好长时间没见面了,你当我和尚呀?"

"那你就赶快遁入空门吧!"明珠笑道。

"这话可是你说的喔，这和尚也有吃荤的……"陈道明道。

"你敢?"明珠急道。

那边的陈道明听后脸上露出了得意的笑容："那明天你就别到处乱跑，等着我，我给你来个惊喜!"

厦门星际酒店宿舍里。

陈艾艾哭丧着脸，翻看着手机里的短信。

"怎么啦? 艾艾!"刚从浴室走出来的林茜茜关心地问道。

陈艾艾抬头望着林茜茜，满脸是泪道："我是不是太白痴了?"

"怎么啦? 你快说呀!"林茜茜急道。

原来，自那次从"海阅培训基地"回来后，陈艾艾与郑教官经常通电话，而且短信来往频繁，经常一聊就是一个小时。而且郑教官每个周末都来厦门与陈艾艾约会。直到昨天早上，坠入爱河的陈艾艾突然接到一个陌生女人的电话。

女人自称是郑教官的老婆，说是看了郑教官的手机短信后，才知道自己的男人出轨了，并在电话里把陈艾艾挖苦一番，气得陈艾艾当即挂了电话。这后，她打了郑教官好几个电话也没有接，似乎在躲着她。

为此，陈艾艾辗转悱恻，寝食不安，越想越觉得自己愚笨。

林茜茜说："别哭! 你没错，男女感情的事是很难说得清的。我再问你一句，你真的爱上郑教官了?"

陈艾艾点了点头。

"那，郑教官呢，他怎么表态?"

第十章　坠入情网

"没有，他一直没有跟我表白什么！"陈艾艾神情迷茫道。

"你们有过越界的行为吗……"

"没有！"陈艾艾打断林茜茜的话，红着脸道，"我们，我们最多只是接个吻而已！"

"还好事情没再发展下去……"林茜茜感叹道，"看来郑教官是喜欢你的，只是因为已有家室，不知道如何面对。"

"他到现在都没有接我电话……"陈艾艾垂头丧气道，"看来，我们这段感情没希望了。"

林茜茜说："他不接你电话，八成是选择放弃你了。不过……长痛不如短痛，你越早结束这段感情越好。"

"茜茜姐……我好难过。"陈艾艾扑倒在林茜茜怀里，泣不成声。

"好了，不哭……"林茜茜轻轻拍着她的后背，温声劝道，"自古以来，哪个少男不多情，哪个少女不怀春？每人都会有一段难忘的初恋，有成功，也有失败，你忍一忍，痛一段时间就过去了。"

"嗯……"说完陈艾艾又忍不住热泪盈眶。

陈国政自从调到集团总部后，三天两头就约明珠出去。而张明珠除了吃饭外，大多以忙为由委婉推掉。慢慢地，陈国政也就不再打电话给她了。

一天，林茜茜问明珠说："明珠，我看那'关公脸'对你挺好的，文凭高，又有前途，而且你们俩都是未婚，不如考虑进一步发展……"

"别胡说八道！"明珠道，"我对陈国政没有别的想法，一直以来，我们只是单纯的同事关系，并没有进一步的想法。"

"是吗？"林茜茜将信将疑道。自从进酒店以来，她可是第一次看到明珠发这么大的脾气。

惠安莲城。

自从王芬被调到县城工作后，三天两头就往陈道明家里跑，又是帮两位老人做家务，又是帮陈道明熬汤，把他照顾得像个宝似的，同时也把两位老人哄得眉开眼笑的。

虽然陈道明表示他们只是朋友，但是，两位老人却把王芬当作未过门的儿媳妇。于是乎，夫妻俩商量好，决定找时间登门向王芬父母提亲。

"明儿，这王家姑娘可是个好人家的女儿，人长得漂亮，又懂事，而且还在银行上班，像这样的好姑娘你到哪儿找去？"陈道明母亲边缝衣服，边唠叨着。自从王芬出现在陈道明家里后，阿同伯夫妻就开始为陈道明的婚姻大事操心了。

陈道明说："妈……我的事不用你俩操心，再说我对芬子也没那想法，只是当作好朋友而已。"

"你也不小了，看看村里跟你同龄的都已成家了，你要是再不找对象，我们要等到什么时候才能抱孙子呀？"

"妈……这种事急不来的，我心里自有分寸。"

"好了，这事就让我和你妈作决定吧！"阿同伯语气坚定道，"昨天晚上我们托人去芬子家提亲去了，那姑娘的父母说可以考虑考虑，现在还没答应下这门亲事，我看你小子得亲自登门拜访才是。"

"爸，妈，你们怎么能冒冒失失地去向人家提亲呀？"陈道明一听着急道，"还好人家还没答应，不然就麻烦了！"

"我们也是看你对王家姑娘有意，不然你怎么会随便带她来我们家呀！"陈道明母亲神情严肃道，"孩子，婚姻可是大事，你千万别犹豫，那王芬可是个好姑娘！"

"不是的，我，我早就有意中人了！"陈道明急得直跺脚道。

"你有对象了?"阿同伯敲了敲手中的烟斗,责怪道,"有对象也不早说,你小子把你老子当外人啦?"

"孩子,找媳妇可千万别看长相,这品德很重要啊……"陈道明母亲摘下眼镜咕噜道。

"爸妈,这点你们就放心吧,包你们第一眼看了就满意!"陈道明眯着两只眼睛笑道。

"这婚姻可不是儿戏,是哪家姑娘?你赶快说!"陈道明母亲追问道。

陈道明便将他与明珠的恋爱经过简单地向二老描述了一番,两位老人听得乐哈哈的。

不想这话被刚从惠安回来就直接来陈道明家的王芬听到,王芬失魂落魄,提着礼品朝着陈道明工厂走去。

"照你这么说,这位姑娘也是好人家的孩子!"阿同伯拍了拍陈道明的肩膀责怪道,"你小子这秘密怎么藏了这么久才说出来,差点儿误了大事。"

"我这段时间都在忙着工厂的事,就把这事给忘了。"陈道明笑道。

阿同伯听后神情严肃道:"你也不小了,是时候把那姑娘带来给我们瞧瞧了。"

"嗯,我明天就去厦门把她带回来,让你们好好瞧瞧,嘿嘿……"陈道明开心地笑了。

陈道明还在与父母说话间,王芬打来电话:"明哥,你在哪里?"

"我在家,你回家了呀?"陈道明一个人走到院子里,接起了王芬的电话。

"嗯……我刚好路过你这儿,在你办公室里等着呢,要是你忙的话……我改天再来。"王芬声音哽咽道。

陈道明感觉不对劲儿,惊讶地问道:"怎么啦?"

王芬说:"没事,只是心情不好,多喝了点儿酒!"

"你等等,我这就到……"陈道明挂了电话,匆匆忙忙往工厂的方向赶去。

"明哥。"一见陈道明进来,王芬便主动投怀送抱。这时候她已经是醉眼蒙眬,媚态百出。

原来，王芬一进陈道明的办公室就拿出柜子里存放的洋酒一阵猛喝，等到陈道明赶到时已经有了七分醉意。

"明哥！"王芬踮起双脚，用手勾住陈道明的脖子，将热扑扑的脸贴了过来。

"你喝酒了？"陈道明心跳加速，困窘不已。

"来，咱俩来喝一杯！"王芬向他抛了个媚眼，那媚态令人窒息。

陈道明陪她喝了几杯，说："不能再喝了，走，我开车送你回家！"说完就要扶着她往外走。

已有三分醉意的陈道明连忙别过脸，不敢正视她桃花般妖媚的双眸。

她趁机紧贴上身子："我想你要我！"吻住了他的双唇，身子挣脱出粉蓝色的连衣裙……

外面飘起了绵绵的细雨。

面对如此勾魂的诱惑，陈道明最后一道防线彻底崩溃了，他喘着粗气，将她按倒在沙发上……

第十一章　求婚

第二天一早，天边露出鱼肚白时，陈道明醒来后发现自己浑身赤裸，这才想起昨晚上与王芬的缠绵。

"该死！"他懊悔莫及地打了自己一记耳光。

洗漱后，他来到办公室，办公桌上已经摆好王芬给他备好的早餐。

吃完早餐后，陈道明重新检查了马来西亚最后一批货的包装，见那一箱箱货用木条钉得牢固，而且已陆续装上了货车，心里顿时轻松了许多。

"国汉，辛苦了！这是最后一车吧！"陈道明问道。

"唉！"陈国汉吐了口大气说，"昨晚上连夜加班加点地赶包装，阿强把包装箱唛头写错了，幸亏我及时发现重新修改……累死了，本来昨天晚上 3 点就可以完成的，被阿强这么一错，搞到这么迟才出货。"

"改了就好！"陈道明又道，"货都出了？"

陈国汉说："差不多了，还好现在十五车的货都发走了，只剩下这最后一车了。这车发走了，马来西亚的货也就全部完成了。"

"很好！还真如计划中的提前完成了。"

"收钱比发货重要！对方货款汇了没有？"陈国汉好心提醒道。

"这第二批货的货款一周前就打入工厂户头了，剩下的尾款他们收到货的一周内会结清。对了……下午记得帮我到酒店订桌，晚上我请工人们吃饭。"

"好当家！"陈国汉向他竖起大拇指夸道。

陈道明说："你明后天休息吧，反正目前也没有什么要紧的事做，其他的杂事就让头手师先看着。"

"一听你这么交代，我就知道你又要去厦门了。"陈国汉笑道。

"没错，我明天就去趟厦门，可能要两三天才回来，晚上的聚餐你来主持……"

厦门。

这一天刚好是周五，为了与陈道明一起去看房子，明珠特意请了一天假。两人在售楼员的带领下参观了楼房。

小别墅位于厦门"西堤别墅"附近的筼筜湖畔，也就在星际酒店和马可波罗酒店附近。

别墅是建于 20 世纪 90 年代的三层的小楼房，350 平方米左右，于 1998 年装修。由于楼房主人在香港，很少回厦门，房子装修后就一直空着。后又因楼主一家人移民到美国去，因此就委托中介卖掉此楼。

别墅除了花园外，楼房占地面积 160 平方米；三楼是两间卧室和一个小客厅；二楼是一间大书房与一间客房；底楼是一间宽敞明亮的大客厅和厨房，还有一间用人房；房间的地板是上等紫檀木，墙上贴着白底粉红色的碎花墙纸，家具是欧式的黑白格调。

这里依山傍水，凤凰花开，柳枝轻柔摇曳。铁栏杆里，牵牛花与夜来香拥抱在一起，与楼外杉树的香气汇合，微风掠过，令人心里充满了无限的遐想。

陈道明看了非常满意，当下以 350 万元买下，户主是张明珠。

见陈道明在购房合同上写上自己的名字后，张明珠很是惊讶，说："我无功不受禄，你这是做啥？"

"傻瓜！"陈道明轻轻勾了下她的鼻子，满脸贼笑道，"我若没有企图，怎会收买你呢？"

"什么？"张明珠一头雾水道。

陈道明说："你是我未来的老婆，为夫不收买你怎行？！"说完拉着她离开了地产公司。

筼筜湖畔，风清月朗，垂柳飘曳。

"这里太美了，简直就像世外桃源……"倚栏而立的明珠禁不住脱口赞叹道。

"嫁给我吧！"陈道明从后面抱住她，温声耳语道。

"你想娶我？"明珠略略偏过头来望着他，娇媚道，"我还不想嫁呢！"

"不嫁也得嫁！"陈道明很霸道地转过她的身子，明珠剪水秋瞳般的双眸和一头乌黑亮丽的秀发。天啦！她是那么美，那么纯洁。

"谁也无法夺走你！你是我的，永远是我的……"他紧紧地抱着她，俯下头来，热热地吻住明珠。

明珠如触电般地一震，陷入了陈道明的狂热中。

过了好一会儿，明珠才推开陈道明，红着脸说："你真的想娶我为妻？"

陈道明强认真道："是的，我想与你生生世世，永不分离！"

"既然你想娶我！"明珠吞吞吐吐道，"那是不是该举行什么仪式……这样对我爸爸妈妈也有个交代！"

"好，明天我就带你去见我的爸妈，我一定要明媒正娶把你娶回家！"

"可是……可是你爸妈要是反对呢？"

"不会的，你这般可爱，他们喜欢还来不及呢！"

第二天晚上，张明珠与陈道明一起回到莲城，阿同伯夫妻一见到明珠后，笑得合不拢嘴。

陈道明母亲走到明珠身边，拉着明珠的手，爱不释手地赞叹道："明儿，你早该把明珠带到家里来……瞧这孩子长得多水灵呀……"

"伯父，伯母，这是给你们带的礼物，一点儿小心意，请收下！"明珠微笑地递上她准备好的礼品。

"来了就把这里当成自己的家，这么客气干啥呀！"

"明珠！来，过来喝杯茶，吃点茶点！"阿同伯一见到这未来的儿媳妇，心里像灌了蜜似的又是端茶，又是递点心的，忙得不亦乐乎……

"哟，家里来客人了？"邻居的阿嬷走进来打招呼。

阿同伯高兴道："啊……这是明儿的对象……"

"是明儿的对象呀……长得真漂亮，是城里来的吧……"

这时，周边的三姑六婆都来了，大家像在观看奇珍异宝似的盯着明珠，七嘴八舌地窃窃议论着，羞红了明珠的脸。

翌日，两位老人便提上礼物到张德家提亲。

"道明这孩子是不错，只是我们两家住的地方相距太远了……而且这边都说'好女不嫁外乡人'，唉……那些长舌妇的口水会淹死人的！"陈玉华忧心忡忡道。

"亲家，那嘴巴是长在人身上的，爱怎讲就怎讲，咱们别在意就是。重要的是，现在两个孩子谁也离不开谁呀！"阿同伯看了一眼在旁静静抽烟的张德，问道："张老弟你说是不？"

"既然两个孩子都彼此中意，作为长辈，我们当然要支持！"张德敲了敲烟灰，说，"只是……我家明珠从小娇生惯养，没下过田，也没下过厨房，我担心她今后做不好一个儿媳妇呀……"

阿同伯笑着在旁接茬道："亲家，这进门的儿媳妇可就是自己的闺女了，心疼还来不及呢，怎么舍得挑她短处呢，再说我们家的田早就借给亲戚种了……"

张德和玉华早就对陈道明颇有好感，看夫妻俩也不像是刻薄的公婆，再听阿同伯这么一说，也就答应了这桩婚事。

然后，两家商量着挑个良辰吉日完婚，日子定在十月初二。

第一章　牛上司的烦恼

一转眼又是个秋高气爽、落英缤纷的秋天。

这一天早上，明珠和新上任的销售总监欧阳丽娜在办公室里谈话。

欧阳丽娜五官清秀，头上束着一条马尾，体形丰满，妩媚动人，处事精明干练，身上有一种女强人特有的气质。

"明珠，听陈总说你的观点新颖，上次你提出的销售人员每日回访五位客人的方案，效果不错！"欧阳丽娜嘴上如抹了蜜般的讨人欢心。

"我只是提了一点儿小建议，感谢娜姐的赞赏！"明珠礼貌道。

"目前厦门的酒店行业每年都有增加，比起其他星级酒店，我们还得多观察市场上的动向，获取最新信息，特别是回头客这一块，我们还得多借鉴其他酒店的服务方案。"

明珠说："这点黄总在上次的销售会议上提过，销售部及前厅一线人员也在搜索相关信息。"

"这样就好！"欧阳丽娜满意地离开了。

这段时间里，Lisa 对张明珠的态度有所改变，工作上也极力配合，没有再出现什么差错。可是林薇对张明珠的态度却丝毫也没改变。她仗着自己是杨丽萍的表侄女，总喜欢给她制造麻烦。女人嘛，最好钩心斗角，一旦认真起来，那股蛮劲儿可不比男人逊色。

林薇利用张明珠总值的这天晚上，趁人不留意，半夜里打电话骚扰客人，而电话里又不出声音，惹得几位客人怒火攻心，投诉连连。对此，林薇向客人解释是外来的骚扰电话。

这天晚上，张明珠处理客诉直到凌晨，才解决了问题。

明珠亦非等闲之辈，她检查了酒店内外线电话转接记录和监控，发现凌晨0:00:24 至 1:15 这段时间，林薇上了三趟洗手间，期间有两次偷偷跑到员工食堂打电话到客房。

看完监控及电话记录后，明珠彻底地失望了。对她而言：林薇就如椅座上那根松动的螺丝钉，正慢慢脱落……

上周，汪达卫提醒明珠，说林薇在食堂里挑唆员工们针对她，让她多加小心。

明珠当时觉得是小事情，不想追究，也就睁一只眼闭一只眼当作没发生。可这回事关重大，关系到酒店的名誉，张明珠当即把这事汇报给了 Maria。

Maria 听后沉吟了片刻："这事非同小可，不能让她再这样下去。"于是，Maria 将此事汇报给人事部和总经办。

在讨论对林薇的处罚会议上，除了杨丽萍外，酒店的领导都举红牌，认为林薇几次大过，这次又故意扰乱秩序，人品不佳，最终林薇被开除了。

惠安县城。

眼看再过三天就是陈道明与张明珠的大喜日子了，王芬在表哥和家人的激烈反对下，辞去了银行的工作，提着行李回了老家。

"明哥，银行里裁员，我现在失业了……"王芬在电话里编了个谎言。

"怎么可能，李行长就算裁了别人也不能裁你呀，那家伙也太过分了，狠起来六亲都不认……不行，我得打个电话给他。"陈道明急道。

"别，我被辞职不是我表哥的意思，是上面下令的。为了这事，他和市里的上司翻脸了……我知道你是为我好，但是，现在表哥也很烦，你要是打电话去责问，会让他更加难堪的……"

"你也别担心没工作，到我这儿来上班，刚好我这儿缺人手！"

王芬听后心中暗喜，嘴上却说："你那儿还真缺人手呀？"

陈道明说："是呀，最近看中了厦门的一家合资贸易公司……"半个月前，他经人介绍，把刚要倒闭的"厦门威得利贸易公司"以最低价 25 万元买了下来，经重新整顿后，打算找个黄道吉日举行开业礼。本不想让王芬来自己的公司上班，但他又不愿看到她失业后无所事事，毕竟她帮过他不少忙。

听陈道明这么说，王芬兴奋道："真的吗？"

"真的！"

"太好了！"

陈道明说："嗯，你明天先来工厂上班，我让我振华带你一周，熟悉一下工作……"

厦门星际酒店。

黄卫东收到明珠送来的喜帖后，脑子"嗡嗡"作响。这怪谁呢？谁让他断不了对许希芸绵绵不尽的思念，谁让他只顾忙着工作，迟迟没有向明珠示爱，以致自己喜欢的女人成了别人的老婆。

沉默了片刻，他无精打采地拿起电话，对外面正忙着整理文件的明珠道："明珠，有人找我，就说我出差了，别让任何人打扰我！"

整个早上，总经理办公室里云烟袅袅。

黄卫东神情孤伤地抽着烟，一根又一根，烟灰缸里塞满了烟头。

傍晚时分，黄卫东满脸疲倦地拨通了张明珠的电话，说："明珠，下班后请到我办公室来一趟！"

"好的，黄总！"张明珠正要问什么，黄卫东那头已挂了电话。

下班后，十三楼办公室里的人员都走得差不多了，只剩下黄卫东和张明珠。

"黄总，您……找我有事吗？"张明珠问道。今天黄卫东很不正常，她到办公室时，黄卫东正站在窗口对着窗外发呆，一句话也不说。

"坐吧！"黄卫东说道，然后转身走到张明珠面前，握着她的一只手，深情地说，"明珠，我爱你！嫁给我好吗？"

明珠被黄卫东突然的表白吓一跳，不知道如何回答是好。

"对不起！"黄卫东一下子意识到自己的失态，松开了握住明珠的手，"我，我吓到你了吧？"

张明珠正了正神，说："黄总，一直以来我都当你是我的上司……"

黄卫东心里一阵心痛，说："你真要和他结婚吗？"

明珠坚定地点了点头，没有再说话。

黄卫东顿时犹如掉进万丈深渊般绝望。

这时，欧阳丽娜正好折回来取文件，正好听到他们的对白，嘴角掠过一丝满意的笑容。

这个喜欢把自己的才能浮于表面的女人一直暗恋着黄卫东，因此主动向集团申请调到星际酒店总经办，这样她就能天天见到自己的心上人了。但是，她几次向黄卫东暗送秋波，黄卫东都当没看见，眼睛总在张明珠那，这令她很失望。今天得知张明珠要嫁人后，她暗中欢喜。只要张明珠嫁了人，那黄卫东就会死了心，这样一来，她以后便有机会接近黄卫东了。

她站在办公室外面继续贴着耳朵窃听里面两人的谈话。

"咳！"就在此时，身后传来一声咳嗽，欧阳丽娜回头一看，不知什么时候林茜茜突然出现在她身后。

"你在干什么？"林茜茜用怀疑的眼光审视着她。

"捡东西呢！"欧阳丽娜顺手捡起地上的名片，转身离去。

林茜茜望了望那扇半开半掩的木门，再看了看欧阳丽娜离去的背影，低声骂了句："马屁精，偷听人说话真不害臊！"说完抱着文件夹转身离去。

总经理办公室里。

黄卫东仍旧不死心，凝视着明珠："明珠，你爱他吗？"对他来说，明珠聪明过人，工作态度也认真严谨，但在男女方面的感情上看起来又似乎过于幼稚，像个涉世未深的小学生。真不知道她对那男人了解有多深。

明珠笑着点了点头。在她的心目中，黄卫东就她的大哥一样，因此，在他面前她不想隐瞒什么。

黄卫东缓缓地从椅子上立起身子，再次走到窗前，望着窗外陷入了沉思。

"祝福你们！"这四个字太沉重了，但他还是说出来了。

"谢谢黄总，没事的话……我先回去了。"

"没事了，你先回去吧！"

"好！"明珠离开了办公室。

明珠离开后，黄卫东狠狠地扇了自己一耳光："黄卫东，你个糊涂虫！"

十月初二。

张明珠与陈道明在星际酒店大堂门口接待着亲朋好友们，伴郎是强仔，伴娘是王芬。阿同伯夫妻和张德夫妻陪在两旁。

这天晚上，黄卫东把自己关在家里喝闷酒。这是自许希芸离开他后第一次酗酒。

王芬这次也是硬着头皮来参加俩人的婚礼，毕竟她是明珠选的伴娘。

敬酒的时候，王芬一个人躲在角落里喝着闷酒。

"张明珠，我比你先一步得到明哥，你凭什么把他夺走……"王芬内心痛苦地呐喊着，"论容貌，你没容貌，论身材，你不如我，你个丑八怪……"

等到新郎新娘前来敬酒时，王芬跌跌撞撞地举杯上前，勾着陈道明的脖子死缠着要喝交杯酒。

"明哥……来，喝一杯，我也是你的新娘子！"王芬语无伦次道。

明珠心中一沉，侧头看着陈道明。

陈道明神色平静地扶着王芬，对强仔和美玉说："芬子喝多了，你们扶她去休息！"

"芬子，你醉了，这交杯酒可不是你喝的……"强仔和美玉连忙把王芬拖开，扶着她进了休息间。

"明珠！"陈道明把明珠搂进怀里，"她喝醉了，胡言乱语，你别往心里去！"

明珠松了一口气，说："我相信你！"嘴上这么说，眼眶却红了。

休息间里。

"陈道明你个王八蛋，我才是你的新娘子，你怎么可以娶那龅牙妹……"

王芬号啕大哭道。

"唉……"强仔看了一眼满脸是泪的王芬，长叹道，"我知道你心里难受，可是明哥他心里没有你，嫁给他你能幸福吗？"说完对身边的美玉道："美玉，你帮我照顾芬子，我去看看外面有什么需要帮忙的！"

"放心吧，这里交给我……"美玉道。

强仔离开后，美玉拿了纸币，帮王芬擦去脸上的泪水。

"芬子，我知道你心里苦，但是今天是道明的好日子，你有什么委屈就忍着啊……"美玉劝道。

第二章　陌生女人的电话

春田木川，中国南京人。十年前去日本留学，在东京认识了一个名叫原田本子的日本女人。两人一见钟情，婚后定居东京。

几年后，春田木川以日本人的身份到中国经商。

一年前，陈道明在石材会展中认识了春田木川。但是，此人吃喝嫖赌样样精通，每次来厦门都要上夜总会寻开心，也经常邀请陈道明同去。

平时，张明珠忙碌于酒店工作，很少过问陈道明生意上的事，因为她清楚陈道明是个有分寸的人，知道什么可为，什么不可为。而陈道明每次一有应酬都会提前打电话通知明珠，让她早点儿吃饭，早点休息。

张明珠总是很温柔地回道："你辛苦了，开车时多注意安全，早点儿回家！"

夫妻俩互敬互爱，彼此信任对方，小日子过得挺美满的。

一个暴风骤雨的夜晚，凌晨3点半仍不见陈道明回来。

张明珠心中不安，忍不住打电话给陈道明说："道明，你在哪儿？"

"我在朋友家打麻将！"电话那头传来陈道明爽朗的声音，还有搓麻将的声音。

"很晚了，你明天还要上班呢，别再玩了！"明珠心疼道。

"你放心好了，我再玩一圈就回家，你赶紧睡觉吧！"陈道明说完就匆匆地挂了电话。

陈道明啊陈道明，你什么时候染上了这坏习惯？明珠心里一阵忧伤。

"铃……"这时候床头的电话突然声响了，打破了沉寂。

"喂……"明珠接起了电话。

电话那头却一点儿声音也没有。

"喂……说话呀！"

"嘟……"话音未落，对方挂了电话。

明珠后脊一阵发凉，这三更半夜的，谁会这么无聊？

明珠抬头看了看墙上的挂钟，已经是 3:40。明珠打了个哈欠，抱着枕头闭眼养神，刚刚合上眼，床头的电话又"铃铃铃"地响起了。

"喂……"明珠接起床头的电话问道，"……哪位？"

"呜呜呜……"电话里突然传来一个女人的呜咽声，哭得人头皮发麻。

"见鬼……"明珠吓得挂了电话，抓起被子，蒙头睡觉。

不一会儿，电话铃又响了。

明珠不敢再接电话，浑身战栗地抱着枕头。转念又想，不接电话也不行呀，可万一是道明打来的电话怎么办？

想到这里，她硬着头皮接起电话："喂……"

"道明在吗？"电话里传来一个女人的声音，说话哽咽。

"不在，你是谁？"明珠问道。这女人三更半夜打电话来找道明，什么意思？

"我是道明的女友，我们很相爱……"对方声音呜咽道。

"开什么玩笑？"明珠不敢相信自己的耳朵，厉声道，"我是道明的合法妻子，你算哪根葱呀？"

"我是道明的至爱！这是他亲口对我说的！"电话那头道。

"道明不是那样的人，你别胡说！"

电话那头沉默了片刻，说："道明说过，你是个自私霸道的女人，果然不假。"

明珠骂道："我与道明感情很好，休想挑拨离间！"

"他根本不爱你，娶你是因为责任……求你离开他吧！"

"想得倒美！"明珠不屑道，"要分手，道明自然会亲口跟我说。"

电话那边继续说道："时候不早了，我得休息，道明回家后有劳你转告下，我怀了他的孩子！"说完便挂了电话。

最后一句话让明珠悲痛欲绝。

"我陈道明对天发誓，一生一世只爱张明珠一人，无论贫穷或富贵，我都会与她白头偕老，永不分离！"张明珠的耳边又响起陈道明在婚礼上说过的话。

"陈道明你这混蛋，你怎么可以和别的女人鬼混……"明珠气得浑身发抖，整个人犹如跌进万丈深渊。

与此同时，厦门"小城故事"酒吧里。

王芬把手里的一沓钞票推到一个打扮得花枝招展的女歌手面前，说："安妮，这是给你的报酬，拿着！"

安妮接过钱，塞进牛仔裤的口袋里，回道："谢谢！"

"不客气，这是你应得的！"王芬收起手机，走出了酒吧。

外面雷鸣电闪，大雨瓢泼。

张明珠躺在床上，冷冷地望着天花板，心灰意冷……

屋外，狂风怒号，树枝不时地拍打着窗子，肆意逞威。

陈道明轻轻推门进来。

明珠一声不吭地像往常那样平静地走进浴室里，帮他放好洗澡水，准备好洗漱用品。

"明珠，"陈道明拥着明珠，爱怜道，"这么晚还没睡，小心明天熊猫眼。"他怜爱地拂了拂明珠额前的秀发。

明珠满肚子的气，没有回答，转身回到床上睡觉。

陈道明以为她困了，没有再说话。

睡得正香，陈道明突然听到一阵哭声，睁眼一看，屋子里黑乎乎的，明珠坐在床边低声抽泣着。

"明珠！"他满脸惊愕地从床上坐起身来，侧过明珠的身子，问道，"你怎么啦？"

第三章　温柔的陷阱

"我，我们回老家吧！"明珠声音哽咽道。

"为什么，到底出了事，让你突然间有如此想法？"陈道明急眼道。

"我不需要什么荣华富贵，更不需要当什么助理……"明珠睁着两只红肿的眼睛，摇着他的一只手臂说，"回家吧，道明，我们一起回家吧！"

"好，但你得告诉我，到底是什么原因让你如此伤心？"陈道明凝视着张明珠，她哭得他心都快碎了。

"今天晚上有个女人打电话来，说怀有你的孩子……"明珠神情绝望地望着眼前这个男人。

话音刚落，外面突然"霹"的一声雷响，随即狂风大作，大雨滂沱。

"不可能！"陈道明地望着张明珠，说，"明珠，请你相信我，这肯定是有人在背后捣鬼，故意破坏我们的感情！"

明珠一五一十地把电话里那女人说的话跟陈道明说了。

"我也希望这事不是真的，但是，今天晚上那女人在电话里哭得很伤心，一点儿也不像是在开玩笑。"

陈道明又问："她有没有说她是谁？"

"没有！"明珠神情麻木道。

　　陈道明听后也是越发一头雾水，片刻之后，他恍然大悟地拍了拍脑袋："我知道了，肯定是那帮家伙捣的鬼！"

　　"哪帮家伙？"明珠神情疑惑地盯着他。

　　"今天晚上在玩牌的时候，几位兄弟就让一个女的扮成是刘鹏的女友，让她打电话给刘鹏老婆说她是刘鹏的女朋友。所以我想……肯定是这帮家伙捣的鬼！"陈道明道。

　　"真的吗？"明珠含泪望着陈道明。

　　"当然是真的，傻瓜……我这手机可是 24 小时开机的，怎么她不打电话给我？还有，平时你也没有接到这样的电话。"

　　明珠松了口气："那个女人也真无聊，半夜三更打这样的电话，还有，你那帮朋友也太过分了，怎么能拿人家两口子的事开玩笑呢？"

　　"你呀！"陈道明百般怜爱地把她搂进怀里，"还是个领导呢，别人的几句玩笑话就把你整得跟世界末日似的。好了，时间不早了，快睡吧……"说完扶明珠的躺下，并帮她盖上被子。

　　陈道明把陈国汉提升为厂长后，让他帮忙经营着工厂，自己就在厦门专心经营着"威得利贸易公司"。

　　以前的愣头青强仔经过陈道明和陈国汉的细心指导，如今也成了个出色的验货员兼管理员，留在工厂里帮陈道明分管着工厂的运作。

　　一年之后，随着海外订单的不断增加，"威得利贸易公司"从最开始的五名员工发展到 50 多名员工，聘有英、日、德三种语言翻译。担任着公司财务会计工作的王芬也被提升为总经理助理，帮陈道明经营着公司。

　　自从那天晚上后，明珠再也没有接到过类似的骚扰电话，因此她也就当是一场恶作剧，慢慢就忘了。

　　两年后，明珠读完经济管理学后仍然留在星际酒店，继续担任总经理助理，林茜茜被提拔到黄卫东身边当文秘，Lisa 也被调到销售部当助理。

　　欧阳丽娜严于律己，宽以待人，日子久了，与张明珠之间的关系也近了。但是，在感情方面她丝毫不妥协，始终没有放弃对黄卫东的追求，经常陪着他加班，有时候会主动约他去附近的"真爱酒吧"喝酒。这刚好填补了黄卫东感情的空虚，很快，这个钻石王老五就掉进了欧阳丽娜的温柔陷阱。

　　与黄卫东确定关系后，欧阳丽娜的私生活有了很大的转变，不再与几个死党花天酒地，整个心思都放在了黄卫东身上。

　　一次，两人谈到升职时，欧阳丽娜说打算调回集团。

　　黄卫东却说："集团不是已经解除夫妻、恋人不可在同一单位工作的规定了吗？好好的，你调回去干吗？"

　　"我有我的理想！"

　　"你那么操劳，我会心疼的，留下吧！留在我身边，做我的女人！"

　　这句话令欧阳丽娜那颗长年漂泊的心有了归宿感。在她看来，在这个物欲横流的社会，真正能体贴女人的男人不多了。

第四章　谁是第三者

　　为了获取星际酒店的一些营销机密，张汉民仍死缠着林茜茜。林茜茜总是机灵地避开他的话题，后来觉得烦了，连电话也不接了，这才让张汉民知难而退。另一边，她与陈哲平一直藕断丝连。汪雪茵知道后非常生气，但表面上照样与陈哲平保持着恩爱的形象。

　　由于公司与家都在星际酒店的附近，下班后，陈道明常会在星际酒店附近散步，溜达。

　　一天傍晚，他早早地备好酒菜，然后亲自到酒店门口接张明珠下班，却见明珠与黄卫东双双出现在酒店大堂门外，顿时心生醋意，三步并作两步追了上去。

"明珠！"陈道明俊秀的脸上乌云密布。

"咦！陈总亲自来接明珠回家啦，进去喝杯咖啡如何？"一见到陈道明，黄卫东便主动上前打招呼。

陈道明绷着一张关公脸道回道："不了，我们还有事，谢谢！"然后伸手搂住明珠的腰，"家里来客人了，早点儿回家吧！"

明珠转身向黄卫东打招呼道："黄总，那我们先走了！"

黄卫东本想留明珠一起吃晚饭，顺便商量一下关于向集团申报酒店改装的事，没想到陈道明这么快就来接人了，心里很是遗憾，为了不占用这对恩爱夫妻的时间，黄卫东豁达一笑，说："去吧，明天见！"

回到家后，明珠一看，哪有什么客人，再看陈道明臭着一张脸坐在餐桌旁不吭声，气氛严肃。

"道明，你怎么啦？"她问道。

陈道明端起保姆赵姐盛好的米饭，说："没事，吃饭吧！"然后默不作声地往明珠碗里夹菜。

明珠瞥了他一眼，默默往嘴里扒着饭，心里想：没事干吗绷着一张关公脸？

烛光晚餐本是浪漫的，却只听到筷子和碗打架的声音，空气中似乎凝聚着一般逼人的气焰。

饭后，陈道明一声不吭地仰面躺在床上，闭眼沉思，像一尊雕塑似的表情生硬。

明珠洗漱完毕后，顺手拿起纸笔，坐在灯下龙飞凤舞地写着计划表。

陈道明躺在床上翻来覆去地睡不着。

"你到底怎么啦，整个晚上心事重重的？"张明珠关心道，"是不是工作上不顺心？"

"烦！"陈道明没头没脑地应了一声。

"好好的怎么烦了？"明珠转过身，正视着他，"有什么事说出来，这样会好受些。"

"我生气了！"

"好好的生什么气？谁惹你了呀？"

"你！"陈道明神情严肃地盯着她，"一个已婚的女人了，整天跟别的男人出双入对，不招人闲话才怪呢！"陈道明满脸醋意道。

"你脑子里都装些什么呀？我是你的妻子，你应该相信我。"张明珠委屈道。

"这不是信任的问题，是面子问题。"

"我和黄总是上司和下属的关系，再说，同事一起下班一起吃个饭都是正常的事，不影响你面子呀！"明珠气道。

"光天化日下跟别的男人走那么近，别人会怎么说呀？你是我的老婆，是我陈道明的女人，多少也得尊重我的感受……"

"身正不怕影子歪，嘴长在他们脸上，爱怎样就怎样，我可管不了。"

"明珠，那姓黄的整天黏着你，肯定是在打你主意，你可别低估了那只老狐狸……"

"陈道明，你什么时候变得这样疑神疑鬼的了？别这样说形容黄总好不好，好歹人家对你也不错……"

"你思想单纯，老狐狸可不单纯，你除了在星际酒店工作外，你还在什么地方工作过？"

明珠摇了摇头说："没有！"

"这就对了！"陈道明沉吟了片刻，说，"你受过良好的教育，应该懂得如何做个淑女才是。"

"你这是在暗示我该如何学会做个淑女？"明珠满脸怒气地审视着眼前这个思想复杂的男人。

陈道明见明珠动怒了，没有再说话。

"对不起，我可不是你理想中的那样完美的人，你找别人去吧！"明珠再也忍不住了，这男人跟个刺猬似的，说的话字字扎心，令她的自尊受到了前所未有的伤害。

"你别这么偏激好不好？"陈道明怒道，"……你以前过的是单纯的家庭生活，是父母疼爱的明珠。毫无疑问，在礼仪方面你是训练有素的。但是，人心难测，社会复杂，你若继续这么自以为是，会吃亏的？"

"我一没瞎，二没聋，虽然生活阅历不足，但至少也有几年的工作经验……"明珠气得两眼通红，差点儿就掉出眼泪来。

"在酒店工作几年你就有见识了？这样你就成长了？"陈道明大声地冲她喊叫了起来。

"'心体光明，暗室青天'，我张明珠做事光明磊落，管别人怎么说！"

"人言可畏，像把利刀。"

"心里拎得清，自然百毒不侵。你有完没完呀？"张明珠说完抱了床毯子睡到隔壁，两人之间的口水战这才得以平息。

接下去的几天，明珠上班时总是无精打采。

黄卫东看在眼里：这张明珠到底怎么了，最近做事总是心不在焉的。于是，他打了个电话给林茜茜，问道："茜茜，最近明珠上班的时候经常走神，是不是家里出了事？"

"没有听说呀！"林茜茜道，"不过我最近也觉得明珠有点儿反常，老是一个人发呆。"

"这丫头果然心里有事！"黄卫东道，"要不你找个时间帮我问一问，老是这样下去，我怕会影响工作！"

"黄总你放心，这事包我身上！"林茜茜爽快地答应了。

这天晚上，明珠一个人在家里喝着闷酒。林茜茜进来时，客厅弥漫着一股浓浓的烟草味儿，茶几上的烟灰缸里全是没有燃尽的烟头。

"明珠，你怎么了？"茜茜担心道，"你以前滴酒不沾的，也不抽烟，今儿怎么突然又是抽烟又是喝酒的？"

"都说抽烟能解除烦恼，于是，我就尝试着学抽烟，结果烦恼没赶走，还差点儿被呛死！"明珠说完不停地咳嗽着。

"唉！你不会抽烟就再别强迫自己了！"林茜茜夺过她手里的烟，一把按在烟灰缸里，熄了火，"心里有事就说出来，别这么折腾自己。"

明珠没有回答，端起桌上的一杯红酒，仰头咕噜喝了一大口。

"行了，别喝了！"林茜茜一把夺过她的酒杯。

"哇……"张明珠忍不住趴在林茜茜肩膀上，放声大哭起来。

"心里难受就哭吧！发泄了就没事！"林茜茜轻拍着明珠的肩膀。

"明珠！"等到明珠安静后，林茜茜问道，"到底出了什么事？"

明珠这才把她和陈道明吵架的内容一五一十地告诉了林茜茜。

为了不影响他们的夫妻感情，林茜茜只能好言相劝："我们一起上班这么久了，我很清楚你和黄总之间只是纯粹的同事关系，可能陈道明不是很清楚情况，但也是因为在乎你才跟你生气，以后注意点儿就行了，也不是什么大事。"

说话间，陈道明开门走了进来，跟茜茜寒暄几句后，扶着明珠爱怜道："明珠，你怎么又喝酒了？"

"我只是一个人心里闷得慌。"

见小两口只顾着说话，林茜茜连忙推说家里有事起身告别。

回家后，她给黄卫东打了个电话，说明珠没事，小两口闹了点儿别扭，影响了心情，已经没事了。

黄卫东听后松了口气："没事就好，没事就好，这样明珠她工作上就不会再分心了！"

经过茜茜的开导，明珠很快就把之前的不快丢到脑后，和陈道明卿卿我我，恩爱如初。

一年后，她生下了一对漂亮的龙凤胎。

男孩是哥哥，长得跟陈道明一样帅气；女孩是妹妹，长得跟明珠一样漂亮可爱。

自从有了孩子后，陈道明经常腾出时间陪妻儿，一家四口过着人人羡慕的小日子。

五年后。

一个初冬的晚上，正好是张明珠总值。

到了晚上 8 点半，新上任的叶副理匆匆忙忙地来到办公室找张明珠，说："张助理，明天晚上我要陪我爸回家，你能不能跟我调下班？"

"行，"张明珠爽快道，"今晚你来值大夜，明晚我值班。"

"太好了！"叶副理喜出望外道，"谢谢你，张助理！"

"举手之劳，不客气，这里的工作就交给你了！"明珠把手里的值班经理交接班本递到叶副理的手中。

与此同时，"厦门威得利贸易公司"里灯火通明。

陈道明审核完这个月的财务报告后打算熄灯回家。

"明哥！"这时候，王芬满脸桃红，浑身酒气，跌跌撞撞地走了进来。

"芬子，你怎么又喝酒了！"陈道明放下手中的报告，起身扶王芬坐下，准备帮她倒杯热茶。

已有七分醉意的王芬却趁机往他怀里一倒，双手勾着他的脖子，娇声道："明哥，别离开我……"

就在这一刻，明珠走进了办公室，刚好看到这一幕。

"明珠！"看到明珠突然出现，陈道明整个人僵在那里，一时不知如何是好。

"陈道明，你这个王八蛋……"明珠冲到他面前，狠狠地掴了他一巴掌，哭着甩门而去。

"明珠……"陈道明一把将王芬推开，追了出去。

王芬却露出了得意的笑容："张明珠呀，张明珠，跟我抢明哥你还嫩着呢……"

出了公司后，张明珠一路狂奔，穿过川流不息的马路……

"明珠……"陈道明在后面紧追着……

第五章　万念俱灰

夜色深沉，静寂无声。码头上海鸟飞旋，远处灯火朦胧的渔家船上传来《长相恨》的笛声，悠扬而凄美，催人泪下。

明珠站在码头的岸边，面朝大海。

此时，她的眼泪已干，心却似万箭穿心。

"明珠！"紧追而至的陈道明如获珍宝般地将她揽进怀里。

"放开我……"明珠推开陈道明。

"明珠，请听我解释！"他恳求道。

"别跟我解释……"张明珠神色痛苦道，"你是我的丈夫，是我至亲的人，我如此爱你，胜过于爱我自己，可是你今天怀里却搂着别的女人……"

"我和王芬之间的关系没你想象的那么复杂……"

"我都看见了，你还狡辩？"

"不，你听我说……"

"我不听。"张明珠打断他的话道，"我早就看出芬子喜欢你，所以当年我选择离开你到厦门来打工，好让你在我们之间做个选择。现在，既然你选择了我，就不应该再与她有染。"

"我没有，事情不是你想的那样！"

话音未落，张明珠已拦下了一部出租车。

"明珠！"陈道明疾步上前拉住她的一只手。

明珠奋力甩开，对司机说："师傅，快开车！"

司机一看势头不对，也不敢问，油门一踩就离开了码头。

"小妹！"司机从反光镜里看了看明珠问道，"请问您去哪儿？"

"不知道，走到哪儿算哪儿。"明珠边说边按掉陈道明的电话，关了机。

"小妹!"车子驮着明珠绕着旧市区转了一圈,司机劝道,"这样绕下去也不是办法,要不你告诉我你家的地址,我送你回家!"

"我没有家!"明珠道。

"没有家总有亲戚好友吧!"司机耐着性子道,"厦门这地方,人多闲杂,一到晚上什么牛鬼蛇神都出来溜达,你一个姑娘家在外面可不安全。"

"谢谢这位大哥的提醒,我想想!"想来想去,她想到了黄卫东。

"去厦大白城……"她对司机道。

半夜里,黄卫东被保姆王妈从睡梦中叫醒。

"黄先生,外面有位姑娘说要找您!"王妈道。

"姑娘?"黄卫东迷迷糊糊道,"这么晚了,哪来的姑娘呀?"

王妈说:"那位姑娘说她叫张明珠!"

一听是明珠,黄卫东一个翻身坐了起来:"知道了,你先去休息吧!"

张明珠在客厅里坐着,双眼浮肿,脸色憔悴。

"明珠!"黄卫东脱下身上的外套,披在明珠身上,心疼道,"发生了什么事了,脸色那么苍白?"

"黄总!"见到黄卫东明珠就如同见到亲人般扑进他怀里放声大哭。

"心里难受就哭吧!"黄卫东道。隔着外套,他感觉到她一双冰冷的手和单薄的身子在微微发抖。

明珠哭了好一会儿,等她冷静下来,黄卫东扶她在沙发上坐下,然后帮她倒了一杯牛奶。

明珠停止了哭泣,接过牛奶,握在手中。

"发生什么事了?"黄卫东在她身边坐了下来,心疼道:"眼睛都肿成这样了!"

明珠鼻子一酸,一五一十地说出了她离家出走的原因。

"混账东西!"黄卫东心中暗骂了句,嘴上却说,"会不会是误会?万一事情没你想的那样糟糕,那你不就冤枉了陈道明?"

话到此处,他的手机突然响了,是陌生号码。

"喂，你好！"黄卫东接起了电话。

"黄总，是我，我是道明，明珠有没有去你那儿？"电话那头传来陈道明急切的声音。

"她在我这儿！"黄卫东说完捂住听筒，低声对明珠说电话是陈道明打来的，你要不要接？

明珠虚弱地向他摆了摆手，表示不接。

黄卫东转身走进了卫生间，并随手带上了门。

"陈道明，你小子也太过分了，明珠对你那么好，你却跟别的女人鬼混，你他妈的真不是男人……"黄卫东劈头盖脸地骂了陈道明一顿。

"这是个误会，事情根本不像明珠想象的那样复杂。"陈道明有苦难言道。

"陈道明我跟你说，今天明珠要是有个三长两短，我黄卫东绝不会放过你……"

"黄总，你帮帮我……"

"不是我不帮你，她现在正在气头上，哪里听得进劝！"黄卫东放缓口气道，"要不这样，先让她好好休息，明天再跟她解释。"说完便挂了电话，转身回到自己的卧室。

过了一会儿，黄卫东给张明珠送来睡袍说："去冲个热水澡，然后好好睡个觉。"

"谢谢黄总！"明珠接过睡袍。

浴室里，镜中的女人柳眉杏眼，鼻子高挺，却满眼的忧伤。

这是我吗？明珠的眼眶一热，泪水又模糊了她的视线。

第二天早上，黄卫东起了个大早，亲自下厨为张明珠准备了营养早餐。

用完餐后，黄卫东说，明珠你今天不用上班了，好好在家休息，我让王妈给你炖鸡汤补补身子。

明珠说："不用了，黄总，今天我家里还有些事要处理。谢谢！"

黄卫东有些失落，嘴上却说："行！我送你回去！"

到了明珠家门口，黄卫东叮嘱道："回去别吵架，好好听他解释，毕竟你俩已是两个孩子的爹妈了，也要为孩子们着想。"

"知道了，谢谢黄总的提醒！"明珠道。

"嗯！"黄卫东满意道，"回去好好休息，后天还有份柯达公司的合同等你去搞定呢！"

"柯达公司？"明珠突然想起什么，说，"我听茜茜说过，这家公司是闽华酒店的协议公司，陈哲平争取过几次都没搞定。"

"没错！"黄卫东道，"这块大饼闽华酒店的张汉民可是盯得紧，你要想办法搞定这合同，事关重大，关健时刻你可别给我出乱子啊……"

"放心吧，我会想办法的！"明珠道。

张明珠回家后很平静地收拾着衣物。陈道明蜷缩着身子躺在沙发上沉睡，茶几上的烟灰缸里塞满了烟头，桌上也到处都是烟灰。

"明珠！"一看到明珠，陈道明高兴得从沙发上蹦了起来，神情激动地抱住她说，"明珠，你可回来啦，想死我了！"

"别碰我！"明珠挣脱了他的怀抱，提起行李就往外走。

"明珠！"等他反应过来时，明珠已经乘坐出租车离去。

这一天，星际酒店宿舍楼里沸腾了，男男女女都在议论张明珠的事，都说陈道明有外遇，张明珠才会搬到宿舍住。

刘婷婷和林茜茜听后心里很不是滋味，问张明珠原因，张明珠却总是扯开话题，啥也不说。

第六章　智斗渣男

第二天下午 3 点，张明珠带着合同去柯达公司。人事部里面的工作人员都轻声细语地交流着工作，整个工作气氛相当和谐。

"您好！小姐，请问您找哪位？"身着蓝色制服的总台小姐礼貌道。

"您好，我叫张明珠！"明珠道，"请问彭主任在吗？"

总台小姐浏览了下明珠递上的名片，说："原来是星际酒店的张助理啊……彭主任办公室里，请问您找他有何事？"

"是这样的，我与他约好今天签合同，麻烦您帮我传达一下！"

"好的，请您在会客室稍等片刻，我马上帮你通报一下！"总台小姐礼貌地把张明珠请进彭主任的办公室里，并热情地为她端来一杯水，然后离开了。

15分钟后，彭海明主任笑容满面地走了进来。

"彭主任，您好！"张明珠连忙起身打招呼道。

"张助理，让你久等了！"彭海明热情地握着明珠的一只手，说，"请坐下说话吧！"握着明珠的手却迟迟不松开。

"混蛋！"明珠心中暗骂一句，缩回手，"谢谢！"她面不改色道。

"听说张助理年轻美丽，多才多艺，今日一见，果然名不虚传呀！"彭主任色眯眯地盯着明珠。

张明珠扯开话题说："彭主任，您这里可有好茶喝？"

"有，有，你稍等一下！"彭海说完打电话让总台小姐送来两杯红茶。

抿了两三口茶后，明珠对彭海明道："彭主任，这次我们酒店在做活动，根据不同的协议公司做出不同的优惠项目。像贵公司这样的长期合作伙伴，我们酒店在与贵公司的房价协议上有了新的创新，所以今天特意登门拜访……"张明珠详细地向对方说明了自己的来意。

"我们在厦门已有几家长期合作的酒店，有三星级酒店、四星级酒店，也有五星级酒店，都是根据客人的身份来安排食宿……以你们酒店来看，是公司员工们消费的好场所，但是，目前我们公司还在考虑是否跟你们酒店合作。"彭海明轻咳了一声，佯装为难。

"彭主任，这是我们酒店专门为贵公司拟好的新的优惠协议书，请您先过目一下！"明珠从提包里取出协议书，递给了彭海明。

彭海明看完协议，面露难色道："依上面的协议内容来看，你们的房价可不比闽华酒店的便宜呀！如果想签约，恐怕会有难度呀！"

明珠微微一笑，轻描淡写道："彭主任，您可别光看这房价，如果贵公司在我们酒店的入住率高，酒店会赠送给贵公司可观的餐厅优惠券及住房免费券等。请您再考虑一下好吗？"

"呵呵……这可得看张助理你的表现了。"彭海明意味深长地望着明珠道。

"彭主任，您的意思是？"明珠佯装不解道。

彭海明没说话，只是看着明珠，脸上露出了耐人寻味的笑容。

看看办公室里没有其他人，明珠亮出了最后一张牌，说："彭主任，如果贵公司在我们酒店的住房数能达到每月 30 间以上的话，那我们酒店肯定会另外给您表示感谢，您看如何？"

"这个……"彭海明一听这话犹豫了。

"您放心，我们一定会让您满意的！"明珠道。

"呵呵……张助，你可是小看我了，我堂堂一个柯达公司的股东兼管理员，这事要是让人知道了……"

"这个您放心，我们的保密工作一定做得天衣无缝！"明珠不紧不慢道。

"不，不，我不是这个意思！"彭海明连忙摇头，说道，"我想约张助理晚上到我家里共进晚餐，不知你是否肯赏脸？"

绕了几道弯后彭海明才说出自己的真实想法，这个老混蛋……想得美，本小姐就算是丢了工作也不能为此丢了尊严。况且，这事若是让黄总知道了，他肯定也会支持我的。张明珠在心中暗想。此时此刻，彭海明那不怀好意的笑容令她感到无比厌恶。

"呵呵……彭主任您可真幽默！都说贵公司是一家信誉良好的大公司，我今天也是慕名而来的，想不到您竟然跟我玩'潜规则'，这令我非常失望。所以，对不起！这单生意我不想谈了，感谢彭主任的热情招待，告辞了……"明珠说完抱起文件包，转身走出办公室。

彭海明一听这话，顿时呆住。片刻之后，他追了出去，满脸笑容地喊住了明珠："张助理，请留步！"

站在电梯前的张明珠转过身，淡淡一笑，说："彭主任，不打扰您了，您忙吧！"

"张助理，请别误会，我是仰慕你，所以想借签合同这个机会请你赏个脸陪我吃个饭……没想会产生误会，实在对不起！"彭海明找了个台阶下。

误会？明珠转身望着眼前这个满脸横的家伙，心里骂道：老狐狸转变得可真快呀……油嘴滑舌。

"这么说是我想多了！"张明珠笑道，"那么，有劳彭主任在协议上签上您的大名喽！"

"好说！好说！这边请！"

"多谢彭主任的关照！"张明珠随着彭海明再次走进办公室。

星际酒店十三楼的总经理办公室。

黄卫东看完明珠刚刚送上来了那份星际酒店与柯达公司的订房合同后，满意道："听说这彭海明是出了名的铁公鸡，没想到明珠你这么快就搞定了这份合同……不错，不错，有进步了！"

"都说他是个老奸巨猾的人，跟他接触之后发现确实是个老狐狸，眼睛都盯在房价上面，差几块钱他都在意。我也顺着他的意抛了块糖果，有甜头给他尝，合同就签下来了。

"只是……张汉民那小子精明得很，柯达公司一直是他们酒店想拉拢的客户之一，我担心彭海明见到张汉民后又把我们的房价拿出来跟他们的房价做比较，到时候就算他柯达公司与我们签订了合同，客源照样往张汉民那边跑。"明珠担忧道。

"没事！"黄卫东胸有成竹道，"酒店的房价是根据成本来定的，再说我们酒店是三星级，张汉民他们的酒店是四星级，成本开销比我们高，想跟我们拼房价，那是不可能的。再说他们酒店离柯达公司远，论地理位置、论服务质量我们都不比那些四星五星级酒店逊色。所以，只要我们在服务方面把好关，回头率什么的都不是问题。"

"有道理！"明珠恍然大悟道，"听黄总这么一说，我才突然想起成本计算问题。"

"哈哈，不是你没想到，是你忙糊涂了！"黄卫东笑道，"你忘记了？我们酒店几次强调'节能降耗'，用途就在这。"

话音未落，明珠的手机铃音响了。接起电话一听，是前台刘婷婷，说大堂有人找。

"黄总，总台呼我，我下去看看！"明珠起身道。

黄卫东说："去吧！我正好有几个份合同要审核！"

星际酒店大堂里，王芬满脸愁容地坐在沙发上。

"原来是你？"明珠神情冷漠道，"你来找我有什么事？"

王芬眼中噙着泪水，神情激动道，"明珠，你终于来了！"

"说吧！什么事？"明珠声音冰冷道。

"明哥……他出事了。"话到此处，王芬忍不住哭出声来。

"你说什么？"明珠全身一震。

第七章　祸从天降

话音刚落，手机又响了，来电显示是婆婆陈英。

"妈……"明珠接起电话。

"明珠，明儿他出事了，你快回来看看吧……"电话那头，陈英忍不住哭了起来。

"妈……道明他到底怎么啦？"明珠焦急道。

"明儿他……明儿他今早在陪客人验货时，从高脚架上摔了下来……"陈英泣不成声。

"什么？"仿佛当头一棒，明珠脸色苍白地跌坐在沙发上。

明珠匆匆向酒店告了假，和王芬一起钻进强仔开来的小轿车里。

"阿强，开快点儿……"明珠浑身无力道，她感觉自己的身体仿佛被掏空了似的轻飘飘的。

"嫂子，坐稳了！"强仔一踩油门，小轿车一路风驰电掣地赶到了泉州市第一医院。阿同伯、陈英、张德、玉华以及林美玉等人早已候于急救室外的走廊上。

"阿爸，阿妈，道明他怎么样了？医生的诊断结果出来了没？"明珠心急如焚地问道。

阿同伯抱着头，没有说话。

"还没有！"陈英满脸是泪道。

"孩子，你别急，坐下来等结果吧！"张德拉着明珠坐在走廊里的长椅上。

"孩子，道明他还在急救中。"玉华道。

半个时辰后，急救室的王医生推门而出。

"医生，道明的伤势如何？要不要紧？"明珠急切地问道。

"陈先生的右脚小腿轻微骨折，后脑勺受损，其他的部位没有什么大碍。"

"后脑勺？"明珠急眼道，"要不要紧？"

"对不起，病人还在观察中，暂时无法答复……"汪医生道。

"那我儿子什么时候会醒来呀？"阿同伯抓住汪医生的手臂，心急如焚。

"很难说，三天内不醒来的话，就有可能成植物人……"

"天啦！"旁边的陈英眼前一黑，失去了重心。

"阿英！"阿同伯眼疾手快，扶住了妻子。

陈英不省人事地瘫倒在阿同伯怀里。

"婆婆！"明珠惊呼道。

众人一阵手忙脚乱。王医生叫来护士，抬着担架把陈英抬进急诊室。

"儿子啊，阿母的心都快碎了……你快醒醒吧……"醒来后，陈英又忍不住泪流满面，泣不成声。

"伯母，来，喝点儿水吧！"美玉端来一杯温开水。

"王医生，你一定要医好我的孩子啊……"阿同伯说完就往下跪。

"别！"王医生连忙对阿同伯说，"老伯别这样，我们一定会尽力的！"

"王医生，还有没有什么办法？"明珠心急如焚地问道。

王医生说："你随我进来。"

进了急救室，看到陈道明躺在洁白的病床上，头和腿上都缠着绷带，明珠的心都碎了。

"道明！道明你醒醒啊……"她握着陈道明的一只手，使劲儿地摇了摇，希望能突然出现奇迹。

"病人现在需要休息，请保持安静！"王医生提醒道。

明珠含泪地点了点头，正想开口问话，王医生说："陈太太，我理解你现在的心情，但是病人目前还在危险中，需要安静的环境，希望家属能积极配合医院治疗……"王医生道。

"好，王医生，您放心，我会的。"明珠声音哽咽道。

王医生离开病房后，明珠紧紧地握着陈道明的一只手，含泪道："道明，你千万要挺住啊！"说完又禁不住泪如泉涌。

"明珠，你还有两个孩子和两对父母照顾，可千万要保重自己啊！"不知什么时候，强仔悄然无声地出现在明珠身后。

接着，阿同伯夫妻和张德夫妻都相继走了进来，大家默默地围在病床边。

"都说不要随便打扰病人了，怎么又进来这么多人？"护士小姐急道，"病人需要休息，请都到外面去好吗？留一个人来照顾就行了。"

外面刮起了凛冽的寒风，树枝不断地敲打着玻璃窗，发出了凄厉的惨叫声。

当众人都散去的时候，王芬出现在了病房。

"明珠！"王芬走到张明珠身边，说，"那天晚上……那天晚上是我喝多了，跑到公司里瞎闹，当时滑了一跤，明哥怕我摔倒扶着我……"王芬向明珠说出实情。

"为什么要告诉我这些？"明珠头也不回问道。

王芬说："我不想你误会！"

自从明珠离家出走后，陈道明每天都一副魂不守舍的样子，在公司里见到她总是避开。

一天，王芬给他端去茶水。

陈道明见后一把推开她。

"那天晚上，给明珠打电话的人是你吧！"陈道明怒道。

王芬一惊："明哥，我不知道你在说什么？"

陈道明冷冷一笑，说："安妮已经告诉我真相了，你还狡辩……"

"安妮？"听闻此话，王芬的脸唰的一下青了，"你……怎么会认识她？"

"这女人我本不认识，是婷婷把她带到我面前跟我说，安妮是她的表姐，我才知道真相……如果不是婷婷无意中从安妮口中得知你收买她打电话捉弄明珠，恐怕到现在我和明珠还被你蒙在鼓里呢……"

"我……"王芬见事情败露，连忙请求道，"明哥……我这样做都是为了你呀！"

"为了我？"陈道明苦笑道，"为了我，你可以不择手段拆散我和明珠；为了我，你让彬彬和如意成了没妈的孩子；为了我，你是不是还做过什么没有人性的事？"陈道明步步逼近道。

"明哥，我知道错了！我不该伤害明珠，明哥请原谅我，不要赶我走……"王芬恳求道。

陈道明说："念在你帮过我的份儿上，我不会赶你走，但是……"话到此处，他两眼正视着王芬，毫不客气道，"以后我没喊你，你别往我的办公室里钻。要是你再胡作非为，那我们今后连朋友都没的做了。"说完转身离去。

从那以后，王芬一想起陈道明对她说的这段话，心如刀绞。

"你走后，明哥心情很不好，做事常走神，出了这样的事我也有责任，我不该总是给明哥添麻烦。"王芬继续说道。

"现在说这些太迟了……"明珠泪水涟涟。

"我知道，现在工厂和公司都在运转，明哥现在又发生这样的事，公司不能没有人主持。明珠，我看你还是回来帮明哥吧！"王芬道。

明珠望着昏迷中的陈道明，沉默不语。

陈道明昏迷了三天两夜，仍未见好转，张明珠一直寸步不离地守在他身边。

第四天早上，阿同伯和陈英来医院看望儿子，明珠趁机回家看了看两个孩子。

这天晚上，她给两个孩子讲睡前故事。彬彬突然问道："妈妈，爸爸去哪了，为什么这两天都不回家看我们呢？"

"乖孩子，爸爸出差去了！"明珠道。为了避免两小年幼的小孩难过，她只好瞒着。

"那爸爸什么时候回来呀，我想让爸爸带我和哥哥去中山公园看猩猩和老虎，还要骑木马！"如意嘟着小嘴撒娇道。

"会的，爸爸一回家，就带你和哥哥一起去看猩猩和老虎，还有骑木马……乖孩子，快睡觉吧！"明珠哄道。

第二天早上，明珠到医院后让公公婆婆先回家休息，自己一个人守着陈道明。

这些天来她没日没夜地陪在陈道明的身边，人瘦了一圈，这让两位老人很心疼，硬要她回去休息。

明珠哪里肯让公婆如此操劳，好话说尽，阿同伯夫妻拗不过，只好回家去了。

"道明，快点儿醒来吧……"

公婆走后，明珠眼泪又流下来，哽咽道："彬彬和如意吵着要你带他们去中山公园玩，我跟他们说你出差了，过些天会回来。你要是继续睡着，我怕到时候瞒不过两个孩子。还有，公司那么多的事我一个人可扛不起啊……你快醒来吧！"

哭着哭着，明珠趴在床沿边睡着了。

不知道过了多长时间，明珠在睡梦中突然感觉握着道明的手动了一下，抬头一看，陈道明已经睁开了眼睛。

"道明，你醒了……"明珠欣喜若狂道。

陈道明嘴角微微挪动一下，似乎要对她说什么。

"道明!"明珠激动不已道，"谢天谢地，你终于醒过来了。"

"明珠!"陈道明望着明珠许久，才喊出她的名字。

"道明!"明珠悲喜交集道，"你怎么一睡就是好几天呀，可把家里人急死了。"

"明珠!"陈道明想抬起手帮她抹去眼角的泪花，手却不听使唤。

"阿爸，道明他昨天晚上醒过来啦!"明珠立即打电话通知阿同伯和陈英，把喜讯告诉两位老人。

"明儿醒过来啦! 明儿醒过来啦!"工厂里，正与陈国汉、强仔商量事情的阿同伯和陈英一接到明珠电话，喜不自禁，阿同伯对强仔道："阿强，去医院!"

三人赶到医院后，高兴地围着陈道明问这问那。然而，陈道明一脸茫然地望着自己的父母亲："你们，你们是谁?"

"儿子，你怎么啦?"二老急道。

"明哥!"强仔上前打招呼道。

"你又是谁?"陈道明用陌生的眼光看着他。

"我是你兄弟阿强啊……明哥!"强仔急眼道，"你怎么一觉醒来就六亲不认了?"

"阿强……"陈道明突然感到一阵的头疼，又昏了过去。

明珠连忙按了床前的呼救器。

不一会儿工夫，几个护士推着陈道明出了病房，进入了急救室。

明珠四人心急如焚地候在急救室外的走廊上。

"医生，明儿他怎么样了?"王医生出来后，陈英着急问道。

王医生说："病人可以出院了!"

"道明他……可以出院了？"张明珠以为自己听错了。

"以前有几例与陈道明先生相似的病情，80%以上的人都能康复。只是，在调理过程中家人必须得有耐心，只要照顾好他，多带他去之前他最喜欢的地方，这样就恢复得比较快。"

"我会的，谢谢王医生！"明珠道。

第二天早上，明珠来到星际酒店，把手头的工作交接于林茜茜后，向黄卫东递上了辞职信。

黄卫东一愣，还想挽留，说道："明珠，要是你家里有事，我可以准你请假，假期随便多久都可以，但是别辞职啊……"说完把辞职信推到明珠面前。

"黄总，道明这一失忆不知道要多久才能恢复，我怕耽误了工作……现在我还得帮他打理公司和工厂。"明珠为难道。

黄卫东想了想，说："这样吧！我让娜娜先替你工作一段时间，等到你事情办妥后，这位置还是给你留着……"

"不，不！现在道明他人还不清不楚的，一个公司已经够我头大了，我……"话到此处她突然结巴了。

黄卫东点燃一根烟，悠悠地吸了几口，说："行！你的辞职申请我准了，但你要知道，无论何时，星际酒店随时都欢迎你。"他眼里流露出不舍的神情。

明珠嫣然一笑，说："我会的，谢谢黄总！"

张明珠离开后，黄卫东坐在办公桌前发呆，烟抽了一根又一根。明珠这一走，办公室里空荡荡地，这令他感到非常落寞。

不知道过去了多久，黄卫东站起身来，走到张明珠的办公桌前，打开了明珠的抽屉，却见一行"前厅部大堂副理工作笔记"清秀的字迹跃然眼前。这本笔记里记录着张明珠所有的工作记录，里面的每一条处理客诉结果都成了酒店的成功案例。

一听明珠辞职，前厅部办公室里一片沸腾。

"明珠，走后常给我们电话啊，别把我们给忘了。"婷婷给了明珠一个热烈的拥抱。

"你好好工作，不然我真会把你给忘了……"明珠认真道。

婷婷眼里噙着依依不舍的泪花。

"明珠，有空常联系，今后如有什么需要帮忙的话，尽管说，能帮到的我们都会尽力！"Maria 和颜道。

"我会的，谢谢 Maria！谢谢大家！"明珠把目光投向 Lisa 和林茜茜，"你俩不打算送我一程？"

Lisa 和林茜茜相视一笑，默默地陪着明珠走出了酒店，三人一起漫步在林荫小道上，互诉着贴心话……

这时候，明珠的手机响了，是王芬打来的。

"芬子！什么事？"明珠接起电话问道。

"明珠，公司有事，你快过来看看吧！"电话那头王芬心急如焚道。

"好，我马上过去！"说完明珠挂了电话，告别了 Lisa 和林茜茜，急冲冲地朝着公司的方向赶去……

第八章　商场如战场

"明珠！"一见到张明珠，王芬把春田木川欠款之事告诉了她，"去年明哥发了六十几万美金的货给春田木川，除了十万美金的订金外，春田木川一直没有再汇款，明哥打电话跟他要了几次，要么推说手头紧没钱，要么不接电话。明哥后来说像这样赖账的客户，以后别再接他们的单了，没想到他今天又发了十几万美金的订单……"

"道明怎么会这么糊涂！？"张明珠问道，"你怎么跟客人说？"

"我跟他说现在明哥在医院，暂时没办法谈生意……我们公司的那些货款他已经拖欠了一年多了，至今一个子也没还。"王芬递给张明珠一份合同。

张明珠看到合同上注明的支付方式是现金，货后三个月内付款。"明哥为什么不做货前？"她不解道。这陈道明做事一向精明，怎么会签这样的合同？

"有货前谁都抢着做，那是做信用证的，对厂方来说也比较保险。问题是，现在石材市场竞争激烈，很多工厂都给客户货到付款的待遇。"王芬道。

"万一客户拖欠货款不还，还不是竹篮打水一场空？"张明珠道。

"唉，有些石材厂家的老板只会手工艺，没有文化知识，为了竞争，便都用货款来留住客户。所以总有人抢着做。"

"这订单不能接！"明珠果断道，"等他还掉欠下的货款才能继续接新的订单……但是，也别跟他闹太僵，你把电话号码给我，我打电话给他。"

"好，你等下！"王芬从抽屉里拿出春田的名片，递给明珠。

自从出院后，陈道明的情况时好时坏。好的时候能开口叫出明珠的名字，坏的时候就一直沉睡不醒。明珠请了两个保姆，轮流帮她照顾着。

第二天，张明珠拨通了春田木川的电话。

"你好！这里是×××石材会社事务所，请问您是哪位？"电话那头传来一个中年男人浑厚的声音。

"你好！我是'厦门威得利贸易有限公司'老板陈道明的妻子张明珠，请问春田先生在吗？"

"我就是！"

"你好，春田先生，道明他前些日子从安装架上摔了下来，现在人还在昏迷中。"

"我知道，所以才找你谈生意。"话到此处，对方顿了下，继续道，"订单的图纸我昨天下午已经传真到你们公司了，你先让人预算下价格，一会儿传给我。"

"对不起！昨天下午我查看了下公司的账目，发现贵公司还有五十几万美金的余款尚未结清，现在道明他人还在昏迷中，医院那边又急需用钱，所以目前我们公司的资金很紧张，暂时做不了货后了，如果先生想继续跟我们公司合作的话，我希望能把货后改为货前，您看如何？"明珠委婉道。

"啊……这样呀！"对方说道，"没事，我另外找人合作就是了。"

"春田先生！"明珠没等对方把话说完，打岔道，"现在我手头急需一笔钱给道明支付医药费，请先生支持下，先借我一笔钱应急！"

"呵呵……"对方回答道，"很抱歉！目前我公司的资金也很紧张，暂时无法帮到您！"

果然是只老狐狸，旧账不想还，新订单也不给定金，两手空空又想继续骗钱……明珠抑制住心中的怒火说，"没事，如果先生什么时候觉得手头宽裕了，请多少先拨点儿款支持下道明！"

"那当然！再见！"对方挂了电话。

打完电话后，明珠的脑子一下子大了："这摆明了就是不想给货款……道明呀道明，还好你及时收住手，没有再陷进去，不然整个公司都得搭进去。"正在为此事烦恼，电话又响了。

"明珠，韩国李布为社长来我们公司了！"王芬在电话那头说道。

"我这就去公司，你让客人先坐会，泡茶招待下。"明珠挂了电话，抓起背包匆匆出了门。

李布为是陈全介绍给陈道明的韩国商人，专做石材生意。

"陈太太，你好！"一见到明珠，坐在客厅里等候的李布为热情起身打招呼道。

"李总，您好！"明珠热情道。虽然她与李布为是第一次见面，但是，在她来公司上班的第一天，王芬就把李布为的情况详细描述过了，因此，她对这个戴着黑框眼镜的韩国男人并不陌生。李布为35岁，在韩国已有妻室，并育有一个女儿，但他是个喜欢拈花惹草的人。刚到中国经商时，他第一句话就是："听说惠安女人勤劳又漂亮，谁帮我找一个这样的女朋友，我就认谁做哥们儿。"

一听这话，陈全抽空去了大岞村他姑家，找他的表妹张梅菊说亲。

张梅菊21岁，两年前赶时髦脱下了传统的惠安服饰，穿上了时髦的牛仔裤和T恤衫，文化程度不高，虚荣心却相当重，初中没毕业就待在家里等着嫁人。但是，大岞村方圆几百里的男人多数都以打鱼为业，真正读书的屈指可数。张梅菊仗着姿色过人，想找个懂文墨、家境又好的如意郎君，可是，那些男孩却没有一个看得上张梅菊，都认为她是中看不中用的绣花枕头，这让张梅菊苦不堪言，白生了一张漂亮的脸蛋。

第九章　李布为的风流账

陈全到了他家后，把李布为吹得满天飞，说："李布为不但是韩国有名的企业家，还是出了名的钻石王老五，梅菊表妹要是嫁给了像他那样才貌双全的男人，将来肯定享大福。"

张梅菊妈一听这话可来劲儿了，说："好侄儿，肥水不流外人田，有这等好事你得先留给你妹子呀！"

"那当然！"陈全得意道，"梅菊是我的亲表妹，我首先想到的就是她。"

张梅菊妈转念又想："这李什么为的可是个外国人啊，阿全……你了解他不，万一是个骗子怎么办？"

陈全拍着胸脯说："都是自家人，姑，您说我能看着自己的妹子遭人骗吗？"

张梅菊她爸是个老实巴交的人，没什么心机，一听陈全这话，悬在心头上的那块石头一下子落地了，说："要不你把那韩国老板带来瞧瞧，这样我和你姑心里也踏实。"

陈全满口答应。第二天就和李布为提着大包小包的礼品来到了大岞村。

打扮得花枝招展的张梅菊早已经候在家中，一看到李布为浑身上下都是国际名牌，极是阔气，第一眼便喜欢上了。可是，张梅菊父母知道李布为的年纪比张梅菊大十几岁后，有些犹豫。

陈全急了，忙把他姑拉到外面劝道："姑呀，这李先生的年龄是比表妹大了些，但他有的是钱呀……你看，现在像表妹这个年龄的女孩都嫁人了，要是再拖下去，她就要成剩女了。"

张梅菊妈一听陈全这么说，觉得有道理，也就没有再反对。

就这样，陈全为了拉拢李布为，暗地里把自己的表妹给出卖了。张梅菊在陈全的连吹带捧下糊里糊涂地住进了李布为在厦门江头租来的房子里，与其做起了露水鸳鸯。

第一次见到张明珠，李布为先是问候陈道明的病情是否有好转。

"感谢李总的关心！"明珠长叹一声说，"道明他还是老样子，还是想不起以前的事情。"

李布为与陈全交换了下眼神，又问："陈太太，上次我与道明谈定的那批货已经收到了，今天我来此是想知道后面另补的两个门鼓什么时候能发货？"

"李总，我正为此事发愁呢！"张明珠看了一眼坐在李布为身边的陈全说，"上次道明与您合作的那批货价值 30 万，从出货到现在都已经两个多月了，可是我们至今仍然没有收到您的货款呀！再说，这 30 万的货都是从陈老板的工厂加工做的，还希望李总在资金方面支持下！"

"你不说我还差点儿给忘记了！"李布为从随身带的皮包里取出一沓钞票，推到张明珠面前，对张明珠和陈全说："我之前与两位老板说好了，货到三个月后结账，他们两人也同意了。目前你家出了这样的事，我知道你们正急于用钱，你先用这 5000 美金应急下，一个月后我与客户结完账再把款打过来，你看如何？"

明珠犹豫了片刻，看着陈全问道："陈老板，你看如何？"

"李总是道明的老客户了，如果道明他不相信李总话，我想他当时也不会答应与李总做现金。"陈全道。

"既然陈老板都没意见，那我更没意见了，李总，我明天就给你发货。"

两个月后，陈全突然找来了，问明珠："李布为的欠款汇了没有？"

明珠说："还没有，我前天还打了电话去他韩国的公司，电话一直都没有人接，打他的手机也是如此。"

"我也是一直打不通电话，糟糕，那姓李的会不会逃债呀？"陈全担忧道。

"我看那李先生长得人模人样的，应该不会做出这样的事，要不，我们再等几天？"

"行，那就再等几天！"

"明珠！"王芬走进总经理办公室，神情担忧道，"货都出这么多天了，那李布为却连个电话也没有，打他的手机一直处于关机中，这人会不会是想逃债呀？"

"陈全刚才来过，我正为这事发愁呢！"张明珠皱着眉头道。

"唉！"王芬长叹一声道，"但愿是我们想多了！"

"对了，芬子！"明珠想起了什么，问道，"你上次说李布为有个情人是我们老家的，是真的吗？"

"你是说张梅菊呀……"王芬说，"你不说我差点儿把这事给忘记了，那张梅菊是李布为的情人，两人肯定有联系，不如我们去找她问看看！"

"我正是这么想的！"明珠道，"你知道那女人住在什么地方吗？"

"我知道，他们在江头台湾街……"

"走，你陪我去一趟！"

明珠和王芬当即开车赶往江头台湾街。

然而，当她们找到张梅菊的住处时，房门却关得死死的，敲了好久的门也没人开。问同一栋楼层的邻居，都说张梅菊已经搬走一个月了，到目前为止，这套房子一直都没有租出去。

明珠心底一沉，说："完了，那张梅菊怎么会突然搬走呢，难不成那姓李的真想逃债？"

王芬说："张梅菊是个只知道享受的女人，一直都不愿出去打工，如果李布为抛弃她，我看……她应该会回老家，要不我们回趟老家问问。"

"好！现在就走……"

这天下午，明珠和王芬心急如焚地来到张梅菊家。

"哟……稀客呀！"一见两人来访，张梅菊眉开眼笑地迎了出来，将她们请进了屋子，又是端茶，又是递水果，"今天刮的是什么风呀，两位大美人怎么会突然想到来看我这只小麻雀呢？"

明珠向张梅菊花说明了来意，最后问她有没有李布为的消息。

张梅菊听后脸色一沉，说："甭提那个没良心的了，一提起他我心里就来恨了。"

明珠问："怎么这么说？"

张梅菊说："一个月前，李布为老婆不知道从哪知道了我的电话，让一个翻译打电话给我，我才知道那姓李的是个有妻室的人，一气之下便与他断绝了来往。"

"现在让我们感到头疼的是李布为一直不接电话，梅菊，能否请你打个电话给他？"

张梅菊掏出手机按了李布为的电话号码，却没想到电话那头提示说：对不起，您拨打的电话号码是空号。

"王八蛋，大骗子！"张梅菊气得差点儿把手机给砸了。

明珠和王芬失落地互看了一眼，满脸无奈地离开了张梅菊家。

几天后，陈全又找到明珠家来了。

这次陈全带来一份合同。说他找人调查了下李布为的消息，那人昨天给他回了消息，说找不到李布为本人，其公司已经搬迁到别处，目前已更名转行做服装生意，老板是他的老婆。

陈全还说如果找不到李布为本人，就要张明珠承担起全部的货款。

"这人是你介绍来的，钱也是你答应给人欠的，现在怎么突然找我来了？"

"李布为的这批订单是与你家陈道明合作的，我当然找你们要钱。"

"现在道明他人还在昏迷中，具体情况还得等他醒来后再问清楚。"

"这是陈道明跟李布为的事，我只管收加工钱，你们应当承担起全部的责任。"

"陈老板，这人是你拉过来的，事到如今你把全部责任都推到道明一个人身上，这不道德吧？"

"合同签的是李布为和陈道明的名字，又没有我陈全的。现在我只认钱不认人。"

"听你这么一说，我反倒觉得奇怪了，这人是你陈老板介绍的，钱也是你赚的，为何反让道明帮那姓李的担保呢？"

陈全说："没错，这李布为是我介绍给陈道明的，但是这合同是他与李布为签的，我不找他要钱，找谁呢？"

明珠见陈全一下子把责任推得远远的，说："陈老板，我还是那句话，这事还是得等道明康复后才能解决。对不起！"

"不行，我工厂要付工资，方料工厂要材料款，陈道明要是长睡不醒，你让我到哪里去找那么多钱给人家。这白纸黑字的，你难道想赖账？"陈全越发不讲理。

"陈总，到了李布为最后补货的这一关，当时如果不是你当面让我给他往后缓，我一定会让他把前面的货款结了再补货，这些你难道就没有一点儿责任吗？"

"我没有说过那样的话！"陈全当即否认道，"你今天必须得先给一半钱，不然我不走。"说完坐在会客厅沙发上，一副赖着不走的架式。

"对不起，陈总，我还有事，请你改天再来！"张明珠忍气吞声道。

"你是他老婆，你逃脱不了责任。"陈全面无表情道。

"没错，我是他老婆，我也不会逃脱责任。但是，原则上的问题不能胡来。"张明珠一字一顿道。

"这话可是你说的，到时候出了什么事可别怪我无情！"陈全说完打了个电话。

随即，三个脸色铁青的陌生男人冲进了住宅，这些人满脸戾气，到处乱翻东西，最后死皮赖脸地坐在明珠家客厅不走，而且想吃什么就自己下厨房煮。

晚上 10 点，陈全和三个陌生人仍然翘着二郎腿半躺在客厅里看电视。明珠帮陈道明和两个孩子洗漱完毕后，让保姆带着一对儿女先回房间睡觉。回到客厅时，见陈全还赖着不走，张明珠便走过去好言相劝："陈老板，现在已经很晚了，有什么事改天再说吧！"

"让我走，好说！你先还我货款。"陈全得意道，"不然我晚上就在这里过夜了。"

"这话可是你说的。"张明珠忍无可忍，转身走进书房，拨通了110电话，然后又拨通了黄卫东的电话，简单地向他描述了事情的经过……

15分钟后，一辆警车出现在明珠家门口，车上下来五个便衣警察，警察向明珠问清情况后当场请陈全一伙人离开。

陈全不肯，说："他们欠我钱，我来要债是天经地义的，今天他老婆要是不还钱，那我就不走。"说完递给警察一张威得利公司下的订单，上面有陈道明的亲笔签名和公司的印章。

警察告诉陈全："这是合同纠纷问题，得由法律定论。"

陈全说："不是纠纷，是他们欠我钱。"

警察说："就算是欠钱你也得通过法律渠道解决问题，不可擅自闯入民居！我们是人民警察，警察的职责就是保护老百姓的生命财产安全，请你们马上离开！"

"既然你们也解决不了，那我就不走。"

警察神色严峻道："如果是这样，那请你们跟我去一趟派出所！"

"去派出所干啥？老子又没犯法？"

"你私闯民宅就是犯法，走，去派出所做笔录！"警察神情严肃道。

"去派出所就不必了！"陈全冷冷一笑说，"老子自己会走，改天再来，看你臭婆娘的脾气有多硬。"

说完四人怒气冲冲地离开了。

楼下昏暗的路灯下站着一个穿着风衣的男人，此人便是黄卫东。看到陈全一伙开车离开后，黄卫东才转身离去。

警察离开后，明珠回到卧室，发现陈道明睁着双眼盯着天花板。

陈道明已经几天没有开口叫明珠的名字了，这令明珠非常担心。

"道明！"明珠满脸忧伤地走到床头，拉着陈道明的一只手，低声道，"你这种状态已经有好长一段时间了，现在那些拖欠货款的除了春田和李布为外，其他公司的都还清了。就连东京的野田先生也还了，野田先生病得很重，知道你的情况后，还特意让他的助手打来电话问候，把欠我们的 12 万美金也转入公司户头了。"

"昨天晚上我接到他家人的电话，说野田先生离世了，临终前一直念念不忘他到中国时你对他的热情招待，再三交代家人打电话给你道谢，说他这一辈子最幸运的就是遇上你这么一位聊得来的知己，希望来生能再做兄弟……"

第十章　狐狸的尾巴藏不住

说话间，明珠突然感到陈道明的手又动了下，这次的力度似乎比以前大些。

"道明……你知道你昏迷的这段时间都发生了些什么事吗？"明珠噙着眼泪道，"现在春田木川赖账不还，李布为又躲着我们，陈全天天拿着你给他担保的合同来跟我要钱，赖在家里不走，我一个女人家，又带着两个孩子……道明，你快点儿醒来吧，我快支撑不住了……"

陈道明的双眼还是直勾勾地盯着天花板。

一个月后，王芬又风风火火地敲开了张明珠的办公室。

张明珠见她神色不对，问："芬子，出了什么事？"

"公司……公司的英语和日语翻译今天早上都递了辞职书。"王芬道。

张明珠颇为一震，说："好好的，怎么突然都辞职了？"

王芬这才说出了原因。

原来，陈全被警察赶出明珠家后，怀恨在心，三天两头就打电话请陈道明公司的翻译吃饭，并高价撬走了他们。不仅如此，陈全还经常在客户验货期间，私下到酒店暗访客人。陈道明本来有十几个外国客户，订单全是货前。这次翻译辞职，有可能连同客户也转移到陈全那边。

陈道明没出事之前，两人还称兄道弟，真是树倒猢狲散。一波未平，一波又起。这李布为欠钱的事还没有解决，陈全就急着挖墙脚。想到这里，明珠心里一团乱麻，随即又振作起来，鼓励王芬道："不要泄气，翻译没了没关系，我们可以再招，但是客户绝不能丢。我们争取尽快招到人，不能影响公司的运营。"

第二天刚好是周六，王芬和明珠一起去了趟厦门人才市场，经过面试，她们当场聘用了两个英语翻译和一个日语翻译。

翻译的事是解决了，接下来就是留住公司的常客，为此，明珠和员工开了五个小时的国际石材市场竞争力研讨会。通过大家的总结，明珠列出了几条客户最关注的问题。

第一，石材方料新产品的开采。

第二，新产品款式的创新问题。

第三，着重根据客人的要求灵活操作，并认真做好接待工作，根据他们的兴趣爱好安排行程。

最后，经过大家多方面的努力，被陈全暗访过的客户仍然与陈道明的工厂保持着生意上的来往。

在一个夜黑风高的晚上，明珠在回家的路上遇到前来讨债的陈全，陈全拦住她的去路，说："你老公欠下的那笔债打算什么时候还？"

"让开！"明珠绕开他继续走。

陈全一把拉住明珠的手臂，将她拖到路边的墙角，恐吓道："想跑没门，不还我钱就陪我睡觉。"说完按住她的身体就要往墙角里拽。

危急关头，突闻一声娇喝，"放开她……"一个年轻女子挥动着手里的高跟鞋，砸向陈全的头。

殷红的鲜血顺着陈全的额头流下，模糊了他的双眼。

"救命啊……"陈全抱头落荒而逃。

惊魂未定的张明珠正要道谢，一看救她的人的正是她初来厦门身无分文时给她 100 元的女人，顿时百感交集，扑到她怀里低声抽泣："姐姐！"

"别怕，瞧我刚才把那王八蛋打得脑袋开花，谅他不敢再来了。"女人安慰道。

"姐姐，谢谢你！"明珠感激道，"你先后帮过我两次，我还不知道你的名字。"

"我叫林丽，你叫我林姐就行了！"女人自我介绍道。

明珠定了定神，说："好的，林姐，你也住在这附近吗？"

林丽说："我现在在星际酒店旁边的鹭岛卡拉 OK 里上班……对了，你怎么会认识陈全？"

"林姐，你怎么知道他的名字，你也认识他？"明珠疑惑问道。

"他是我们歌厅里的常客，算是认识。"

明珠把事情的来龙去脉一五一十地告诉了林丽。

林丽说："那李布为也是我们那里的常客，前天晚上我还看到他俩一起唱歌呢。"

一听此话，明珠突然明白了什么，顿时心生一计，请林丽出面帮她。

话说陈全回家后。躲在他家的李布为见陈全头上捆着纱布，问他原因。

陈全说："去陈道明家讨债时遇到了个砸我头的泼妇……"

李布为又问："你可知道那人是谁？"

陈全摇了摇头："天太黑了，我的眼睛被血糊住，一时没看清楚。"

李布为若有所思道："看来我们得换一种方式，不然会被人看出破绽的！"

陈全问："你有什么好办法？"

李布为附在陈全耳边交代了一番。

陈全听后对他竖起大拇指，连声叫好。

两天后，李布为出现在陈全工厂，被强仔撞见。

强仔怒不可竭：这他妈的陈全不是说李布为拖欠货款后就失去联络了吗，现在怎么会出现在他的工厂？难不成这两个王八蛋联合起来欺骗明哥？

强仔当即拨通几个哥们儿的电话，然后守在路口，半夜的时候拦住了李布为乘坐的开往厦门的出租车。

强仔开门见山道："李总，好久不见了，我明哥找你可是找得好苦呀！"

一看到强仔，李布为脸色发白，双腿发抖，心想：本以为天黑进陈全工厂验货，不易被人发现，今儿怎么就被这头牛给撞见了呢？

"走，到明哥那儿喝杯茶去。"强仔道。

第十一章　大结局

"我赶飞机呢，以后再说吧！"李布为让司机赶紧开车。

强仔挡在车前，满脸怒气地看着李布为，吼道："下车！"

李布为知道今天遇到强仔，算是躲不掉了，只得抱着电脑包下了车。

强仔把李布为带到陈道明的工厂，当场扣下他的笔记本和护照，接着让他打电话回韩国，让他家人把欠下的货款转过来，然后通知明珠，明珠得知后连夜从厦门赶回老家。

见到李布为后，明珠先是让强仔把电脑还给李布为，然后让他写下欠条，并定下还款日期。

刚开始李布为不承认，明珠便拿出他的签名合同，警告他说，我本可以告您诈骗罪，考虑到您家里还有妻儿，才给您改过自新的机会，如果您继续不承认，那我只好走法律程序。

李布为知道如果自己不写，他们也不会放他离开，所以当场写下欠条，承诺一个月内付清货款。

处理完事情后，明珠和强仔一起开车将李布为送到了厦门机场。

离开前，李布为向明珠千恩万谢，夸她心肠好，说回到韩国一定马上安排汇款。

然而，李布为回去已经一年，货款仍然没有到账。陈全那边天天来闹，不是到公司胡说八道扰乱人心，就是久坐明珠家不走。无奈之下，明珠只好又报警。陈全因私闯民宅被扣留了一天一夜后，行为才收敛了些。但是，他认为明珠是女流之辈，好欺负，经常登门要债，只是没有以前那样频繁和嚣张。

一天半夜里，明珠在睡梦中似乎听到陈道明房间里有响动，便起身去看。

房间里，陈道明睁着两只眼睛凝视着天花板。

"道明！"明珠俯下身子低声道。

陈道明两眼凝视着站在床头的明珠，眼神里充满柔情。

"道明，你醒了？"明珠试探道。每次陈道明清醒后，只是叫一声她的名字，然后又没了动静。

"明珠！"陈道明伸出一只手，拉着明珠的一只手，心疼道，"你瘦了！"

"道明，你终于醒了！"明珠惊喜万分地扑到陈道明的怀里，泪水盈眶，"你知道你昏迷了多长时间吗……"

陈道明紧紧搂着明珠，深情道："明珠！对不起，这段时间我总是迷迷糊糊的，行动又不方便，连累你了！"

明珠声音哽咽道："我是你的妻子，照顾你是我的责任。只是……只是这段时间我觉得好累，好累！"

"我知道，家里发生的事我都知道……"陈道明深情道，"你知道吗？每次看到你被陈全那王八蛋欺负，我都恨不得将他千刀万剐。"

"原来你都知道！"明珠脸贴着陈道明那宽阔而坚硬的胸膛，泪眼蒙眬。

"明珠！以后就算天塌下来，我也会为你撑住！"陈道明紧紧地搂住她，泪水顺着他的眼角流下来。

都说男儿有泪不轻弹，可是，为了他和两个孩子，明珠受尽了委屈，倾尽一切所能帮他维持着公司和这个家。陈道明愧疚万分。

得知陈道明康复后，陈全又几次登门要债。

陈道明本想好好教训他一顿，被明珠劝阻了。

"道明，不要冲动。"明珠劝道。

"我一看到那王八蛋就想狠狠揍他一顿！"陈道明忍无可忍。

"小不忍则乱大谋，道明，我们现在手头上已经有他和李布为的联系证据了，他不敢乱来，所以，在李布为出现之前你千万不要因一时冲动而方寸大乱呀！"明珠劝道。

半个月后。李布为又偷偷飞回厦门，一天晚上，他与陈全又搂着新欢一起去鹭岛卡拉 OK 唱歌了。

林丽立即给明珠打了电话。那天晚上刚好强仔送货到厦门。

接到明珠的电话后，陈道明和强仔当即与在厦门的一些兄弟会合，几个人当场逮到李布为和陈全。

"你们，你们想干什么？"陈全大惊失色。

陈全平时就怕暴脾气的强仔，因此，他在陈道明昏迷的这段时间没敢到工厂去闹，这下见哥俩带了几个人来包厢，心中恐慌不安，嘴上却威胁道："你们可别乱来，不然我报警了啊！"

"随便。"陈道明两眼怒视陈全，说，"你趁我昏迷期间去我家里骚扰我妻子，早就被派出所划入黑名单了，后来又半路拦劫我妻子，当时若不是有人救了她，恐怕你今天已经没命站在这里说话了。"

"我听不懂你在说什么！"陈全还想装糊涂。

陈道明满脸不屑地瞥了站在他身边的李布为一眼，跟陈全摊牌道："哼！你跟李布为来往密切，却谎称他失踪了，整天跑我家里要货款，你暗度陈仓，与李布为狼狈为奸，这到底唱的是哪出戏呀？"

"我，我之前一直都找不到李总，今天晚上也是凑巧在这里碰上他的。"陈全极力狡辩道。

陈道明冷冷一笑，说："是吗？要不要我找个人跟你当面对质呀？"

"什么人？"陈全话音未落，林丽拉着李布为的新欢菲菲进了包厢。

陈道明继续说："陈全，别以为没人知道你和李布为背地里干的那些丑事，就凭她们两人的供词就足以指证你与李布为一起合谋敲诈我们公司。"

"无凭无据，你胡说八道！"陈全心虚地移开眼线，不敢正视陈道明。

"你真是不见棺材不掉泪，要不要我把你的表妹张梅菊也请出来做证？"

一听张梅菊，陈全的脸一下就青了。这些日子，他姑天天找他闹，骂他认钱不认亲，连自己表妹也出卖给已婚的韩国人，还口口声声说要把他告上法庭。

"对不起，是我错了！"见事情已败露，陈全连忙赔礼道，"道明，咱俩可是同宗兄弟，有什么事好好商量啊！"

"当初你拉拢我的客户，与李布为一起坑我，我出事后你又三番五次到家里为难我的妻子，那时候你怎么就不念在咱俩是同宗兄弟？"陈道明怒道。

"哥错了，哥不是人，道明，你原谅哥吧！"陈全求饶道。

"你已经碰触了我底线，此事没得商量。"陈道明一脸坚定。

陈全打了自己两记耳光，向明珠求情道，"明珠，我不是人，我不该财迷心窍，你饶了我吧！我全家人就靠我一人的收入生活，如果我坐牢了，谁来照顾他们呀……"

"你何止财迷心窍，你是丧心病狂！"明珠说完又劝陈道明："道明！四婶她双目失明，陈嫂的身体又不好，家里还有三个在上学的小儿女。如果你告了这混蛋，他至少也得蹲几年的监狱。再说他也没有伤到我，我看还是算了吧！"

一想到陈全在陈道明失忆那段时间里的所作所为，她恨不得剥他的皮，但是，一想到那一家老小从此将无依无靠，她的心就软了。

"道明，我是做了许多为难弟妹的事，我该死！我以性命担保，一定改邪归正，请你饶了我吧！"陈全说完双膝跪地。

"道明，看在四婶和陈嫂的面子上，就给他一次重新改过的机会吧！"明珠再次劝道。

"哼！"陈道明指着陈全的鼻子怒道，"幸亏你没有促成大错，不然，就算你是我的亲兄弟我也饶不了你。"

事后，陈道明没有报警，他让陈全和李布为当场立据为证，证明陈全的货款与陈道明无关，并签名盖上手印，此事才得已平息。

经过几番周折，厦门威得利外贸公司终于稳定下来，生意也蒸蒸日上。

两年后，陈道明把公司和工厂转让给了黄卫东，王芬继续留在公司协助黄卫东，而陈道明却悄然带着妻儿离开了厦门，没有人知道他们去了哪里。

后来有人说在西藏遇到了明珠和道明，说夫妻俩在那里包了一个农场，一家四口与牛羊做伴，享受着天伦之乐。也有人说他们去了海南，在天涯海角搭了一座小木屋，陈道明成了渔夫，明珠在家里写作，相夫教子。

后来黄卫东与欧阳丽娜结婚了。在他们举行婚礼的那天晚上，星际酒店大堂门来了个 12 岁的小男孩儿。

小男孩儿把一个礼盒递给站在大门口迎接客人的黄卫东，说："叔叔，这是一个姐姐让我转交给你们的。"小男孩儿说完转身走了。

"小朋友！"黄卫东把红色礼盒打开一看，连忙喊住小男孩儿，问，"那姐姐人在哪呀？"

"已经走了！"小男孩儿走出了酒店大门。

"是谁的贺礼？"欧阳丽娜见黄卫东一个人发着呆，接过他手中礼盒一看，里面除了礼物，另附有一张红色的贺卡，上面写着几行清秀的字：

致挚友黄卫东和欧阳丽娜喜结连理：
　　今天是你俩喜结良缘的大好吉日，我和我的家人在远方祝福你们
夫妻幸福美满，白头偕老！

"明珠，难道我在你心中一点儿分量也没有吗？"黄卫东望着小男孩儿离去的背影，陷入了沉思。

十年后的秋末。

三亚午后的阳光特别柔和，树影婆娑，沙滩在椰林的簇拥下风情万种。

临海处的鹅卵石道边有座简洁的小木楼，周边的园子里种满了名贵的花草树木。

头发高盘的张明珠身着南国女子的民族服饰，提着用小木桶装好的刚刚煮熟的地瓜粥，步伐轻盈地走出了小木楼，朝着海岸边走去。

此时此刻，微风轻拂的海岸万籁沉寂，一个头戴斗笠身披斗篷的男人静静地坐在岸边的礁石上钓鱼，一群海鸟"呀呀呀……"地在他的头顶上空来回飞旋着。

男人古铜色的肌肤，深邃的双眼透着英气，他便是消失已久的陈道明。

"道明！"张明珠提着小木桶满面春风地走到陈道明身边。

"你一大早就跑来钓鱼，肚子饿了吧？"明珠边说边打开小木桶，盛了一碗粥端到陈道明面前，说，"来，喝碗粥吧！"

"嗯，饿了！"陈道明放下钓竿，接过明珠手中的粥，津津有味地吃了起来。

"道明！"明珠望着陈道明，柔声问道，"那年你把公司转让了不后悔吧？"

"不后悔！"陈道明也看着明珠。自从他康复后，他一直都想和明珠过上这样淡泊而宁静的生活。

"那可是你的心血呀，你就那样放弃了不觉得可惜吗？"明珠又问道。

陈道明缓缓放下手中的木碗，伸手把明珠搂进怀里，望着无际的大海，深情道："钱财是身外物，不可过于贪婪！虽然我们把公司卖了，但我们现也照样丰衣足食呀！只不过换了个生存方式而已！"

"是呀！每天钓钓鱼，闲时抚琴弄墨也很不错！"明珠也很满意现在的生活状态。

陈道明柔声道："你和孩子才是我的宝贝，有你们陪在身边，我知足了！"

明珠感动得两眼湿润："红尘世事，苍茫迷离。你我相遇，不求富贵，只求相知，白首不离。要是哪一天你变心了，一定要提前告诉我，好让我有所准备。"

"你想得美！"陈道明轻轻勾了下她的鼻子，柔声道，"上辈子你欠我太多了，这辈子你也还不清，所以我是不会轻易放你走的。"

明珠扑哧一笑："你脸皮可真厚！"

陈道明坏笑道："有多厚？"

明珠说："比城墙还厚！"

"哈哈哈……"

这时候，一轮红日跃出了海面，鲜艳夺目，海天之间散发着醉人的金色光芒。

明珠静静地偎依在陈道明怀里，脸上洋溢着幸福的笑容。